悪寒

伊岡　瞬

集英社文庫

目次

悪寒

――東京地方裁判所八一二号法廷。

「それでは、被告人にもう一度お尋ねします。あなたが被害者を殴るときに『もしかしたら死ぬかもしれない』という認識はあったのですか」

「よく覚えていません」

「『死んでしまえ』と思ったのではありませんか」

「それも――よく覚えていません」

「それはつまり、言いたくない、という意味ですか」

「いいえ、本当によく覚えていないのです。興奮していたので」

「かっとなって、我を忘れていたと？」

「はい」

「しかし殴ったことに間違いはない？」

「はい」

「なるほど。記憶というのは便利なものですね。——ところで、被告人は犯行時に二度殴っていますね。後ろから、こうやってガツンと一度、そしてまたガツンと一度。たしかに、一度目はかっとなったのかもしれません。しかし二度目は明確な殺意を持って殴ったとはいえませんか。世間では、こういう行為をなんと呼ぶか知っていますか」

「わかりません」

「『とどめを刺す』と言うんです」

「よくわかりません」

「『覚えていません』の次は『わかりません』ですか。なるほど。——ならば、質問を変えます。あなたは以前から被害者を憎んでいましたか」

「それは——」

「どうしました？　正直にお答えください」

「たぶん、憎んでいたと思います」

傍聴人のあいだに、さざ波のように私語が伝わり、それはすぐに収まった。

「被告人。すみませんが、もう少し大きな声ではっきりとお願いします」

「被害者を、たぶん憎んでいました」

「殺したいほどに憎んでいましたか」

「裁判長。異議を申し立てます。さきほどから検察側は、明確でない被告人の記憶を恣《し》

「はい」

割り込むような被告人の答えに、法廷内がざわついた。

「――失礼、今なんと？　弁護人の不用意な発言が邪魔をして、よく聞き取れませんでした。もう一度お願いします。裁判官や裁判員の席にも聞こえるように、はっきりと」

「わたしは、被害者を殺したいほど憎んでいました。殴ったときに殺意があったかどうか思い出せませんが、あの男が死んでよかったと、今でも思っています」

「それはなぜですか」

「なぜなら――」

検事の質問に答えた被告人の発言内容に、法廷内のざわつきがさらに大きくなった。

「お静かに。傍聴人のかたは、ご静粛にお願いいたします」

裁判長が声を張り上げる。

記者たちのメモをとる音が、低く響き渡っていた。

第一部

1

朝のうちにやらなければならない処理を済ませ、藤井賢一《ふじいけんいち》は小さなため息とともに壁掛けの時計を見た。

針は、九時四十分を指している。

そのすぐ脇に、あまり上手とはいえない筆文字で《時間は宝。朝は素早く出発！》《きびきびした言動は、成約への第一歩！》と書かれた紙が、画鋲《がびょう》で留めてある。これは松田《まつだ》支店長の口癖であり、彼の直筆だ。

賢一は、これまで一番早く出社していた古参の社員よりも、さらに三十分以上早く来るようにしている。それでも、朝の仕事が片づくのは、どうしてもこの時刻になってしまう。

賢一の名刺には《支店長代理》という肩書こそ入っているが、実質は第一線の営業だ。去年の春に入社した新人の営業課員と、ルーティンの仕事は変わらない。

変わらないどころか、そこに管理職としての作業が上乗せされている。東京の本社ではとっくに廃止されたような紙の書類が、山のように回ってくるのだ。時間と資源の無駄だと思うが、支店長にそんなことを言ったところで聞き入れてはもらえないし、耳に入れれば、むしろ書類の量が増えるだろう。

賢一は強張《こわば》った首をぐるぐると回しながら、事務所の中を見渡した。

自分以外の営業課員六名はすでに外回りに出ている。残っているのは、総務経理兼任の女性二名と、営業課の内勤女性二名、それに松田支店長だ。

松田支店長は、賢一よりもたしか三歳年上の、四十五歳だ。パソコンのモニターを睨《にら》みながらキーボードを叩《たた》いているが、視線の端で賢一の様子をうかがっているのが、はっきりと感じ取れる。そろそろ、なにか嫌味を言われるころだ。

――東京から来た人は、やっぱり器が違うよな。ノルマをこなせてなくても、マイペースは崩さないからな。

この八カ月ほどで、何度似たようなことを聞かされたかわからない。

松田が「東京」と口にするとき、そのほとんどは場所のことではなく、賢一の出向元の会社を指している。

早く事務所から出たほうがよいことはわかっているが、どうしても、出かける前にコーヒーが飲みたい。その短い時間が欲しくて早出までしている。

賢一は、そっと席を立って給湯コーナーへ向かった。

オフィススペースの扉を出て、裏口へ通じる通路を進むと、その途中に申し訳程度のトイレと給湯コーナーがある。

シンク周りは、人がふたりも立てば息苦しいほどに狭い。その隅に置かれた、おままごとのように小さなサイドボードから、自分のマグカップを取り出した。子グマを肩車して笑っている、親グマのイラストが描いてある。一年ほど前に妻とデパートで買い物をした折に、福引きの三等だったか四等だったかでもらった景品だ。

「このクマさん、なんとなく雰囲気があなたに似てるから」と妻は言ったが、どう見ても似てはいない。最近では、単に割れてもいいカップを持たせる言い訳だったような気がしてきた。

会社配給の安物のインスタントコーヒーの瓶から、スプーンできっちり二杯、クマのカップに粉を入れた。はじめの頃は、自分専用の瓶を買い置いたのだが、あっという間にほかの社員に飲まれてしまった。

湯沸かしポットのボタンを押しても、湯が出たのは一瞬だけで、あとは何度押しても、「グシュグシュ」と、グラスの底に残ったジュースをストローで吸い上げるような音を立てるだけだった。ほとんど中身が残っていなかったらしい。

中途半端に溶けたコーヒーが、コールタールのようにカップの底にへばりついている。コーヒーが飲めないばかりか、洗う手間が増えてしまった。

「しょうがない」

そんなひとりごとが口からこぼれたとき、背中から声をかけられた。

「すみませーん。藤井代理」

あわてて給湯コーナーに駆け込んできたのは、営業課の高森久実《たかもりくみ》だ。賢一の直接の部下ということになる。

「もうすぐ三十歳になっちゃう」が口癖だ。内勤の女性の中では一番元気がいい。必要以上に賢一に冷たくあたることもない。——いや、むしろここひと月ほどは、話しかけられる頻度が増えた気がする。

実をいえば、賢一は『代理』という呼び名があまり好きではない。

一度、別な課員に「普通に名前で呼んでくれないか」と頼んだことがあるが、「支店長の指示です」と軽くいなされた。

「お湯、なかったですよね」

賢一の手にあるカップを、高森久実がのぞき込んだ拍子に、化粧品の匂いが鼻をくすぐった。

「さっき、足そうと思ったら、電話がかかってきちゃって」

微妙に語尾のあがる、東北特有のイントネーションで笑って、小さく舌を出した。

高森久実は賢一を押しのけるようにして、ポットを蛇口の下に置いた。狭いスペースで体を入れ替えるとき、制服をきゅうくつそうに押し出している彼女の胸が、賢一の背中をこすった。

洋服越しとはいえ、久しぶりに触れた女性の柔らかい感触にとまどったが、すぐに警戒心に変わった。

「藤井代理ったら、給湯コーナーで体を押しつけてきたの」などと、言いふらされたりはしないだろうか。最近の妙に親しげな態度といい、松田支店長の仕掛けた罠《わな》と勘繰れないこともない。

何を馬鹿な――。

あの一件以来、すっかり人を疑う癖がついてしまったらしい。

高森は胸が触れたことなど気にしたようすもなく、息で前髪を吹きあげながら、くったくのない声をかける。

「カップ、そこに置いといてください。お湯が沸いたら淹《い》れ直しますから」

時刻が気になって、腕時計を見た。結婚十年目に妻とプレゼント交換した時計だ。国産品だが、機械式の柔らかい動きが気に入っている。

「いや、もういいよ。そろそろ出かけなきゃならないから」

「あら、そうなんですか。ざんねーん」

「ありがとう。また今度よろしく」

営業カバンを取りに、オフィススペースへ戻ろうとすると、高森が背中に声をかけてきた。

「あのう、娘さん、受験はどうだったんですか」

ここの社員が、賢一に個人的な話題を振ってくるのは珍しい。それが嬉《うれ》しい話題であることはもっと珍しい。

「受かったらしいよ」

振り返って、微笑《ほほえ》みながら答える。

「よかったですね。お祝いをしに帰らないんですか」

「実は、今週末にも帰ろうかと思っているんだけど」

「そのほうがいいですよ。支店長がぐだぐだ言っても、押し通したほうがいいですよ」

「そうだね」と、笑顔を作って答えた。

松田支店長が賢一を嫌っているのは、支店内でも有名なようだ。

こんなところで油を売っているのを、当の松田に見つかれば、また嫌味を言われる。

――丸の内育ちのエリートさんは、一事が万事、優雅というか危機感がないというか。

朝から給湯コーナーで世間話ですか。

松田と視線を合わせないように営業パンフレットでふくれあがったカバンを持ち、足早に駐車場へ向かった。

ここ二週間ばかり晴天が続いたので、日陰にもほとんど根雪はない。

この支店が入った三階建てのビルは、もとは信金の支店だったと聞いている。ＪＲ酒《さか》田《た》駅前のロータリーから、百メートルほどの距離にあって、県道を挟んだ向かいは広い駐車場を併設したパチンコ店だ。

この地へ赴任する前から、もちろん「酒田市」という名前だけは知っていたが、ほとんど東京から出たことがなく、旅行の趣味もない賢一には、それが秋田県にあるのか山形県にあるのかすら断言できなかった。まして市の産業だとか人口など、まったくといっていいほど知識はなかった。

ただ漠然と、唯一泊まり込みの出張をしたことのある、仙台の街を連想していた。あれほど大きくはなくとも、東京の郊外の駅周辺ぐらいの賑《にぎ》わいはあると思っていた。

ところが来てみると、抱いていたイメージとは違っていた。

やけに空が広いな、というのが第一印象だった。駅から百メートルも離れれば普通の住宅街になる。視界を遮るような高い建物はほとんどない。駅前にティッシュ配りの若者もいないし、どぎつい看板も見えない。

風向き次第ではホームのアナウンスが聞こえるほどの距離なのに、ごく普通の民家が連なる。

風は澄んで冷たく、空は青く、道路沿いにもほとんど高い建物がないので開放感は抜群だ。都心のごみごみした風景が苦手な人にならら、うらやましがられるような環境だ。しかし、カラオケスナックをはしごする趣味などない賢一にも、少し寂しいといえば寂しい。

まあいいさ、と思っている。遊びに来たわけではない。もとから、羽を伸ばしてにわか独身を謳歌《おうか》するつもりなどなかったのだし。

《置き薬のことなら、信頼と安心の東誠薬品《とうせい》》

キャッチと社名ロゴがボディに印字された軽自動車の硬いシートに身をゆだね、滑りの悪いシートベルトを回し掛けた。少なくとも午前中のコーヒーはお預けだ。途中の自販機で缶コーヒーを買って流し込むことはできる。しかし、そのまま口もゆすがずに、コーヒー臭い息で客先へ顔を出すわけにはいかない。

エアコンのスイッチを入れると、前任者が染み込ませたらしい煙草《タバコ》臭い風が、送風口から吹き出した。

「うちはそういうの置かないんだよねえ」

珍しく、訪問一軒目で玄関の中まで入れてもらえた。しかし、具体的な話を切り出すとやはり断られた。

ひとりで留守番をしているという、七十過ぎの女性が応対してくれたが、申し訳なさと迷惑な気持ちがないまぜになったような、苦笑いを浮かべている。

このあたりの農家の造りは、三和土《たたき》が広くできている。途切れがちな会話とその妙に広々した空間が、実際の気温以上に寒々しく感じさせる。

賢一は、手にしていたプラスチック製の薬箱をさりげなく上がり框《かまち》に置いた。中にはぎっしりと常備薬が詰まっている。

ここが押しどころ、勝負のしどころだ。

「置くのはタダなんですよ。一円もいただきません。使った分だけお支払いいただければいいんです。それも、月に一度こちらからうかがって、補充するついでに集金させていただきますから、なんにも面倒なことはないんです。雪の日や雨の日に、急に熱が出たり、腹を下したりしたことはありませんか。失礼ですが、夜中にご自分で車を運転して深夜営業のドラッグストアに行けますか――」

一応はふんふんと聞く耳を持ってくれている。

普段門前払いばかり食わされていると、それだけでありがたいと思ってしまう。だが、置いてもらえなければ負けだ。

「でもねえ、今、家に誰もいなくてね」

賢一の――正確には会社の狙いもそこにある。あえて、家人があまりいない時間帯を見計らって訪問するようにと、マニュアルにも書いてある。

夫や息子が在宅していれば、まず間違いなく断られる。話どころか社名すら聞いてもらえない。人にもよるが、年配の女性は情に訴えると置いてくれる率が高い。

少し耳が遠そうな相手のために、声のトーンを上げた。

「じゃあ、お母さん、こうしましょうよ。もうここに持ってきてしまったので、とりあえず置かせてください。このまま持ち帰るとわたし、社で叱られるんです。ね、そうしましょ。それでももし、あとで家の人が帰ってきて『やっぱりいらない』ということになったら、お電話ください。すぐに引き取りに来ますから。ね、それならなんにも問題ないですよ。あ、そうだちょうどよかった、今はキャンペーン中で、お通じがよくなるお薬のサンプルを差し上げてるんですよ。それと、支店長に怒られちゃうけど、この使い捨てカイロとラップとついでにごみ袋もつけますよ」

肌寒かったはずなのに、しゃべるうちに額や首筋に浮き出た汗を、ハンカチでそっと拭《ぬぐ》った。

このせりふを、当初は半分も言えなかった。四十二歳にもなって「社で叱られるんです」という口上にも、赤の他人を「お母さん」と呼んだり、馴《な》れ馴《な》れしい口をきいたりすることにも抵抗があった。

しかし、断られ続け、それを松田支店長に責められ続けるうちに、いつしか暗記してしまい、あまり苦労せずに口から出てくるようになった。ただ、それを自分の耳が拾ってしまうと、体の芯が熱くなってくる。

「ね、お母さん。お願いしますよ」

「そこまで言うなら、じゃあ……」

やったぞ、三日ぶりの成果だと、心の中で小さくこぶしを握りかけたとき、人影が入ってきた。

「どちらさん？」

五十代半ばあたりの、日焼けしてがっしりした体格の男だ。

「あ、ヤスオ、今ねえ、これを置いてくれって頼まれてて。うちで置かないと、会社で叱られるんだって」

ヤスオと呼ばれた、老女の息子らしい男の目がきつくなった。

2

藤井賢一が勤務している『東北誠南《せいなん》医薬品販売』――略して『東誠薬品』――は、仙台市に本部を置き、いわゆる置き薬販売を業としている。

家庭常備薬といわれる基本的なセットを、箱ごと家庭や事務所に置かせてもらい、月に一度訪問チェックして、使った分だけ支払ってもらうシステムだ。

　この東誠薬品は、ほんの八カ月ほど前まで賢一が籍を置いていた、大手製薬会社『誠南メディシン』の系列会社だ。

　賢一は心情的な理由もあって、誠南メディシンを「本社」と呼んでしまうが、実際には直接の資本は入っておらず、いわば〝孫会社〟にあたる。したがって、人事の面から見れば、賢一のような〝下り〟はあっても、その逆、つまり〝上り〟はほぼ絶対といってもいいほどありえない。

　しかも、仙台の本部や山形市の総支社ならともかく、事実上の一営業所でしかない酒田支店の、支店長代理だ。

　賢一はここへ、一年以内——早ければ四月の定期異動、遅くとも丸一年目の六月まで——には戻す、という口約束で出向を命じられた。

　勤務内容の劇的な変化に加え、生活習慣の違いもあって体調を崩し、赴任直後の一カ月ほどは煮込みうどんしか喉を通らなかった。

　それがいつしか半年経《た》ち、年をまたぎ、二月も半ばを過ぎて、大型小売店の売り場はひな祭りとホワイトデー商品に占領されている。春はすぐそこまで来ている。

　それなのに、いまだ異動の内示がない。まさかと思うが、何かの手違いではないのか。人事発令の書類が、どこかに紛れ込んでしまったのではないのか。

そんなことさえ想像してしまう。

本社の総務部にいる同期に打診してみたい衝動にかられるが、人事というのは日本の企業において最もデリケートな機密のひとつだ。藪《やぶ》を突《つつ》いて蛇を出し、ぶちこわしてしまってはいけないという恐怖心が、二の足を踏ませる。


賢一は、最近行きつけになった国道沿いの蕎麦屋《そばや》に車を停《と》め、今日もまたおなじみの煮込みうどんを注文した。

テーブルに置かれた、少し熱めのおしぼりで顔を拭う。

正午過ぎまでせっせと回ったが、成果はゼロだ。昼食の時間帯は、訪問先に迷惑がられるので、自分も食事をとることにしている。

それにしても、朝の客は惜しかった——。

一軒目でのことが惜しまれてならない。九分九厘成立したと思ったところに、息子のヤスオが帰宅しておじゃんになった。

「いらね、そんだもの」

ヤスオは賢一を無視して、母親に怒鳴っている。

いたたまれずに「また来ますから」と言い残し、退散した。

「会社で叱られる」という決まり文句は、年配の女性には効くこともあるが、男には逆効果だ。たいてい「そんなの知ったことか」と怒り出して終わる。「使った分だけ」だと何度説明しても、まるで押し売りのような目で見られる。

この「使った分だけ」というのが、実はミソなのだ。たとえ一錠しか飲んでいなくても、いったん封を切れば、二十四錠入りひと瓶を丸ごとお買い上げいただいたということになる。

もちろん、残り二十三錠もお客様のものだから、あこぎな商売ではない。これは便利だと喜んでくれる人もいる。しかし今は、定価販売の薬局が町内に一軒しかなかった昭和の時代ではない。幹線道路沿いに建つドラッグストアや大手スーパーの医薬品コーナーへ行けば、よりどりみどりの新商品を格安で買えるのだ。

それに、中にはあくどい業者もいると聞く。

わざと期限切れ近い商品を置き、ひと粒しか飲んでいないものでも「交換時期だから」と、残り二十三錠を瓶ごと回収してしまう。そして、未開封の新品を戻しておく。つまり客は、たった一錠で、ひと瓶分の代金を支払うことになる。

少なくとも賢一の会社ではそういう手法はとっていないが、客の目からすれば五十歩百歩に映るのかもしれない。

今日は郊外の農家を中心に回ることになっている。午後はあと何軒回れるだろう。できることなら、「ヤスオ」が帰ってこない家にめぐりあいたい。

賢一は、せっかく頼んだ煮込みうどんの具を、半分近くも残してしまった。

「ただいま戻りました」

裏通りに車を停めて時間をつぶし、午後七時十分過ぎに事務所のドアから入った。これより前には、戻ることはできない。

「お疲れ様です」

気のない挨拶が、ところどころから返ってくる。内勤の女性は全員上がって、残っているのは男の営業だけだ。

「はい、お疲れさん」

松田支店長が、細身の眼鏡《めがね》の奥から視線を送ってきた。

賢一は机にカバンを置き、すぐさま支店長席に向かった。本日の報告だ。

「営業課○○、本日の成果○軒です」

営業課員は全員この儀式を行う。支店長代理の肩書があっても変わりはない。

「藤井賢一、本日の成果ゼロ軒です」

視線を正面に据えたまま報告する。みなが冷たい笑みを浮かべてこちらの背中を見ている気配を感じる。

「え、ゼロ？　つまりなしですか」

松田が書類から視線を上げた。

「はい。申し訳ありません」

「あのね、藤井支店長代理。誰も売ってこいなんて言ってませんよ。ただで置いてもらってくればいいんです。しかも景品をつけて」

「わかってはいるんですが」

「ふうん。——おい、長野《ながの》主任、きみの今日の成果はどうだったたっけ」

長野というのは入社五年目の男性社員で、若手では一番のやり手だ。背後で椅子が鳴り、起立する気配が伝わった。

「はい、五軒成約です」

「昨日は？」

「六軒でした」

「今日の自己評価は？」

「七十点です」

「うん。その理由は？」

「昨日六軒いけたなら、今日も同数かそれ以上できたはずだからです」

「よし、いいよ、仕事続けて」

長野は、再び椅子を鳴らして腰を下ろすと、事務所内に沈黙が訪れた。

今の「いいよ」は長野に言ったのであって、賢一はまだ解放されていない。松田は、机の上の書類に視線を落とし、賢一のことなど忘れたかのように、しばらくハンコをついていたが、ふと思い出したように顔を上げた。

「藤井代理、まさかとは思いますが、もしかして腰掛けのつもりじゃないですよね」

「いいえ、そんな考えはありません」

「東京では、数字をいじるのがお得意だったらしいから、わたしよりお詳しいかと思いますが、社員に支払う給料の何倍の売り上げがないと会社は存続できないか、ご存じですよね」

「概要は理解しているつもりです」

「わが社みたいな零細は、どこかの大企業みたいに、リベートと恫喝《どうかつ》で売れるほど楽な商売じゃないんです」

賢一の出向理由に当てつけた、痛烈な嫌味だった。

「わかっています」

「わかっているなら、どうしてそうやって平気でいられるんですか」

「別に、平気というわけでもありませんが」

「それなら、どんな手を打ちました？」

「なるべく、こちらのまごころが伝わるようにと……」

「ねぼけたことばかり言ってるんじゃない」

松田の急な怒声に、遠慮がちに交わされていたオフィス内の私語が、ぴたりと止《や》んだ。

「いいかな、支店長代理さん。まごころなんてせりふは、ポスターかテレビＣＭだけの話だよ。まごころで金が儲《もう》かったら、誰も苦労しないのよ。おい、長野。営業に一番大切なのはなんだ」

「はい、ねばりと押しです」

「それでだめなときは？」

「さらなるねばりと押しです」

松田が、今の聞こえただろう、というように顎を振った。

その後しばらく続いた嫌味と説教は、ほとんど耳に入ってこなかった。

3

午後八時半、ひとりぼっちの事務所で、賢一はカップの底に残った冷たいコーヒーを、一気に呷《あお》った。

もう一杯つくろうか。いや、ポットの電源を抜いてしまったから、手間がかかる。それなら早めに仕事をきりあげて、駅前の喫茶店にでも寄ろう。

駅の反対側にある、歩いて十五分ほどのアパートが、社宅代わりになっている。当初の約束で、五万ちょっとの家賃は本社が支払っている。

一応キッチンもユニットバスもついているが、築年数はゆうに四半世紀を超え、どこかわびしく寒々しい。カビと何かの調味料の混じった臭いがする。あまりひとりでいたい部屋ではない。そのおかげで、こうして毎日サービス残業をするのが苦にならない。

貸与されたノートパソコンの、奥まった場所に隠してあるフォルダを開いた。

そこには、妻の倫子《のりこ》とひとり娘である香純《かすみ》の笑顔を中心にした家族写真、つまり私的な画像がしまってある。

フォルダ内を『自動再生』に設定し、仕事の書類をファイルに綴《と》じながら、ときおり画面に視線を向ける。

最初に、香純が三歳のときに撮った七五三の家族写真が浮かび上がった。真っ赤な着物を着たひとり娘の香純は、かなり不機嫌な顔をしている。

無理もない。着慣れない和服を着せられたうえに、頭をいじられ、化粧をされ、スタジオでさんざんフラッシュを当てられたうえに神社へ連れ出され、またそこでも三脚を立てて写真を撮られた。

「もう、来年は七五三しない」と、その夜に大好きなメロンをほおばりながら香純は宣言した。

公園や遊園地、バーベキュー場などで撮った写真が続く。どれも本当に楽しげで笑い声が聞こえてきそうだ。

何枚目かに、プールで撮った写真が出てきた。

香純が小学三年生の夏だから、今から六年半前、妻は三十四歳だ。

恥ずかしいからとワンピースタイプの水着を着ている。ベッドや風呂あがりに見る無防備な裸身とはまた違って、明るい陽光の下にさらけだされた少し恥ずかしげな妻の水着姿は、妙に生々しい。

娘を産んで下腹のあたりに脂肪がつきやすくなったといつもなげいている。あえて口には出さないが、そんなことはないだろうと思っている。夫の欲目かもしれないが、年齢を感じさせないスタイルだ。

そういえば、ここしばらく、妻の裸どころか肌にも触れていない。

昨年の六月、あのまさに悪い夢としか表現しようのない騒動で急な異動になってから、自宅に戻れたのは、たったの二回だ。三日だけもらえた夏季休暇と、四日間だけ半ば強引に休んだ年末年始休暇だ。

もちろん、それ以外にも、何度か帰宅の機会を狙っていた。しかし、酒田市と自宅のある中野区のはずれでは、ふいに思い立って行き来できる距離ではない。ようやく計画を立てると、まるでそこを狙ったかのように、松田支店長に休日出勤を命じられる。断れる雰囲気ではない。あきらかに就業規則違反であるし、一種のパワハラだと思うが、無事に『誠南メディシン』に戻れる日まで、ことを荒立てて争う考えはない。

家に戻らなかった理由はそれだけではない。

夏を過ぎたあたりから、倫子が「あなたが出向になってから、毎月赤字になっている。香純の高校進学に費用がかかるから、戻ってこなくていい」と言いだしたのだ。たしかに、帰宅費用は支給されないので、そのたびに数万円の出費は痛い。しかし、賢一の知っている倫子はそんなことを言う性格ではなかった。

「金のことなら」と切り出すと、かぶせるように「あなたが戻るとなると、それなりの準備をしなければならないし、お義母《かあ》さんのお世話で手が離せないことが多いから」と言われてしまった。

その点を突かれると、強くは言えない。

盆休みに会った時はあまり気にならなかったのだが、母の認知症の症状が、急速に進んでいるのかもしれない。

だからこそ戻って様子を見るべきだと、理屈では思う。しかしその一方、心のどこかで「倫子がまかせてくれと言うなら、そうしようか」という甘えがあったことも否定できない。「戻ってこなくていい」という言葉に、むしろほっとする部分もあったのではないか。

それだけではない。やはり去年の九月頃、娘の香純から事実上の絶交宣言をされてしまった。「電話でも話したくないので、用事のあるときはメールにしてくれ」というのだ。思い当たる原因がみつからない。倫子に愚痴をこぼすと、驚いたことに倫子からも「わたしも、急用以外はメールにしてください」と告げられた。腹立ちより、思わず笑ってしまったのを覚えている。

それ以後、倫子とのやり取りまでほとんどメールやメッセージ機能になり、それすらとくに用事がなければ交わさなくなってしまった。

いったい、これはどうしたことだろうと、不思議な気分だ。

たしかに、そもそもの原因を作ったのは自分だ。もっとうまく立ち回れば、めったに戻れないような遠方に単身赴任などせずに済んだかもしれない。しかし、喜んで選んだ道ではない。家族のためを思えばこそではないか。以前の藤井家なら、そんなことをわざわざ言わずとも、理解しあえたように思う。たった数カ月家を留守にしただけで、こんなに簡単に、家族の心は離れていってしまうのだろうか。

悲しむべきか、怒るべきか、それとも自分を責めるべきなのか。割り切れない気持ちを抱えたまま、松田の嫌味を我慢し続けるうち、ようやく年末が迫った。

松田支店長から、『お年玉企画』の準備のためにと、元日の出社を求められたが、さすがにこれだけは断った。さんざん嫌味を聞かされて、大晦日《おおみそか》と正月の三が日だけは自宅で過ごすことができた。

ところが、三十一日の夜、久しぶりに枕を並べたベッドで伸ばした手を、倫子にそっとはずされた。いつもとかわらぬ温かい手だったが、しぐさは冷たかった。

「どうかした？」

最初は、何かに腹を立てているのかと思った。

「べつに、そういうわけじゃないけど」

「現地妻も作らないで、まじめにやってたのに」

冗談めかしてもう一度伸ばした手を、今度ははっきりと振りほどかれた。

「何かあったのか」さすがに賢一の声も硬くなった。

「だって、香純が勉強してるでしょ」

たしかに、娘の部屋は夫婦の寝室の隣にある。しかし、これまでも気を遣って行為は続けてきたはずだ。今さら、という気分だ。

「音をたてなければいいよ」

半分は意地になって、冗談めかして言ってみた。

「ごめんなさい。そういう気分じゃなくて」

冷静な拒絶に遭い、さすがに気持ちが萎《な》えた。

まさか男でもできたのだろうか。

ふっとそんな考えがよぎったが、倫子に限って、とすぐに打ち消した。そんなことよりも、むしろ――。

「もしかして、おふくろの面倒をまかせきりにしてること、怒ってる？」

そう喉まで出かかったが、その前のやり取りのあとでは、切り出しづらい。

出向が決まった頃はもちろん、夏に会ったときも、まだ母の認知症の症状は軽かった。賢一としてはあまり深刻に考えず、公的介護などは念頭になく、倫子ひとりに頼んだ。ところが、数カ月ぶりに戻ってみると、あきらかに病状が進んでいた。倫子の性格だから、口に出しては文句も愚痴も言わないが、ずっとほったらかしにしていた賢一に、不満を抱いても不思議はない。

明日《あした》にでもこちらから切り出してみようか。いや、正月からする話ではないか。夫婦だからこそ、あらたまって礼や詫《わ》びを口にするのはきっかけが難しい。

そんなことを悶々《もんもん》と考えるうち、熟睡のできない眠りに落ちた。

がちゃり。

事務所の裏口のドアが開く気配で我に返った。

もう九時近い。こんな時刻に誰だろう――。

このビルのセキュリティシステムは、あまり厳しくない。いや、本社にいたころに比べると、嘘《うそ》のようなぬるさだ。タイムカード代わりに、IDカードをかざす仕組みになってはいるが、なんのことはない、素通りもできる。

しょっちゅう納品業者や宅配便が届くのに、いちいち応対していては仕事にならないからと、支店長がそうしてしまった。だから、手動でロックしなければ、鍵はかからないし、警備システムも起動しない。

まさか、物取りか強盗だろうか。

スマートフォンを手にとり、すぐに緊急通報できる体勢をとった。空っぽの胃が痛む。無理に唾をのみこんだとき、ドアが開いた。そっと顔をのぞかせたのは、部下の高森久実だった。

「こんばんはー」

「あれ、めずらしいね。こんな時刻に」

ほっとして、スマートフォンを机に置く。知らぬ間に汗をかいたらしく、背中がひんやりと冷たい。

「やっぱり藤井代理だ」

姿を現した高森は、ぴっちりとしたジーンズにブーツ、上はクリーム色をしたもこもこのショートダウンを着こんでいる。

「ストッキングが全部穴あきになっちゃったのを忘れてて、車で買いに行こうと思ってこの前を通ったら、電気がついてるじゃないですか。でも、通勤車はないし、だから、もしかしたら代理さんかなって思って」

微笑んで、軽く首をかしげた。彼女が愛嬌《あいきょう》をふりまくときのしぐさだ。

「何か忘れ物でも？」

そろそろ閉めようかと思っていたところだ。あまり長居はされたくない。

「ううん」

昼の制服を着ているときと違って、馴れた態度を見せる。「代理さん」という呼称も、宴会などのくだけた席でしか呼ばれたことはない。

「ちょっと代理さんにお話があって」

「なんだか怖いな」

多少の警戒心と同時に、ごくわずかだが、くすぐったいような、もう何年も前に忘れてしまった感覚が湧きあがった。

しかし、彼女の口から出てきたのは意外な言葉だった。

「代理さんは、ほんとうに『東京』に戻るんですか？」

「どういうこと？」

「ほら、こっちに転勤してきてすぐ、たしか歓迎会のときだったかな。『一年足らずだと思うけど、全力で頑張るからよろしく』って挨拶したじゃないですか」

そんなことを言っただろうか。事実だとすれば、ずいぶん不用意な発言だ。おそらく、酔っていたに違いない。不本意な出向を受け入れた直後で、まだ気持ちの整理がついていなかった時期だろう。

松田の態度やほかの社員たちの、少し距離を置いたような接し方は、賢一自身にも原因があったのかもしれない。

「そんなこと言ったかな」

「言ったかどうかじゃなくて——」

高森が身を乗り出した。昼間の柑橘系《かんきつけい》の香りとは違った、甘い花の匂いが鼻を刺激する。

「ほんとに戻るんですか」

言葉に詰まった。人事の案件は、噂《うわさ》がひとり歩きでもしたら、延期や白紙撤回がごく普通に起きる。この上、さらにあと一年など我慢できない。もう限界だ。

「まあ、そうなればいいなとは思うけど、ぼくは今の立場でベストを尽くすだけだよ」

「そうですか」

高森が落胆したような表情で、顔を床に向けた。どこか芝居がかったしぐさが気になった。

「異動の時期についてはぼくの口からは何も言えないけど、それが高森君となにか関係があるの？」

　高森がさっと顔を上げた。グロスで光る下唇を小さく舐《な》めてから、心を決めたという表情で切り出した。

「わたし、代理さんが『東京』に戻ると思って、ずっと期待していたんです」

「それって――ええと、どういうこと？」

　高森は、賢一のとまどいを無視して、不満げに続けた。

「このあいだの飲み会のときに、支店長が笑ってたんです。『藤井代理はすぐ東京に戻れるみたいなことを言ってるけど、こっちに骨を埋《うず》める覚悟を決めたほうがいいだろうな。へへっ』って」

　松田がときおり見せる、これから教師に告げ口しに行こうとしている中学生のような表情が目に浮かんだ。

　苦い唾が湧きそうになるのをこらえて、無理に笑顔を作った。

「あくまで噂でしょ。それに酔った席での話だし」

　それを聞いた高森のふっくらとした顔にも、笑みが広がった。

「ですよね。代理さんは、こんなところで埋もれる人じゃないですもん」

「とりあえず、ありがとう、と言っておこうかな。だけど、どうしてぼくが戻れるとか戻れないとかに興味があるのかな」

「あのう、わたしが言ったってこと、秘密にしてもらえます？」

ひどく喉が渇いていた。

「余計なことを言いふらすつもりはないけど――」

高森が、艶のある下唇を軽く舐めた。もしかすると、偶然通りかかったというのは嘘かもしれないと思った。

「わたしを一緒に連れて行ってもらえませんか」

渇いた喉が、勝手に「ぐきゅっ」と大げさな音を立てた。

「そ、それは、どういう意味？」

「あ、誤解しないでください。愛人とか、そういうんじゃないです、ゼンゼン。代理さんには素敵な奥様がいますもんね。つまり、なんていうか、代理さんが『東京』に戻るとき、どんな部署でもいいので、わたしをひっぱりあげて欲しいんです」

「それはつまり――」

「ヘッドハンティングです」

そう口にすると、高森は背すじを伸ばし、自信ありげに口角を上げた。

賢一の、全身の強張っていた筋肉が、急に弛緩《しかん》した。緊張の反動で笑いだしそうになるのをどうにかこらえた。返答に困っていると、高森は堰《せき》を切ったように愚痴を並べたてた。

「わたし、東京でひとり暮らしがしたいんです。両親がいちいちうるさくて、帰りが遅いとか、男の車で送ってもらうなとか……」

さらに、この町にはあきあきしたこと、「もうすぐ三十歳だから」まだ華のあるうちに、東京でひとり暮らしがしてみたいこと、いずれ最終的に両親と同居することになっても、このままずるずる居候《いそうろう》しているのと、頼まれて帰ってきたのでは、その後の力関係が違ってくることなどを、熱心に語った。

どう話を切り上げようかと考えながらうなずいていたら「もし東京に越したら、代理さんも遊びに来てくださいね」とさりげなく言われ、つい「うん」と答えてしまった。

「やった。嬉しい」

「いや、違う。今のは口が滑った。前言撤回」

「ふふっ、あせってる。——わかってますよ。でも嬉しい」

高森が鼻歌を歌いながら帰っていったとき、すでに壁の時計は九時半を回っていた。

社宅代わりの古ぼけたアパートへの帰り道、家のことを、とくに妻のことを思い出した。

倫子の容姿だけでなく、匂いや肌の感触も蘇《よみがえ》る。

痩せてあまり贅肉《ぜいにく》のついていない倫子とは反対に、肉感的な高森に刺激されたのかもしれない。たまたまその直前に見た、倫子の水着姿の写真のせいかもしれない。

自室の、ところどころ塗装が剝《は》げたドアの旧式の錠を開け、暗い部屋に灯《あか》りをつけ、エアコンの暖房を入れる。

ごおんごおんとうなる室外機の音を聞きながら、冷蔵庫から缶ビールを取り出したとき、晩飯の支度が何もないことに気づいた。

いっそ寝てしまおうかと思ったが、とても眠れそうにないことはわかっていた。買い置きしてあったカップ麺を肴《さかな》代わりに、普段は一本でやめておく缶ビールを三本も空にした。

どこかの真新しいマンションの一室で、真っ赤なビキニ姿の妻に似た女と、はち切れそうな制服姿の高森に似た女とが、競うように自分の身の回りの世話を焼いてくれる夢を見た。どちらかのひんやりとした手が股間に伸びてきた。

去年の六月以来、妻と肉体の関係はない。もちろん、風俗店などで処理をしようと思ったこともない。

翌朝、腰の辺りに腫れぼったいような重みと、かすかな頭痛が残った。

4

昨日とほぼ同じ時刻に出社し、ほぼ同じ時刻に給湯コーナーでコーヒーを淹れようとした。すると、やはり同じようなタイミングで高森久実がやってきた。

「藤井代理、ゆうべはお仕事の邪魔をしてすみませんでした」

「いや、もう上がろうと思っていたところだったから」

「あ、わたし、ついでに一緒に淹れますから」

すっと賢一の手からカップを取るとき、指が触れた。唇と同じように、ぷっくりとふくらんで湿った指だった。蘇りそうになる昨夜の夢を、頭から追い払った。

「ほんとに、もういいよ」

「それより、藤井代理は、夜ご飯はどうしてるんですか」

「どうってこともないよ。近くのラーメン屋だったり、惣菜《そうざい》買って帰ったり、昨日なんてカップ麺だった」

「あら、だめですよ。単身赴任は栄養に気を遣わないと」

やや上目遣いで、優しく睨む。

「わかってるけど……」

動悸《どうき》を抑えながら、視線をはずす。

「今度、一緒にお食事でもどうですか」

驚いて、もう一度顔を見た。

「地元料理のおいしいお店知ってるんです。藤井代理って、ほとんど家に戻られてないから、家庭料理っぽいのがいいかなと思って――」

なんだったら今夜なんかどうですか、という誘いを、なんとか断った。

彼女の「東京でひとり暮らしをしたい」という気持ちも理解できる。できることならかなえてやりたい。

しかし今の自分は、アルバイトひとりといえど、コネで採用させられる立場にない。

客先でにべもなく断られる過程も、煮込みうどんを残してしまったことも、嫌味なほどに空が広く青いことも、帰社したときに荷台に積んだ置き薬セットの数がひとつも減っていないことも、まるで録画した映像を再生するかのように前日と同じだった。

ひとつだけ違っていたのは、松田支店長から今度の週末の休日出勤の打診を受け、それを断ったことだ。

「申し訳ありませんが、娘が第一志望の高校に受かったので、ささやかなお祝いをしてやろうと思いまして」

就業規則などを持ち出したら話がこじれるので、情に訴えるつもりだった。

今の賢一の目標は、法的な権利の要求などではなく、一日も早くもとのポジションに戻ることだ。そのためにあらゆることを我慢して、ほとんど休日もなく働いてきた。もしも、支店長の靴を磨くたびに帰還が一日早まるなら、喜んでそうしたかもしれない。

しかし、今回の帰省だけは意志を通したかった。

案の定、松田の顔は曇った。

「ほう、この時期に発表ということは私立ですか。さすがに、大企業にいらした方は余裕があってうらやましい。うちなんて、ふたりとも公立です。先生には『拾ってくれたところがあっただけまし』なんて言われたそうですよ。ひどいと思いませんか。『拾ってくれたところがあっただけまし』だなんて」

松田はわざとらしいほど長いため息をつくと、書類に目を落としてしまった。発言の後半は、もちろん賢一に向けて発した嫌味だ。

「よろしくお願いいたします」

頭を下げたが無視されたので、自分の席に戻った。今日はまだ水曜日だ。週末まで毎日頼めばなんとかなるだろう。

一日の仕事を終え、帰り支度をしているとき、ふと、このままアパートに帰ってもまた眠れない夜になりそうだという思いが湧いた。誰かを相手に飲みたい気分だったが、誘える同僚などいない。

どうしたものかと思い悩むうち、めずらしく残業をしている高森久実の姿が目に入った。そうか、その選択肢があるか、いやまずいか、などと迷っていると、すっと彼女が席を立った。給湯コーナーにでも行くのだろう。とっさに、賢一も立ち上がり、後を追った。

「高森君」

「あ、はい」

「今朝の話、やっぱり今夜でもいいかな」

「今朝の？」

「ほら、地元料理のおいしいお店がどうとかって。——いや、予定があるならいいんだ」

高森の顔が、ぱっと輝いた。

「年頃の女の子って、そんなものだと思いますよ」

山形の郷土料理が並んだテーブル越しに、高森久実が、鍋をよそった取り鉢を渡して寄越した。ありがとうと礼を言って受け取る。

「でもね、まったく心当たりがないんだよ」

「たとえば、お風呂に入っているとき、うっかり脱衣所のドアを開けたりしませんでした？」

「いや、そんなことはしてないと思うけど。それに、絶交宣言されたのは、単身赴任して三カ月ぐらい経ってからだし」

「ふうん。あ、それ熱いうちにどうぞ」

高森が案内してくれたのは、このあたりで『どんがら汁』と呼ぶ、鱈《たら》鍋が名物の店だった。東京なら、神田あたりの裏路地で見かけるような、家庭的な雰囲気のこぢんまりとした店だった。

「そうだね」

真鱈のかたまりを口に入れ、熱々のそれをかみしめながら、だしのきいた汁をすすった。

「うん。これはおいしい」

「でしょ」高森がにこっと笑って肩をすくめた。

この先、具体的な何かを期待しているわけではなかった。

こうして差し向かいで酒を飲んでいても、乞われるまま家族の写真を見せ、きれいな奥様と頭のよさそうなお嬢さんですね、などとお世辞を言われて照れているだけだ。

最初のビールに口をつけるとすぐ、家族の話題になったので、昨年の九月頃に娘から〝絶交宣言〟されたことを打ち明けた。それまでもほとんど電話で会話することなどなかったのだが、ちょっとした用事で電話をかけた際、着信を拒否された。その直後にメールが届いた。

《話したくないので、用事のあるときはメールにしてください》

どういうつもりだろう心当たりがまったくないのだけど、と高森に相談したところだった。

ただし、同時期に妻からも、今後は電話ではなくメールにしてくれと言われたことは、さすがに口にできなかった。

高森は、特別気にすることでもない、どうせ、干してある下着に触ったとか風呂場をのぞいたとか、その程度のつまらない理由だろうと言う。

「中には『お父さんが私に愛情を注ぐこと自体がうっとうしい』なんていう理由もあるらしいですよ」

「それはひどいな」

「それより代理に『さん』」高森が真顔になって賢一を見た。

高森が代理に『さん』をつけるのは、あの話題を持ち出す前触れだとわかってきた。コンタクトのせいか地酒のせいか、高森の白目の部分が赤くなっている。

「昨日のお話、大丈夫ですか?」

賢一は、口に入れたばかりの鱒の身をあわてて飲み下した。大丈夫かと念を押されるほど、具体的な約束をした覚えはない。

「この際はっきり言っておくけど、ぼくにはなんの権限もないので、約束はできないよ」

「わたし」さらに真剣な目になった。「退職願出そうかと思うんです。そうでないと、踏ん切りがつかない気がして」

　こちらの話をまったく聞いていない。

「いや、ちょっと待って。それは気が早すぎるよ。ぼく自身の動きもわからないのに……」

「いいんです」首を左右に振って繰り返す。「いいんです。採用が決まる前でも、代理さんと一緒に東京に行こうかと思うんです。こんなことでもないと、人間て踏ん切りがつかないじゃないですか」

　鱈が気管支に入りそうになった。

「一緒にって――ええと、向こうに身よりはないって言ってたよね」

「いざとなったら代理さんを頼りますから」

　彼女が口にすることは、どこまでが冗談でどこまでが本気なのか、判断がつかない。男性社員には受けがいいようだ。人目を引くほどの美人ではないが、愛嬌のある顔立ちをしているし、相手を選ばず明るい態度で接する。社内の誰かとつきあっているとか、別な誰かに乗り換えたとかそんな噂を聞いた記憶もあるが、あまり関心がなかったので覚えていない。

　釘《くぎ》を刺しておかないと、何度でも同じ話を蒸し返すだろう。

「とにかく、早まったことはしないで欲しい。約束はできないけど、そういう希望があることを人事に伝えておくよ」

そう答えてしまってから、あわてて「もし戻れたら、の話だよ」と付け加えた。

「嬉しいっ」

高森が体をゆすると、ピンク色のニットの下で豊かな胸が揺れた。視線のやり場に困っている賢一の手の甲に、彼女の手のひらが重なる。

「ゼッタイ、お願いします。約束ですよ」

高森の、金の粉を振りかけたような爪の先が、賢一の皮膚に触れた。

答えに窮していると「もしかして、支店長が邪魔してるんですか」と訊《き》いてきた。

「どうしてそんなこと思うのかな」

「昨日も言いましたけど、支店長って『おれが藤井代理の人事権を握ってるんだ』みたいなことをときどき漏らすんです」

「それはなんていうか、深読みしすぎじゃないかな」

これ以上飲みたい気分ではなかったが、ジョッキに三分の一ほど残っていた生ビールを一気に流し込んだ。

ふいに、なんの前触れもなく、『誠南メディシン』本社の、南田隆司《みなみだりゅうじ》常務の声が蘇った。

――おれは、ビールといえば国産の瓶ビールしか飲まないんだ。きみらに言っても、通じるかどうかわからないけどさ。人間の質ってのは、畢竟《ひっきょう》、そういうこだわりの積み重ねで作られるもんだろう。

実をいえば、松田支店長とその南田隆司常務が、ひょっとすると裏で連絡をとりあっているのではないか、と考えたことがある。あまりに突飛な発想だとすぐに自分で打ち消したが、高森の話を聞いているうちに、まんざらありえなくもないのかと思えてきた。

なぜなら、本社でさえごく一部の人間しか知らないことを、松田は嫌味のはしばしににじませることがあるからだ。おれは知ってるんだぞ、と言わんばかりの目つきで。

特に、賢一が出向させられる原因ともなったあのスキャンダルは、当時の専務取締役までが更迭された、ここ数年で最大の社内禁忌事案だ。もちろん、一時週刊誌などで騒がれたから、騒動の存在は知っているだろう。しかし、会議の席での、幹部の具体的な発言内容まで知っているのは、やはりおかしい。

もしも本社上層部の中に、松田ごときを相手にそんな機密情報を流す物好きがいるとすれば、そしてそのリスクを恐れぬものがいるとすれば、それは南田隆司常務以外に考えられない。

なんだか店の中が暑い。賢一は、ハンカチで額と首筋の汗を拭った。

目の前で、高森がほおづえをついて潤んだ視線を上向けている。

「狭くてもいいから、おしゃれなマンションに住みたいなあ。そしたらわたし、マンションの鍵、ひとつ代理さんに預けちゃおうかなあ。なあんちゃって」

高森は肩をすくめ、丸っこい舌先を出した。

賢一は、椅子にかけたスーツのポケットで、スマートフォンが震えているのに気づいた。

「あ、ごめん、ちょっと連絡が来たみたいで」

珍しく妻の倫子からのメールだった。無意識に画面を高森から隠した。

件名の部分に《お仕事中でしたらすみません》とあった。それに続く本文も目に入った。書き出しの意味がよくわからず、いそいで全文を表示させる。

《家の中でトラブルがありました。途中まで洗濯はしたのですが、妹に相談したら警察が来るまで掃除をしないほうがいいと言うので、床はそのままにしてあります。申し訳ありませんがラグにシミが残るかもしれません。こちらはなんとかなりますので、お仕事を優先させてください》

「なんだこれ」

倫子がこんな要領を得ないメールを送ってくるのは初めてだった。

それに、トラブルだとか掃除だとか、いったいなんのことだ。認知症の母が、粗相でもしたのだろうか。それにしては警察というのが変だ。まさか、とうとうよその人に暴力でもふるったのか。心配と妄想がないまぜになって膨れあがる。

「どうかしましたか」

高森が心配そうにこちらを見ている。

「いや、その、なんていうかちょっと失礼――」

あわてて席を立ち、店の外に出た。マナーという以前に、高森を含めほかの人間に、話の中身を聞かれたくなかった。

暖簾《のれん》のかかった入り口のすぐ脇に立ち、登録してある倫子の番号に触れる。ひんやりした端末を耳に当てて、星だらけの空を仰いだ。二月の冷たい風に、ワイシャツ姿では寒すぎた。

思わずぶるぶるっと体が震えたとき、〈おかけになった電話は――〉というアナウンスが聞こえた。ますます意味がわからない。あのおかしなメールを送りつけて、すぐ電源を落としたというのか。

続けて、家の固定電話にかけてみた。

親機がリビングダイニングにあって、子機が賢一の母、智代《ともよ》の部屋にある。しかし、智代が出ることはないだろう。仮に出たとしても、要領を得た話ができるかどうか疑問だ。結局、設定回数の七回呼び出し音が鳴ったあと、留守番機能に切り替わった。

残るは娘の香純だ。

用事のあるときはメールでと宣告されているが、かまわずにかけてみる。驚いたことに、こちらも電源が切れているようだ。〝着信拒否〟のアナウンスと、内容が違う。スマートフォンの虜《とりこ》のような香純が電源を落とすとは、どんな事情だろう。

何が起きている？

数カ月前に都内で起きた残忍な事件を連想した。一戸建てに何者かが侵入し、キッチンにあった包丁で家族四人をめった刺しにして、たった数千円だけ奪って逃げた事件だ。犯人はまだ捕まっていない。

いや――。

すぐに否定する。それならば、あんなメールを送る理由も時間もないはずだ。だとすれば何があったのだろう。わからないというのが、一番不安をかきたてる。

もう一度、倫子の携帯にかけようと画面にタッチしかけて、その指先があまりの寒さに震えていることに気づいた。一度店内へ戻ることにした。

身震いしながら、派手な音のする店の引き戸を手で開けると、こちらに背を向ける形で座っていた高森が腰を浮かすところだった。一気に眼鏡のレンズが曇る。

「大丈夫ですか。代理さん」

うん、とうなずきながらレンズをこすり、はなをひとつすすって、椅子に腰を下ろす。

「家で何かトラブルがあったらしい」

「どんなトラブルですか」

「わからない。おかしなメールが来たあと、電話が通じなくなった」

「奥さんですか」

「メールは妻からなんだけど、娘も、固定電話にも、誰も出ないんだ」

高森が、きれいに手入れされた眉をひそめて、首をかしげた。

「なんだろ。心配ですね」

「今から東京へ向かう方法があるかな」

自分でも意外な言葉が口をついて出た。

「ええっ、今夜これからですか」

「万が一、込み入った事態だったら、そうしなければならないかもしれない」

高森が、うーんと考え込んだ。無理もない。すでに午後八時を回っている。

少し乱暴に言えば、午後六時を過ぎると、酒田市から飛行機や新幹線などの交通手段で、東京へ向かうことはできなくなる。出向してきた直後は、ずいぶん遠いところへ来てしまったと痛感したのを覚えている。

しかし、このあと急に帰宅しなければならなくなったときのために、当たりはつけておきたい。

「タクシーはどうかな」

賢一の発案に高森が目をむいた。

「ええっ。タクシーで東京なんて行ったら、すっごい金額になりますよ」

「金額のことはいいんだ」と口にしてしまってから、香純の入学金のことが頭に浮かんだ。やはり、多少は考慮したい。

スマートフォンをいじり始めた高森が、「あ、そうだ」と顔を上げた。

「夜行バスがありますよ。料金も安いし。一万円もしないんじゃないかな」

「なるほど。それは助かる」

「でもなあ、わたしも使ったことありますけど、便の数が少ないし、予約もわりと早めに打ち切るんです。もう、いっぱいかなあ。――でも、調べてみましょうか。まだ春休み前だけど、この時間からだと厳しいかなあ」

ひとりごとなのか、賢一に向かって言っているのか、よくわからないのんびりした口調とは裏腹に、高森の指先はすばしこく液晶の上を動きまわっている。

「これだ――ああ、やっぱり満席ですね」

「だめか」

やはり今夜は無理かもしれない。明朝の飛行機でも予約しておくべきか。

高森が、もしよかったら、と身を乗り出した。

「友達が地元の観光会社に勤めてるので、キャンセルがないか訊いてみましょうか」

一度消えかけた火が、また少し燃え上がる。

「ほんとに？　そうしてもらえると助かる」

高森がスマートフォンを耳に当て、顔を振って前髪を跳ね上げた。会社にいるときよりも表情が活《い》き活《い》きとして見えた。

「あ、ジュンマ？　久しぶりだの。元気だけが。今どご？　まだ仕事だが。ちょうどよがった」

いきなり語尾が上がり、全体が濁音気味になって、別人のような口調に聞こえた。

今から東京行き夜行バスの手配ができないかと頼んでくれているのはわかった。

「――男《おどこ》の人だ。んでね、会社の人だって。そっか。あっちは？　――うん、ちょっと待って」

高森は、スマートフォンを耳から離して賢一に問いかけた。

「新宿行きのバス便、キャンセル席がとれるそうですけど、どうします？」

いきなり標準語に切り替わった。

「それしかないかな」本当に行くか、まだ完全に踏ん切りはつかない。

「ただし、山形駅からですけど」

えっ、と言葉に詰まった。どうしようか迷いつつ、ちょっと行って戻ってくる、という距離ではない。まだ、家の事情もよくわかっていないのだ。

「結論、もう少し待てない？」

「あと二席ですって」

ここは決断だ。

「わかった。その席、押さえてもらえるかな」

高森はうなずいて会話を再開した。早口に何回か問答をして、礼を言って通話を終えた顔には、満足げな笑みが浮かんでいた。

「それで？」

「やっぱり、酒田からの便はいっぱいだそうです。山形駅からの夜行バスには、カップルのキャンセルがあったみたいです。二十三時四十五分発、新宿行き。朝の六時四十五分到着予定ですって。考えてみると、こっちのルートのほうが途中停車も少ないし、かえって早く着くかも。七千八百円です」

「ありがとう。恩に着るよ」

なんとなく始まった心配から、今ではすっかり帰宅する方向で、気持ちが固まりつつある。高森と飲んでいなければ、こんなとんとん拍子にはいかなかったかもしれない。まあいいさ、と思った。どのみち、週末は戻るつもりでいたのだ。それに、七千八百円なら新幹線よりずいぶん安い。

「でも、この時刻だと山形方面の電車は終わってるから、タクシーで行くしかないですよ」

「どのぐらいかかるだろう」

「酒田からだと、たぶん四万とか五万とか、渋滞がなければ二時間ぐらいかな」

「あ、ああ、わかった」

金額のことはいいと言ってしまった手前、今さら引っ込みはつかない。

「チケットの受け渡しが間に合わないので、運転手さんにジュンマの名前出して料金を支払って欲しいそうです」

箸袋の裏に《大畠準磨《おおはたじゅんま》》と書いて渡してくれた。友達というのは彼氏のことかもしれない。

「助かった。ありがとう」

「わたしのほうのお願いも頼みますね」

「あ、うん。できるだけのことはするよ」

あいまいにうなずく。タクシーで二時間かかるなら、ほとんど余裕はない。伝票をつかみ、腰を浮かせた。

「それじゃあ申し訳ないけど、ここ払っておくから」

「わたしがもうひとつの席買って、代理さんと一緒に行っちゃおうかな。夜行バスで逃避行、なんて」

「申し訳ない。ありがと」

勘定を済ませ、店を飛び出した。

5

アパートには戻らず、そのまま駅に向かった。

どうせたいした荷物はない。通勤用のショルダーバッグに、財布や免許証など最低限のものは入っている。

歩きながら、もう一度妻と娘に電話をかけてみたが、結果は同じだった。

高森に席をとってもらった直後は、まだ多少迷いがあったが、やはり正解だったと自分に言い聞かせた。単に、妻や娘に無視されているなどという類《たぐい》の話ではなさそうだ。家で何かが起きたと直感が告げている。

ひとつ問題なのは、今から東京に戻れば、当然ながら明日は欠勤になる。

松田支店長のヒステリックに怒鳴る声が、耳元で聞こえるようだ。いや、松田のことなどどうでもいい。ただ、もしほんとうに松田が南田隆司常務と繋《つな》がっているなら、あることないこと報告されかねない。

雑念を追い払うあいだも、足は勝手に動いている。倫子のメールを受けてから、ここ最近になく素早く決断し行動していることに、自分でも意外な思いだった。

ＡＴＭに寄って自分用の口座から二十万円下ろしたら、残高がほとんどなくなった。駅前のタクシー乗り場はあまり並んでおらず、待たずに乗ることができた。ドアが閉まるまでのその短い時間に、最後の自問が浮かんだ。

ほんとに帰るんだな——。

「山形駅まで」

タクシーが走りだすと同時に、ヘッドレストに頭を預け、目を閉じた。これでいい、と思った瞬間に、スマートフォンが震えた。

妻の妹、優子《ゆうこ》からだ。その線が抜け落ちていたことに気づいた。さっきのメールにも、《妹に相談したら》とあったではないか。

妻とふたつ違いの優子は、藤井家から歩いて十分ほどのマンションに、ひとりで暮らしている。一緒に食事をとる機会も多く、ふだんから家族のようなつきあいをしている。

「もしもし」

〈あ、お義兄《にい》さん？〉間違いない、聞き覚えのある優子の声だ。

「うん、ぼくだよ。あのさ、実はさっき倫子から変なメールが来てさ、それっきり電話も通じないんだ。うちで何があったか知ってるかな」

向こうがかけてきたのに、先にまくしたてた。

〈それが、ちょっともめごとがあって〉

「もめごと？　何があったの？」

「それより、なんだか音がするけど、お義兄さん、今どこにいるの？」

〈タクシーに乗ったところなんだ〉

「タクシーって、どこか行くの？」

「家に向かってるんだけど」

〈こんな時間に？　タクシーで東京まで？〉

「まさか」夜行バスの席を確保したことを、簡単に説明した。

〈そうなんだ〉

「ねえ、そんなことよりさ、何があったのか教えてくれないかな。どうして誰も電話に出ないんだろう。まさか、火事とか爆発事故とか？」

〈違う、違う、そんなんじゃない。詳しいことは電話じゃちょっと無理。だけど、とりあえずは、みんな無事だから安心して〉

「安心って言われても……」

〈いまさらかもしれないけど、朝になってから飛行機か新幹線のほうが早くない？〉

「いや、このままバスに乗れば、明日の朝八時前には家に帰れると思う」

賢一の自宅は、西武新宿線都立家政《とりつかせい》駅から、歩いて十分ほどの距離にある。

〈わかりました。じゃあその頃、わたしも行ってみます〉

「あ、もしもし。優子ちゃん……」

切れてしまった。

まだ、訊きたいことが残っている。すぐに折り返してみたが出ない。二度試したが応答はなかった。

そのまま、スマートフォンの画面を見つめた。松田支店長に、いつ電話をするべきだろうか。すでに夜の九時を回っている。自宅に戻っているか、どこかで飲んでいるか。一度もかけたことはないが、松田の私用の携帯の番号は教えられている。連絡先一覧から《松田支店長個人》を呼びだし、しばらく睨んでいたが、結局かけるのはやめた。もしも今連絡したら、明朝必ず出社して、報告と引継ぎをしてから行けと言われるに決まっている。どうせたいした仕事などしていない。自分が休んだからといって、置き薬の在庫がひと箱はけるかどうかの違いだ。東京に着いてから一方的に告げたほうがいい。

もう一度深呼吸して目を閉じた。

何かに驚き、あわてて身を起こして左右を見た。

車に乗っている。それも、高速道路を走っているようだ。

混乱しかけてすぐに思い出した。これから自宅に戻るため、酒田駅前からタクシーに乗って、山形駅に向かっているところだ。走りだしてから調べてみた。山形駅までざっと百二十キロ、ちょっとした旅行だ。とにかく、その途中で寝入ってしまったらしい。

シートに投げ出したままのスマートフォンが、ブーブーと震えている。目覚めた原因はこれだったようだ。表示を見ると、携帯電話ではない。登録していない固定電話だ。自宅の市内局番に近い数字ということは、ご近所さんだろうか。

「もしもし」

〈そちらは、藤井賢一さんの携帯電話ですか〉

喉が荒れた感じの、ひどく疲れたしゃべりかたに聞こえた。

「そうですが」警戒しながら答える。

〈ご本人でしょうか。ああ、こちらは中野区にある警視庁若宮《わかみや》警察署のものです〉

『警視庁』という単語に血流が反応した。

しかも、若宮署といえば、賢一の自宅界隈《かいわい》を管轄する署のはずだ。

「あの、やっぱり何かあったんですか」

〈やっぱり、ということは何かご存じなんですか〉

「いえ、詳しいことは何も」

〈そうですか。実は先ほど、奥さん、つまり藤井倫子を緊急逮捕しました。つきましては……〉

「逮捕って、倫子は何をしたんです」

〈あれ、聞いてないですか。おかしいな、電話した形跡があると報告されたんだが。

──ああ、旦那にはメールしただけか〉

賢一としゃべっているのか、脇の人間と話しているのかよくわからない。いったい、何がどうなってる──。

「教えてください。倫子が何をしたんですか」

〈傷害致死の容疑です。これから取り調べを始めますが、本人は犯行を認めています。自宅で男性を殴って死なせたと言っています〉

「傷害致死？　──何を言ってるんですか。そちら、ほんとに警察の方ですか。まさか……」

さすがに「詐欺」という言葉は飲み込んだ。電話の向こうの男がいきなり送話口をふさぎ、そばにいる人間に、やっぱりなんとかだ、とうんざりしたような声で話しかけるのが聞こえた。

〈まあ、ご主人、落ち着いてください〉

「そんなこと言ったって、倫子がいったい誰を死なせたんです。智代の間違いではないですよね」

認知症を患っている母なら、何かのはずみとか事故ということが考えられなくもない。

声が大きくなっていたらしく、タクシーの運転手がミラー越しにこちらを見ている。

賢一は窓際に顔を寄せ、口もとを手のひらで覆った。

「詳しく教えてください」

〈藤井倫子、四十歳、奥さんに間違いないですね。——被害者の氏名はまだはっきりしません。それ以上のことは電話ではちょっと〉

相手の男は、疲れているのか、賢一をじらして楽しんでいるのか、妙にゆっくりした口調で答えた。

〈それよりご主人、今どちらですか。山形県の酒田市に単身赴任していると本人から聞きましたが〉

本人とは倫子のことか。

「今、東京に向かっている途中です。山形駅から新宿行きの夜行バスに乗ります。順調に行けば、明朝七時前に新宿に到着する予定です。そしたら、そのまま警察に……」

〈いやいや、こちらにも手順がありますんでね。それじゃあご主人、自宅に戻ったら連絡いただけますか。そのあと、署のほうに来ていただくことになると思いますよ。それまでには、被害者の身元もはっきりしてるでしょう〉

「わかりました。それより……」

〈念のためですが、このままどこか遠方へ行ったりしないでください〉

「何言ってるんですか。ちょっと待って。妻に代わってください……」

　切られてしまった。

《通話終了》の文字が浮いた画面を睨む。あっというまのことで、どんな話をしたのか詳しく思い出せない。ただ、『傷害致死』だとか『被害者』『逮捕』という単語がぶつ切りに思い出せる。

　いったい何があったのか――。


　山形駅へは夜行バスの発車十五分前に着いた。

　代金を支払ってタクシーを降り、バスの乗車場を探す。

「これか」

　聞いていた発着場に《新宿駅南口行》の表示がある。

　赤ら顔のバスの運転手に《大畠準磨》のメモを見せ、金を支払うと口頭で席を指示された。チケットを発券しないということは、もしかすると大畠とこの運転手の、会社に内緒の小遣い稼ぎなのかもしれない。

　すでにシートはほとんど埋まっており、賢一の席は後方の窓際だった。

ざっと車内を見渡した。乗客の七割ほどは学生かそれに近い年齢の若者、あとは勤め人風の男女と数人の年配者のグループといった顔ぶれだ。

学生たちは気分が高揚しているらしく、何か冗談を言っては体をぶつけ喚声をあげている。

ふうはあ言いながら発車間際に駆け込んできた男が、空席だった賢一の隣に無遠慮に尻を落とした。高森久実が、冗談まじりに「一緒に行っちゃおうかな」と言った席だ。食事をしたばかりなのか、肉野菜炒《いた》めのような臭いが漂ってくる。

肥満気味のその男は、座るやいなやシート備えつけのテーブルを広げ、リュックの中から出したスナック菓子の袋を置き、ポータブルゲームを始めた。横顔を盗み見れば、歳《とし》は三十になるかどうかといった辺りか。

ただでさえ太っている上にダウンを着こんでいるので、腕が賢一のスペースまではみ出している。小刻みにゲーム機のボタンを押すたび、肘が賢一の脇腹に当たる。

イヤホンをしてはいるが、きしゅんきしゅん、という音が小さく漏れてくる。

言い争う元気はない。賢一は可能な限り体を引き、窓に頭を預けた。最初に停まるサービスエリアで耳栓を買おうと思った。

プシュー――。

軽く揺れてから、ゆっくりとバスは動きだした。

不安からか、興奮からか、それとも単純に寒さのせいか、賢一は自分の体が小刻みに震えていることに気づいた。

6

昨年六月——。

「係長。なんだか最近、会議が多くないですか」

隣席からそう耳打ちしてきたのは、部下の小杉康大《こすぎやすひろ》主任だ。

「クレームでも届いたんじゃないのか」

賢一は、内心の動揺を隠すように、机上のモニターに視線を向けたまま、当たりさわりのない答えを口にした。

二カ月前に、市販の頭痛薬をリニューアル発売したばかりだ。新商品の発売直後には、「体に合わない」だとか「ちっとも効かない」などのクレームや問い合わせが多くなるから、的外れとも言えない。

しかし実は、上司である磯部《いそべ》課長から「きみを呼ぶかもしれないから、会議が終わるまで待機してくれ」と指示されている。

もちろん、小杉になど言わない。この男、課内でも一、二を争うほど口が軽いからだ。

「もっと深刻な感じですよ」

地声の大きな小杉が、珍しく声をひそめている。賢一は顔を上げて、周囲に目を配った。いつのまにか販売促進一課で席にいるのは、賢一と小杉のふたりだけになっていた。

今の自社ビルは五年前に竣工《しゅんこう》した。実質上の創業者であり、現会長兼社長でもある南田誠《まこと》の「おれの目の黒いうちに建て替えろ」のひとことで工事が始まったのは有名な話だ。

テレビや雑誌が何回か取材に来たインテリジェントビルの明るくだだっ広いフロアには、賢一が所属する販売促進部のほか、企画開発部とグローバル・マーケティング部の三つの部、あわせて六十八名がゆったり座ってなお余裕がある。

周囲の社員は昼食に出たらしく、賢一たちの会話に聞き耳を立てていそうな人影はない。

だが、このフロアは意外なほど遠くまで声が届く。現に、隣の課の連中が、今日は行きつけの洋食屋へ日替わりランチを食べに行ったのを、賢一も知っている。どこで聞かれているかわからない。

小杉は話を続けたいらしい。

「毎回、山川《やまかわ》部長や佐々木《ささき》次長も参加しているらしいですよ。一度だけ、専務も顔を出したそうです。それでもって、みんなこんな顔して」

専務の名が出たので、思わず小杉の顔を見た。歌舞伎の隈取《くまどり》のように眉根を寄せて、口もへの字に曲げている。

「南田専務が？」

南田信一郎《しんいちろう》販売企画担当本部長は、南田誠の長男で専務取締役だ。次の次の社長と言われている。

新年の集まりでもないのに、課長からそんな大物までがずらっと顔をそろえる会議というのは、あまり聞いたことがない。しかもその場に呼ばれるかもしれない——。

「ね、モノモノシイでしょ。まさか、倒産なんかしないですよね」

七歳も年下で、去年主任になりたての小杉は、賢一の直属の部下だ。それにもかかわらず、賢一に対してときおり友達に対するような口をきく。悪い男ではないし、そういうマナーで育った世代なのだろうとあきらめている。

「それはないだろう」

昨年度は、風邪が流行《はや》ったのと、ダイエット用医薬品のヒットのおかげで、記録的な経常利益をあげて黒字決算になったばかりだ。

「どこから仕入れた情報だよ」賢一のほうからも探りを入れた。

「秘密です」

小杉は唇の端を上げて笑っている。どうせ、総務課か秘書課あたりの女子社員だろう。

「よけいな詮索はしないほうがいいぞ。それより小杉、先週頼んだ購買動向調査の数字、グラフに流し込んだのか」

「いえ、まだです」

「あんなものに、何日かかってるんだよ。それが終わるまで飯は行くなよ」

「ええっ、勘弁してくださいよ。あと五分でメシタイムなんです」

「死にゃしない」

「約束があるんです」

「情けない声出すな。じゃあ、戻ったら最優先でやってくれよ」

「さすが、係長。だからあんな美人な奥さんと結婚できたんですね」

「よけいなおべんちゃらは言わなくていい」

小杉はさっさと席を立っていった。

とうとう課でひとりになってしまったが、ユーザーや小売店からの外線が直接回ってくる部署ではないので、とくに問題もないだろう。

そう思った矢先に、内線電話が点滅した。賢一専用の番号、つまりご指名だ。

来た――。

あわてて取ったので、受話器を落としそうになる。

「はい、販促一課藤井です」

〈山川部長からのご指示です。今から第四会議室へお越しいただきたいそうです〉

秘書の女性だろう。まるで機械音声のようなしゃべりかただ。

「わかりました。すぐ向かいます」

課内に誰もいなくなってしまうが、命令のほうが優先だ。会社の中で生き延びていきたければ、つまらないことで口答えなどしないに限る。


「まあ、座ってくれ」

緊張して突っ立っている賢一に、販売促進部長の山川が、目前の椅子をすすめた。

「失礼いたします」

軽く礼をして、指示された椅子に腰を下ろした。きしきしっと二度鳴った。

まるで入社試験の最終面接のような雰囲気だ。

長テーブルがL字形に並んで、正面中央——つまり一番の上座——に、南田信一郎専務の顔がある。その向かって右隣に山川部長、直角に向き合った机にかしこまって座る次長と課長の顔もあった。

相変わらずひとめでそれとわかる高級スーツに身を包んだ南田信一郎専務は、南田誠会長の最初の妻、鈴恵《すずえ》が産んだ長男だ。鈴恵は信一郎が三歳のときに亡くなったと聞いている。相当な美人だったらしい。信一郎も母親似で、歌舞伎役者風の美男子だ。長く実業界の貴公子などと呼ばれたが、三年前、四十七歳で結婚した。

鈴恵が亡くなって、わずか一年後に再婚した後妻との間にできたのが、次男にあたる常務の隆司だ。

後妻の乃夫子《のぶこ》は、当時の〝厚生族〟議員の娘だ。浪費家で、結婚直後からあまりうまくいっていなかったらしい。

賢一も何度か乃夫子を見かけたことがあるが、今年で七十歳になるというのに、目が覚めるようなサーモンピンクだとか蛍光色のような空色のドレスを着て、吸血鬼のメイクのように真っ赤な唇をしている。

一種の政略結婚だったらしく、再婚後しばらくは、南田会長は何かにつけ前妻の鈴恵、つまり信一郎の母親を懐かしがり、人前であからさまに乃夫子と比べたそうだ。誠にそれほど悪気はなかったのかもしれないが、プライドの高い乃夫子はいまだにそれを恨んでいて、夫の悪口を息子の隆司に吹き込む。必然的に、この腹違いの兄弟はあまり仲がよくない。

ゴシップに詳しくない賢一でも知っている一族情報だ。

「実は少しばかり問題が持ち上がってね」

進行役は山川部長が務めるらしい。山川は、社員がまだ二十数人しかいなかったころからの古参社員で、町工場の工場長のような印象を与える。

それに比べると、ややあか抜けたビジネスマン風の次長や課長は、能面のような表情で視線を伏せている。

賢一は音をたてないように唾を飲み下し、続きを待った。

「わが社が医療薬部門に弱い、いや弱かったことは今さら説明の必要はないだろう。その対策として、調剤薬局や病院に、販売協力費という名目でバックしてきた」

賢一は無言のまま軽くうなずいた。

いわゆる『リベート』だ。

新薬などを売り込みたいときに、よほど話題性があれば別だが、ただ「お願いします」だけではこれまでのシェアに食い込むことはできない。特に、売薬と違って処方薬は医師や薬剤師の裁量が大きい。そして新薬は高い。患者を説得する必要もある。

その営業対策のひとつが、自社の製品を使ってもらったことへの謝礼として、リベートを支払う方法だ。キックバックなどと呼ぶ場合もあるが、実態は同じだ。世間的にあまりよいイメージはないが、リベートそのものは違法ではない。

山川部長は、そこから派生して問題が起きた、と言う。

「これは明日発売の『週刊潮流《ちょうりゅう》』に載る記事だ」

数枚綴《つづ》りの紙が山川の手から次長へそして課長へと渡り、課長が立って賢一のところまで持ってきた。

個人、法人を問わず、スキャンダルを派手にぶち上げるので有名な週刊誌だ。その記事のコピーのようだが、はしにトンボと呼ばれる断裁の目印が入っている。いわゆる校正刷りだろう。

《巨大製薬会社の深い闇。裏リベートと献金まみれのその手口に迫る》

また何かの言いがかりだな、というのが第一印象だった。

個人であれば、百円のものを買って一円か二円をポイントとして還元してもらう。それが商取引に舞台を移せば、ゼロが五つか六つ増えるだけのことだ。

ただ、仕入れてもらって見返りを渡すという行為が日本人の潔癖性に合わないので、従来『リベート』という言葉に反感を持つ人間は多い。正直なところ、学生の頃までは、賢一もそのひとりだった。

クリーンなイメージを大切にする製薬会社などは、最近「リベートとの決別」をうたっているところが多い。しかし賢一の知る限り、いまだ少なくない会社がこの手法をとっている。個人なら少しでもポイント還元の多い店に行くのに、企業がそれをやると反社会的な言われかたをするのはフェアではないと、今では思っている。

ただ、金の流れの構造上、脱税や背任とつながりやすいのも事実だ。コンプライアンスには気を遣う。

賢一の所属する販促一課は、まさに大手病院や調剤薬局チェーンとの、リベートの調整をするのが主たる業務なのだ。充分に慎重にやってきたつもりだ。

賢一は、自分でも気づかぬ間に納得いかないという顔をしていたらしく、部長がやや弁解気味に先を続けた。

「与党議員の後援会への献金については、法務部で対応している。おそらく問題にならないだろうとの見通しだ。言わずもがなだが、民間薬局へのリベートは合法だ。記事には《リベート分を売価に上乗せしている》などと書いてあるが、単に大衆の感情に訴えた事実無根の記事であり、まったくもってけしからん。これだけなら、販売差し止めの仮処分申請をするところだ。しかし――」

一気にしゃべってから、山川部長は深く息を継いだ。

「従来の国立病院は機構改革の途中にあっても、依然その職員は『みなし公務員』だ。民間人なら問われない贈収賄罪が成立する。何が言いたいのかといえば、国立病院機構三鷹《みたか》医療センターのことだ」

「それはまさか」

驚く賢一に部長がしかめっ面でうなずいた。

「医局長の倉坂《くらさか》さんのことが書かれてる。記事内では仮名だが関係者ならすぐわかる。倉坂さんが通勤時を含めて自家用に使っているＢＭＷは、金品の贈与に当たる」

「し、しかし部長、あのＢＭＷは減価償却に見合う金額をいただいて貸与し、維持管理手続きを当社で代行するだけと聞いていますが」

「それが、手違いで、金を受け取っていなかったらしい」

「手違い？」

思わず語尾が上がる。つい、へらへらと笑ってしまいそうになって、危ういところでとどまった。法令順守管理専門の部署まである一部上場企業が、そんな「手違い」を犯したなどと誰が信じるだろう。

「正直なところ、油断と慢心があった。言葉を変えればマンネリだ」

山川部長が苦々しい顔で吐き出し、続ける。

「とどめは接待ゴルフだ。足代として金まで包んでいたのがなぜか知られている。これも贈賄とみなされる可能性がある」

頭の隅で、これは茶番だという声が響く。今さら何を言ってるのだ。だからあれほど念押ししたではないか。空《むな》しい抵抗だとは思ったが、それでも最低限のことは反論してみたかった。

「ゴルフの一件も事前に確認したはずです。そうしましたら、磯部課長に『きちんと会費はもらっているから』と説明を受けて、それでわたしはコンペを企画し幹事役を務めさせていただきました。先ほどのＢＭＷの件も、わたしは、単に納車や車検時の手配をしただけで、詳細については何も知りません」

磯部課長に視線を向けたが、手元を見つめたまま顔を上げようとしない。

「わかってる」

部長が机に肘をついたまま代わりに答えた。

「きみの言い分はよくわかっている。しかし『完全に誠南側のミス』ということにしなければ、倉坂さんの立場がまずい」

倉坂に収賄の罪をかぶせてしまっては、以後、三鷹医療センターはおろか、ほかの国立病院機構とのつきあいができなくなるという。

「いいえ、わたしが申し上げたいのは、倉坂さんに罪を押し付けるとかいうことではなく、少なくともわたしはコンプライアンスの……」

「だから、きみの言いたいことはわかってる。しかし、『うっかりしてました』で済ませるわけにはいかないところまで来てしまったんだ」

部長の声が次第にいらついてきた。論点もなんとなくかみ合わない気がする。予定された結論に早く持っていきたいのだろうか。

「その先はわたしが説明しよう」

ずっと目を閉じて聞いていた南田信一郎専務が、初めて口を開いた。バリトンというのだろうか、よく響く声をしている。

「販売企画部門の総責任者はわたしだ。責任をとって、来月付けで販売企画担当を外れる。ロスにある誠南メディシン北米総支社へ異動になることに決まった」

冷たい風に、首筋をなでられたような気がした。事実上の左遷だ。年間の連結売上額が一兆円に届こうとしている企業グループの、宗家プリンスが更迭されるほどの激震なのか。今の自分は、その舞台に主要登場人物として押し上げられてしまったらしい。

南田専務が、声のトーンを変えずに続ける。

「わたしがすべてかぶるつもりでいたが、一部の人間が、それでは済まないと言い張っている。想像がつくだろうが」

ここで一拍置いた。もちろん簡単に想像はつく。兄弟でありながら仲の悪い、弟の隆司常務だ。再び、信一郎専務が口を開く。

「今朝一番で行われた臨時取締役会でも、実務面の責任の所在を明確にすべしという声が強かった。そして、会長も同意されている」

誰かの唾を飲みこむ音がやけにはっきり聞こえた。

「実際に処理をした人間を処分しなければ、世間、ひいては株主が納得しないだろうという結論に至った」

言葉が継げずにいる賢一を、四人の管理職がじっと見つめている。

「倉坂医局長を招待し、一緒にラウンドしたのは藤井係長、きみだったね」

山川部長が、もったいをつけた口調でわかりきったことを訊いた。

「しか……しかし、先ほどから何度も申し上げていますように、それは、なんというか、あくまで指示されたからです」

普段は部長に口答えなどしないが、これは非常事態だ。最低限のことは主張しないと取り返しのつかないことになる。

山川部長は賢一の主張をあっさり聞き流して自分の言うべきことを続けた。

「いずれ、形ばかりの処分をしなければならなくなると思う。きみだけに泥をかぶってもらうわけではない、ほかに、きみに対する監督責任を問われる形で、わたしと次長、そして課長も処分の対象になるだろう。今伝えておきたいことは以上だ」

「ちょっと待ってください」

「悪いようにはしない。このメンバーがそろっている場で約束する。下がっていいよ。お疲れさん」

そのあと、どんな挨拶をしてどうやって自分の席に戻ったのか、よく覚えていない。それだけではない。結局昼食をとったのかどうかさえ、いくら考えても思い出すことができない。

——きみに対する監督責任を問われる形で。

まるで、賢一が実行犯だと言わんばかりではないか。いや、そう言っているのだ。

それから二日間は変化がなかった。

あれは何か夢でも見ていたのかと思うほど、風も吹かないし波も立たない。賢一はこれまでと同じように出社し、同じように仕事をこなした。

すぐ近くに席のない部長や次長はともかく、磯部課長と顔を合わせるのは気まずかった。課長のほうでもそれは同じことらしく、仕事に関する必要最低限の会話以外、賢一とのコンタクトを避けていた。

宣告を受けてから三日目の昼、ほかの課員が出払って賢一しかいないところを狙いすましたかのように内線電話がかかってきた。また秘書課からだ。

「あ、はい、販促一課藤井です」痰《たん》が喉にからんだ。

〈少々お待ちください〉

あの日聞こえたのとは別の女性の声でそう言われた。続けて保留のメロディ。電話をかけてきていきなり待たせるのは、相手が役員クラスの場合が多い。

〈藤井君か〉

とっさに考えをめぐらす。この声は誰だ？　まさか、と思った。常務の南田隆司だ。

隆司に関してはあまりいい噂がない。モデルと浮名を流したかと思えば、バカラ賭博場に出入りした疑いで、内々に警察の事情聴取を受けた、などなど。

特に女癖はひどく、かなりのスキャンダルをもみ消したと聞いている。

こんなときに、いったい何の用事だ。背中の筋肉が強張る。

創業時からの大番頭で現在副社長の園田守通《そのだもりみち》と、この隆司が最近急接近しているとの噂がある。

園田は次期社長の椅子が約束されているが、信一郎へのワンポイントリリーフであることは、入社間もない一般職事務員まで知っている。ここまで会社を育てたのは自分だという自負があれば、面白いわけがない。

つまり、園田副社長と隆司は信一郎を面白く思っていないという点で利害が一致している。

「南田常務でいらっしゃいますか」

〈ああ。藤井係長、急な誘いで申し訳ないが、今夜の予定を空けてくれ〉

「今夜ですか」

〈いやか？〉

「いえ、問題ありません。何時にどこへうかがえばよろしいでしょうか」

〈定時で上がれるよう、指示を出しておく。詳しくは秘書から聞いてくれ〉

「はい。秘書の……」

〈いちいち訊き返すなよ。時間の無駄だ〉

7

「まあ、そんなかしこまってないで、こっちに来なよ」

南田隆司常務が、ざっくばらんに声をかけた。

秘書に指示された社用車に乗って連れて行かれたのは、赤坂にある料亭だった。

神経質なまでに手入れされた生け垣に囲まれ、門には個人宅の表札のような小さな札がかかっている。一見《いちげん》さんお断りと言われなくとも、とてもふらっと足を踏み入れようとは思えない雰囲気があった。

物腰の柔らかな和服の女性に案内された先で、南田隆司は待っていた。

座敷の入り口付近にかしこまって正座すると、隆司は砕けた口調で賢一を呼び寄せた。

畳の上を擦《す》るようにして、隆司と向かい合うようにセットしてあった卓の前に座った。

漆塗りの皿や高そうな小鉢に、いくつか料理が載っていた。

「さ、グラス」

気がつけば、隆司が腕を伸ばしてビール瓶を掲げて待っている。どうしたものかと迷っていると、隆司は小さく舌打ちして「早くしろ」と催促した。

賢一はあわてて、伏せてあったグラスを持った。とくとくと注《つ》がれていく合間に、隆司が言った。

「おれは、ビールといえば国産の瓶ビールしか飲まないんだ。きみらに言っても、通じるかどうかわからないけどさ。人間の質ってのは、畢竟、そういうこだわりの積み重ねで作られるもんだろう」

南田隆司は、イタリア製の高級スーツに身を包み、ラテン人種を思わせる彫りの深い顔で、江戸っ子のような砕けた口をきく。賢一は恐縮して「はあ」と小さくうなずくだけだ。

「じゃ、乾杯」

南田に合わせて軽くグラスを掲げ、ひと口だけ飲み下した。

「さ、遠慮なくやってくれ。残したってもったいない」

たしかに、賢一の目にも高そうだとわかる料理が並んでいる。しかたなく、そろそろと箸を持ち上げた。

「あの、どういったご用件でしょうか」

白身魚のしんじょのようなものをつまんだが、味などしない。南田は、あぐらをかいていた足を組み直して、そうだな、と笑った。

「料理でも食いながらおいおいと思ったけど、先に用件を済ませようか。おれもそういう主義だから」

南田は、現在問題になっている贈賄容疑の一件だ、と切り出した。

「きみとしちゃ、納得がいってないんだろう」

真意がわからない。

賢一自身は、信一郎専務と個人的な会話など、ほとんど交わしたことがない。もちろん、「子飼い」と呼ばれるほどの地位にはいない。しかし、大きなくくりでいえば販売企画部門の一員だ。ほとんど雑兵《ぞうひょう》のような存在だが、賢一は隆司にとっては敵対している派閥の人間だ。

戦国時代でいえば、豊臣軍《とよとみぐん》の下っ端侍が、柴田勝家《しばたかついえ》に直々に呼び出されたようなものだ。

「わたしは常にコンプライアンスに則《のっと》って……」

「そういう野暮な話はやめようぜ」

「はあ」

隆司が人払いをして、八畳ほどの部屋にふたりきりになったとたん、かこーんと響く音にびくっとなった。庭の隅で鹿威《ししおど》しが鳴っただけだ。

「きみ、このままだと、島流しにあって、それで一生終わるぞ」

賢一が恐れていたことを、そして、なるべく考えないようにしていたことを、ずばりと切り出した。

「すんなり処分を受けるつもりか？」

「それは、ほかの上司などとも相談して」

「甘いなあ」かたんとビールのグラスを卓に置いた。

「そりゃ甘すぎるだろ。よくここまで生きてこられたな。幸運のかたまりだな。あんな美人な奥さんといい」

ばかにされているのか、多少は褒められているのかわからないので、賢一はただ、はあ、とうなずいた。

「おれは会ったことがないけど、娘さんだって美人だそうじゃないの」

「そんなこともありませんが」

会社の人間に家族の、とくに妻の倫子の話題を出されると、どうしても気恥ずかしい思いが湧く。

賢一と倫子は社内結婚だ。

「奥さんも娘さんも、幸せにしてあげなよ」

隆司が、賢一の目をじっと見据えて意味ありげに笑った。

隆司は、その顔から想像できるとおり直情径行型で、〝濃い〟性格をしているという噂だ。

実際に社員総会の場で、名指しで一社員の失策をあげつらうのを、賢一も見た記憶がある。たしか、上司の指示に従って、会社に損害を与えた事例だった。しかも、当事者である課長クラスの社員を、非難するというよりは、嘲笑《ちょうしょう》の対象にしていた。

——こんな中堅管理職がいてもつぶれないんだから、我が社はたいしたものだよ。なあ。

隆司がそんなふうにマイクで怒鳴ると、講堂を埋めた社員の半分ほどが笑った。三月ほどでその課長は、関連会社へ出向していった。

社内の派閥問題など持ち出すまでもなく、賢一はこの隆司が生理的に嫌いだった。家族の幸せのことなど、あんたに言われる筋合いはないと思ったが、素直にビールを受けた。

「いただきます」

「うん。それでさ、ひとつ提案があるんだが」

「どんなことでしょう」

「きみは上司の命令で、国立病院機構の倉坂医局長を接待したわけだな？」

「…………」

「具体的に指示したのは磯部課長だな」

「…………」

「はっきりしろよ。返事は？」

「はあ、まあ」

「なんだ、おい。きみは何歳だ。宿題忘れた中学生じゃないんだ。しっかりしてくれよ。とにかく、それをだな、はっきりと文書に残して欲しい。つまり『わたしは、違法の可能性があるからいやだと断ったにもかかわらず、磯部課長の指示によって、無理矢理接待ゴルフをさせられた。その際、少なからぬ額の現金をお車代として渡した』という意味合いの文面で。具体的に金額を入れたほうがいいかな。十万だったかな。そのあたりは、弁護士に相談して連絡させる」

「わたしが、そのような文書を書くということですか」

「ほかに誰が書く」

それでは違法性を認識していたことになる。そんなことを認めてしまっては、それこそ下手をすれば犯罪者だ。雲の上の交渉の成果なのか、今はまだ警察や検察が強制捜査に入っていないと聞く。それをいいことに、なんとかグレーのままうやむやにしているのだ。藪蛇《やぶへび》になってしまう。

答えを探して視線をさまよわせていると、隆司がふっと笑う気配があった。

「噂にたがわず小心者だな。そんなものは、あくまで万が一のときの保証で、表には出さない。考えてもみろよ。社外的にみれば、我が社の汚点だからな。正直いって警察への対策はおれが汗をかいている。兄貴よりあちこちに顔も利くしな。野暮なことは言わんが、おれの出自を思い出してくれ」

そこで間が空いた。賢一に思い出させる時間を与えたつもりだろう。南田会長の後妻で隆司の母親である南田乃夫子は、かつての厚生族——現厚労族——議員の娘だ。だから隆司も官僚に顔が利くらしい。役所は縦割り社会といいながら、役人個人は横のつながりもあると聞いたことがある。

「これぐらいの問題、うやむやにできなくてどうするよ。薬害問題なんかに比べれば、羽毛みたいに軽いさ。リベート絡みのグレー行為なんてどこもやってる。だってそうだろ。誰も傷ついていないんだから。なのに告発合戦が始まれば収拾がつかないことになる。国会議員の首だって、ふたつやみっつ飛ぶかもしれない。検察もまだそこまでメスを入れるほどの覚悟はないだろうしな。放っておけば立ち消えになるだろう。——だけどさ、それじゃ社内的なけじめがつかないんだよ。主犯格のやつらがのうのうと生き延びる。兄貴なんかはしたたかだから、北米に飛ばされたとかいったって必ず巻き返してくる。きみら下っ端はまた別だがな。あ、気に障《さわ》ったか」

「いえ」素早く首を振る。

「とにかく、部下にババを引かせて、自分らはのうのうとしている。それは許せんだろう。もみ消すのにどれだけ金がかかったと思ってる。——もし、さっきの証言を書いてくれれば、とりあえずの異動はしかたないにしても、すぐに本社に戻してやるよ。別なポストを用意してな。そうだ、形ばかり社内研修を済ませて、課長に昇進だ。開発部に空きを作るぞ。いや、きみの性格なら総務が向いているな。きついが、いろいろおいしい思いもできる」

「総務課長、ですか」

「ああ、そうだよ。不服か？」

めまいがしそうなほど魅力的な誘惑だった。

誠南メディシンでは、総務畑は組織の中枢を貫く黄金の線路の一本だ。二年前に提出した自己評価票に《総務部への異動を希望》と書いた。それを読んだらしい。まがりなりにも常務を務めるだけあって、ただの遊び人ではなさそうだ。

驚くと同時に警戒心も湧いた。

ほんとうは、一週間ぐらいかけてゆっくり悩みたいところだ。しかし、自分を庇護《ひご》してくれる可能性のある上司たちは、そろって地方へ左遷になりそうだし、はるか上のボスは、もうすぐ地球の裏側に行ってしまう。風前の灯《ともしび》というのは、まさに今の自分のことだ。もし、会社で自分の立場が悪化すれば――つまり収入が減るようなことになれば――家族にも迷惑をかけることになる。

隆司は美味《うま》そうにビールを干した。すかさず、賢一は瓶を手にして注ぐ。

「あのう――」

「なんだ」

「仮にわたしが、磯部課長の指示だったと明言した場合、課長の立場はますます悪くなりませんか」

「なるさ」

平然と言い放って白身魚の刺身を箸ですくい、突き出した舌先に載せた。

「うん、まあまあいける。——そりゃなるよ。しかし、磯部はどのみち終わりだよ。彼は、実動部隊として手を汚しすぎた。兄貴に、つまり専務に何度か銀座のクラブに連れていってもらったぐらいのことで、将来を棒に振るとはね。それより、きみは他人の心配をしてる場合じゃないだろ」

その言いかたに腹は立つが、一理あるのも事実だ。賢一はそんなところに連れていってもらったことはない。それを恨んだわけでもないが、隆司が言うように、自分ひとりが生真面目に考えるのはばからしく思えてきた。

「隠すつもりはない。おれは、兄貴を追い落としたい。そのためにはなんでもする。あいつにくっついてると、きみも一蓮托生《いちれんたくしょう》だぞ」

今夜、隆司の口から出た言葉の中で一番低い声だったが、一番すごみがあった。

隆司は、そこでいきなり身を反らせるようにして、明るい声で言った。

「まあ、そういうことでさ、ここはひとつ諒解《りょうかい》してくれないか。悪いようにはしないから。そうだ、今度奥さんと娘さんも誘って食事でもどうかな。南青山にこぢんまりしたいい雰囲気のフレンチの店があるんだ――」

結局、隆司の指図にしたがうと約束してしまった。

承諾するなり、隆司の態度はますます傲慢《ごうまん》になって、まるで酒席の余興とでもいわんばかりに、謗言《ぼうげん》を吐きつづけた。そのほとんどは、賢一の甲斐性《かいしょう》に関する話題だ。はらわたが煮えくり返ったが、ここまで我慢したのだからと、何を言われても聞き流した。

料理の味もわからず、半分以上残して外へ出てみると、ビルの隙間に異様に明るい月が浮かんでいた。

隆司派に指示されたとおりに書いた告白の文書が、その後の結果に、どこまで影響を与えたのかはわからない。

信一郎専務はもちろん、部長や課長に呼び出されて詰問されるようなこともなかった。そのうちに、アメリカへ行く専務は別として、部長以下の管理職の処分は、当初の見込みよりも、さらに重くなったのではないか、という噂が流れてきた。

結局、山川部長は大阪支社へ横滑りで移り、役職ランクでいえば一段半ぐらい落ちた。次長は北九州、磯部課長は北海道北見《きたみ》市の、およそ出向が可能な関連会社の中では、最北の地にいる。

はたして、自分はどうなるのだろうと思っていると、『東誠薬品』酒田支店へ出向の辞令が出た。

打診どころか、内示もなく、いきなりだった。それに、いっときのカモフラージュにしてはずいぶん遠いと思ったが、それでもまだ安心していた。下手に接触したり甘くしたりすれば、すぐに勘ぐるやつが出てくる。

とにかく、隆司常務と直接約束したのだ。来春になれば、本社に戻って総務課長の席が待っている。家族も喜んでくれるだろう。香純の受験も終わっているはずだ。

とにかく、一年足らずでわが家に春がやってくる。

必死でセールストークも覚えた。虫が好かない松田支店長とも、波風を立てないようにして、時を待った。秋頃から、家族がばらばらになりそうな気配があったが、それでも彼女たちの笑顔の写真を見て耐えた。もう少しもう少しと、自分に言い聞かせてきた。

ところが、まもなく異動の季節がやってくるというのに、なんの音沙汰もない。

迷いに迷ったあげく、もとの部下である小杉主任に電話をかけてみた。

「ああ、係長、お久しぶりです」

暢気《のんき》な声が返ってきた。

「最近、何か人事の噂でも聞いたか」と遠回しな質問をしてみたが、人の気も知らずに
「いやあ、これという話は、特に聞かないですね」と答えた。

ところが、ほんの一週間前のことだ。信一郎元専務が近々日本に戻ってくるらしい、という情報を得た。ただし「専務」の肩書がつくかどうかは微妙だという。経営に口を出さないことを条件に、呼び戻してもらったという説もある。

ほとんどは、訊きもしないのに松田支店長がべらべらしゃべったのだ。

仮に信一郎が戻ってきても、「骨抜き」にされたのなら、隆司の狙いどおりだ。

今では、人事と運営両面の実権は、事実上弟の隆司が握っている。次回の役員会で、信一郎は平取《ひらとり》に降格し、隆司は専務に昇格する。そんな噂さえある――。


夜行バスの隣席で、延々とゲームを続ける男の肘が脇腹に当たって、我に返った。

こんなときに、自分はいったい何を回想しているのか。二十年あまり飼いならされて、すっかり発想の根幹に会社が居座るようになってしまった。

家で何か事件があったらしいが、詳細がよくわからない。警察を名乗る人物は、倫子が人を殺したという。だから逮捕したという。にわかには信じがたいが、ほかに合理的な説明もつかない。

とにかく、今はサラリーマン生活の今後について、ああだこうだと考えている場合ではないだろう。

ゆるくカーブを描く高速道路上に、渋滞の車のテールランプが赤く繋がっている。

都内ではめったに見る機会のない、白い風花が、桜の花びらのように舞っては闇に吸い込まれていった。

大学入試のときに、古文の解釈問題で間違えたため、皮肉にもいまだに忘れることのできない短歌が、ふっと浮かんだ。

〈冬ながら空より花の散りくるは雲のあなたは春にやあるらむ〉

歌の中身とは正反対に、急に寒けを覚えた。

ぶるぶるっと身震いしながらため息をつくと窓が白く曇った。

8

賢一の乗るバスが、新宿駅南口のバスターミナル『バスタ新宿』に到着したのは、予定を一時間以上もオーバーして、午前八時になろうかという時刻だった。

バスの中では、隣席の太ったゲーム男のおかげもあって、半覚醒のような状態のまま、狭いシートで揺られ続けた。まるで地球の裏側から旅をしてきたように疲れ果てていた。

新宿の風は、酒田と変わらないかむしろ冷たく感じた。空気が乾燥しているせいかもしれない。

長く座っていたため、すっかり強張った腰のあたりを、こぶしで何度か叩いて、西武新宿駅に向かって歩きだした。

まず娘の香純に電話をかけたが、やはり応答はない。次に義妹《いもうと》の優子に電話を入れた。同じだ。

しかたなく倫子の携帯にかけた。――〈はい〉不愛想な男の声が答えた。

「警察の方ですか」警戒しつつ問う。

〈そうですが、あなた、ご主人ですか〉

このどこか横柄な物言いには覚えがある。声質からすると別人らしいが、昨夜電話で話した男と同類だ。

「そうです。今……」

賢一が話している途中にもかかわらず、向こうで送話口を押さえたらしい。がさごそと音がして、くぐもった声に変わった。「来た、来た」と、なんとなく不機嫌そうに誰かに怒鳴っている。二、三回のやりとりのあと、急に声が戻ってきた。

〈今、どちらですか。たしか、今朝早くに戻ると聞いてますが〉

「それが、途中で事故の渋滞などもあって、予定より少し遅れまして……」

相手の男は賢一のいいわけなど聞く気はなさそうだった。

〈あとどのぐらいで着きます?〉

「三、四十分で帰宅できると思います」

〈わかりました。できるだけ早くお願いします〉

　ぷつっと切れた。

　西武新宿線の都立家政駅に着いたとき、時刻は午前八時三十分を少し回ったところだった。ここで一度、会社に電話を入れることにした。

　午前九時始まりなので、松田支店長はあと十分ほどしないと出てこない。しかし、ほかの社員はちらほら出社しはじめているはずだ。高森久実経由の伝言、という選択も考えたが、なんとなくためらわれた。暖房の効いた小料理屋で、彼女のグロスに濡《ぬ》れた唇が寒鰤の白い身を喰《は》んでいたのが、ずいぶん遠い昔のことに思える。

　代表番号にかけてみると、総務経理担当の女子社員が出た。用件を告げる。

「藤井です。今日は休みます」

　はあ、と気の抜けた返事をする女子社員に、はっきりと伝えた。

「家庭の事情です。支店長にはあとで直接連絡を入れますが、しばらく電話できないかもしれないので、とりあえず伝言だけお願いします」

「はあい、お大事に」

　駅から自宅までの道を、どう歩いたか自分でもよくわからない。

ようやく、自宅の懐かしい屋根が見えるあたりまで来て、やはりこれは現実なのだという思いが強くなった。

車二台がすれ違うのがやっとの狭い道路の片側に、警察車両が何台も停まっている。制服制帽の警察官が背筋を伸ばして立っている。玄関前に赤いコーンが置かれ、黄色いテープが張られていた。非日常の光景だ。

遠巻きに見ている野次馬のひとりがふいに振り返った。

「あ、藤井さん」

近所の六十を過ぎた主婦だった。それを合図に、周囲の人間の表情が一瞬固まり、すぐにどこか歪《ゆが》んだ笑みに変わった。

あら、とか、おお、などと言葉にならない声を漏らすが、どう話しかけていいか迷っているようだ。

「お騒がせしてすみません」

誰にともなく軽く頭を下げ、玄関先に立ってこちらをうかがっている制服警官に近づいていった。

警官のほうでも賢一に気づき、声をかけてきた。

「ご家族のかたですか」

「はい、ここの世帯主の藤井です」

警官は少し緊張した顔つきになり、無線機に向かって何かしゃべった。しかし、それきり賢一を無視している。

「あの、入っていいですか」

「いえ。お待ちください。今来ます」正面を睨んだまま冷たく答える。

いったい何が来るのかと思いつつ、足の先が冷えていくので足踏みをして待っていた。

ようやく玄関から出てきた男が、賢一に向かって「遠いところからご苦労様です」とにこりともせずに言った。

賢一よりいくつか年上だろうか。着ているステンカラーコートやスーツと同じぐらい、くたびれた表情をしている。寝不足なのかもとからそうなのか、まぶたが重そうに垂れて、目が半分ほどしか開いていないように見える。これが〝刑事〟という人種だろうか。

男は、はずした白手袋をコートのポケットに押し込み、身分証を見せた。

「藤井賢一さんですね。警視庁若宮警察署の磐田《いわた》と申します。磐梯山《ばんだいさん》の磐です」

やはりそうらしい。

「藤井賢一です。妻はどこですか」

「電話で説明してませんかね。身柄は署のほうにあります」

「身柄って――」その先の言葉が続かない。

磐梯山の磐田刑事は、わざとらしく視線をはずし、なだめるように言った。

「このあと署でゆっくり」

無精ひげの下から吐き出される白い息に煙草の臭いがまじる。

「その前に、家に入ってもいいでしょうか」

「そりゃ無理です」

磐田刑事は、とんでもないという口調で手を振った。まさか、否定されるとは思わなかった。ここで事件が起きたのかもしれないが、なんといっても自分の家だ。

「どうしてですか」

「まだ鑑識が検証中ですからね。わたしらだって勝手には動けない」

こんなとき「そんなのはそっちの都合だろう。知ったことか」とでも、啖呵《たんか》を切れる性格ならよかったのにと思う。

「それから、娘や母はどうなりましたか」

「無事だと聞いていますよ」

「家の中にはいないんですか」

「いませんね。それより、さっきから言ってますが、ご主人が見えたらとにかくすぐ署のほうにお連れしろと指示を受けてます。ご同行願いますね。おい、おまえ」

「でも……」

磐田刑事は、部下らしき男に車を回すよう指示した。気がつけば賢一の右の二の腕をしっかりとつかんでいる。逃亡防止のつもりだろうか。多少、言葉が荒くなった。

「こんなことされなくたって、逃げないいし、妻がいるなら警察でもなんでも行きます。ただ、その前に家の中を見せてください。どうなっているのか気になるし、わたしには、知る権利があると思いますが」

磐田刑事がめんどくさそうに口もとを歪めた。

「だから、殺人事件の現場検証中なんですよ。もとはといえば、おたくの奥さんが起こした事件でしょう」

刑事の口調もきつくなった。

こんな押し問答をしていても、埒《らち》があかない。倫子の身も気にかかる。しゃくに障るが、ここは言うとおりにしようかと思ったとき、ポケットの中でスマートフォンが鳴っているのに気づいた。会社の番号だ。

「もしもし」

〈あ、藤井代理？　あのさ、勝手に何やってるのよ。そっちから連絡するって言ってぜんぜんかけてこないし。いきなり休んで連絡もしないっていうのは……〉

「申し訳ありません。ただ、ちょっと家庭内でトラブルがあったようで」

〈どんなトラブル……〉

「申し訳ありません」

もう一度詫びて電話を切った。隣で待っている磐田が、しびれを切らしたのか、子どもに言って聞かせるような口調で話し始めた。

「いいですか、藤井さん。あなたの奥さん――藤井倫子が、この家のリビングのテーブル付近で男性を殴りました。男性は救急搬送されましたが、脳挫傷と脳内出血でほとんど即死状態でした。警察に通報してきたのも本人です。駆けつけた地域課の警官に『自分がやった』と申し出たので緊急逮捕しました。――ざっとこんなところです。わかってもらえましたか。証拠の採取をやってるから、たとえ家族でも中に入れるわけにはいかないんです。納得いただけましたか」

　納得はできないが、どうできないのかは、うまく説明できない。

「そもそも、亡くなったという相手のかたはどこのどなたですか」

「ああ、それも聞いてない？　『誠南メディシン』という、大手製薬会社のお偉いさんだったかな。――たしか、南田隆司という名前です。ついさっき、被害者のご遺族によって確認してもらいました。さて、ご納得いただけたら、署のほうへご同行願えますか――」

　後半はほとんど聞き取れなかった。

　自分の家の塀に手を当て、その場にしゃがみこんで呼吸を整えた。昨夜の小料理屋で軽くつまんで以来、何も食べていないのが幸いした。

吐きたくても、吐くものがなかった。

9

賢一と倫子は、同じ年の新入社員、つまり同期入社だった。

しかし、倫子を初めて意識したのは、入社後に彼女が配属先である受付ブースに座ってからだ。

賢一は倫子の姿を、会社説明会や入社試験で見かけた記憶がない。「だって、一度でも見かけたなら忘れないはずだよ」と、つき合いだしてから倫子に言った記憶がある。

もちろん、倫子を目当てに同期会を企画する男子社員がいる程度の「美人」ではある。それが、賢一が惹《ひ》かれた魅力のひとつであることも否定しない。だが、最大の理由ではない。

受付ブースに座る倫子と挨拶をするたびに、彼女の笑顔に惹かれた。言葉では説明しづらいのだが、その目もとや口もとの笑みが、ごく自然体で優しいのだ。通勤途中に足を踏まれながら逆に舌打ちされた朝も、同僚のせいで課長からいわれなき叱責《しっせき》を受けた午後も、彼女と挨拶を交わすと心が和んだ。

賢一の母親、智代は、いまでこそ病気のせいでぼんやりしていることが多いが、昔はしつけに厳しかった。だらしない食べ方、だらしない服装をしていると、食事を抜かれたり、買ってもらったばかりのジャンパーを取り上げられたりすることもあった。母親に無条件で甘えた記憶というものがない。

倫子には、「母」を連想させる温かみがあるように感じてもいた。

これは後に聞いた話だが、旧姓滝本《たきもと》倫子は、短大卒業後に就職の決まっていた中堅商社が、入社直前に倒産してしまったのだそうだ。やむなく彼女は、誠南メディシンが当時募集していた、有期の契約社員の職に応募した。ところがこのとき、気まぐれで採用面接に顔を出した執行役員に気に入られて、急遽《きゅうきょ》正社員に採用された。

異例のことだから、社員のあいだではそこそこ有名な話だったらしい。むしろ、知らない賢一のほうが社内事情にうとかったのだ。

倫子は高校時代に二年ほど両親とアメリカに住んでいたことなどもあって、日常会話程度の英語は使いこなせた。それに、短大時代にビジネス系の資格もいくつか取っていた。

南田誠会長が企画した社内運動会で、同じ昼食準備係を受け持ったことが、彼女と個人的な会話をするきっかけとなった。向こうは受付にいるので、その気になれば日に数回は言葉を交わすことができる。しだいに業務に関係ない話題が交じりはじめ、ついに映画に誘った。

その日は、肩の張らないレストランで食事をしただけで帰った。

公園でのイベントに誘い、ショッピングや慣れないコンサートに付きあい、ドレスコードのあるレストランから居酒屋までこなし、ようやく数カ月後に、外資系のタワーホテルに泊まった。

親しくなるきっかけとなった運動会は「社員に強要するのは労務上の問題がある」という声が高まって、翌年から廃止された。

今年で出会って丸二十年、結婚してからでも十七年になるが、いまだにふと「どうして倫子は自分を選んだのだろう」と思うことがある。言い寄る男は両手に余るほどいたはずだ。

倫子本人に訊いてみたこともある。

「だって、わたしが手を握るまで触ろうともしないし、そもそもデート初日にホテルに誘わなかったのは、あなたが初めてだったから」というのが、彼女の答えだった。笑いながらだったので、はぐらかされたような気もするが、何割かは本心だろうと思っている。

結婚後に知らされたのは、楽しい話ばかりではない。

結婚して三年ほど経ったころのことだ。テレビで不倫のドラマを見ながら、『誠南』の社内恋愛について、とりとめのない噂話をしていたとき、倫子が唐突に言った。

——わたし、受付にいたとき、弟のほうの南田さんに誘われたことがあるの。

当時は隆司もまだ常務ではなかった。そして、面接に立ち会い、倫子を正社員に推した執行役員というのが、この南田隆司だった。

寝耳に水とはこのことで、すんなり笑って聞き過ごすことはできなかった。

——誘われたって、何に？

——まあ、簡単にいえばデート。あなたと知り合う前。

——ええっ。そりゃ初耳だよ。

——あなたは、なんでも初耳ね。

——それより、誘われてどこかへ行ったの？

——うん、行った。だって、あんまりしつこいんだもの。名前を言ってもあなたはたぶん知らないと思うけど、当時来日していた、有名なジャズトリオの演奏を聴きながらお食事しただけ。

——それで、まさか。

倫子は声をたてて笑いだした。

——まさか、あんな気障《きざ》な人いやよ。ただ、高額なうえに入手困難なコンサートチケットに惹かれただけ。あと、フレンチのコース料理にも少し。ねえ、やきもちやいた？

——べつに。

——ほんと？

倫子が覗《のぞ》き込むようにして、ふたり同時に笑いだし、その会話はそれで終わった。コンサートと食事だけ、という言葉を信じた。もしうしろめたいことがあるなら、そもそも自分から打ち明けたりしないはずだからだ。

その南田隆司を、倫子が殺した——？


「それじゃ、行きましょうか。藤井さん」

近所の住人の好奇の視線を浴びながら、結局は自宅前から覆面パトカーに乗った。磐田という刑事に腕をささえられて。

事態を飲み込んだからでも、納得したからでもない。むしろその正反対で、寝不足でまともに働いていない頭が、処理能力を超える話を聞かされて、思考停止に近い状態になり、いいなりになった形だ。

筋肉質で煙草臭い磐田と、痩せて整髪料の臭いがきつい刑事に挟まれていると、なんとかおさまりかけた吐き気がぶりかえしてきた。

無言の車内に、これが警察無線というものなのか、ぶっきらぼうな声が流れる。あとは、右折、左折の際にちっかんちっかんと響くウインカーの音だけだ。ますます息苦しくなってきた。

窓を開けてくれないだろうかと頼もうとしたとき、義妹の優子から着信があった。

「もしもし」

自分でも情けないほど、声に張りがない。

〈お義兄さん？〉

「優子ちゃん」

賢一は普段から、優子をこう呼ぶ。

〈わたし、今家に来たんだけど、入れ違いで警察に向かったって聞いて〉

「うん。車で移動中なんだ」

〈元気ないね。大丈夫？　事件のことは聞いた？　昨夜《ゆうべ》はこっちも取り込んでてごめんね〉

「いや、それはいいんだけど――これから、警察で詳しく聞くことになると思う……」

磐田が、あはん、とわざとらしい咳《せき》をした。言い合いをするのも面倒なので、無視して続ける。

「いろいろ訊きたいことがありすぎて、整理がつかないよ。あのさ、まず、母さんと香純はどうしてる？」

〈ふたりともわたしの家。香純ちゃんは友達の家に行くって言い張ったんだけど、朝になったら警察に行かないとならないので泊まらせた。それで……〉

「母さんはどう？」

〈――なんていうか。幸か不幸か、理解してないみたい〉

「事件のことを？」

〈うん。ほら、わたしのことも昔からの友達だと思ってるでしょ。友達の家に遊びに来たんだと思って喜んでる。さっき寝ついたから、ようすを見に来たの〉

「申し訳ない。めんどうかけて」

〈そんなこと言わないで。お義母さんは、いつもお世話になってるデイサービスに相談して、そのあと場合によったらどこかの施設に預けることになるかも。わたしも、今日は仕事休んだけど、毎日っていうわけにもいかないから〉

もっとも知りたいことに触れた。

「倫子は、いったい何をしたんだ？　警察の言ってることは……」

そこで警察署に着いた。磐田刑事に電話を切るように言われて、電源を落とした。


通されたのは取り調べ室だった。

賢一も、ソファがあるような応接室は期待していなかったし、そもそも警察署にそんな優雅なものがあるかどうかも知らない。しかし、スチール机のほかには、掛け時計や一枚物の年間カレンダーぐらいしか装飾のない殺風景な部屋で、硬いパイプ椅子に座ると、床の冷たさがじかに伝わってくるように感じた。

磐田が入ってきて、机の向こう側に座った。薄っぺらいバインダーのようなものを開き、賢一の目も見ずに言った。

「最初にお名前と住所、それに職業を教えていただけますか」

言葉は丁寧だが、昨日まで民家を回って平身低頭していた賢一からすると、かなり横柄な口のききかたに聞こえた。

「その前に、まずは妻に会わせてもらえませんか」

磐田は、バインダーの上に持っていたボールペンを置き、やや身を反らせた。椅子の背もたれが、ぎしっと鳴った。

「聴取がひととおり済めば、面会はできると思いますよ。確約はできませんがね。しかしその前に、基本的なことだけうかがわせてください。ご協力お願いしますよ」

少しもお願いする口調ではなかったが、しかたなくうなずいた。

「ではまず、お名前と現住所から」

賢一が訊かれたことに真面目に答えるたび、磐田はバインダーに挟んだアンケート用紙のようなものに何か書き込んでいく。これが話に聞く『調書』というものだろうか。一字一字、やけに力を込めて書いていく。あとでなにかの証拠になったりするのだろうか。

事件と何か関係あるのかと思えるようなことにも答えながら、賢一の頭は別のことを考えていた。

倫子が誰かを殴り殺しただとか、ましてその相手が南田隆司常務で、しかも場所が自分の家だったなどとは、いまだに信じられない。いや、あまりに突拍子もないことで、信じるとか信じない以前の問題で、その光景を想像することすらできない。

ぼんやりしていると、賢一の仕事の具体的なことについて訊かれた。

「仙台市に本社がある、『東北誠南医薬品販売』という会社の酒田支店に勤務しています。ただし正確には、東京にある『誠南メディシン』本社の販売促進一課に籍があり、現在は一時的な出向という形になっています」

出向になった詳しい事情には触れずに、異動してからのことなどを簡単に説明した。

「ちょっと待ってください。いまおっしゃった『出向』というのは、もしかして去年、いっとき週刊誌なんかで騒がれた、贈賄事件が原因でしょうかね」

経済専門の刑事でもなければ、そんなにすぐ連想できるはずがない。すでに多少のことは下調べしてあったのだろう。

「『事件』ではないと思いますが。——それより、あれが、今回のことに何か関係がありますか」

声にいらつきが表れていることに、自分で気づいた。

「すみませんね。なんでもかんでも訊かないとならないんですよ。なにしろ被害者は、全国的にも名の知れた会社の、常務さんですからね」

磐田刑事が、『贈賄事件』のその後について、もう少し詳しく聞かせてくれというので、自分の感情は挟まず、事実として述べた。

繰り返し言うが、あれは『事件』ではない。あくまで法手続き上の瑕疵《かし》だと理解している。社内処理の都合で、部長や課長と並び、自分も実務者として責任をとることになった。これは社外へ向けたポーズや処罰アピールではなく、企業統治、内部統制の一環だ、と。

わざと堅苦しい言葉で説明したら、やはりすぐに飽きたようだ。磐田刑事は、生あくびをかみ殺してから目じりを拭った指先で、こめかみの辺りをぼりぼりと掻《か》いた。

「なるほど。——ということは、あなたは自分が犠牲になったと、会社を恨んでいたのでは？」

「そんなことはありません」

「どうして？　普通は恨みませんか」

「恨む理由がありません」

「誰のことも恨んでいない？」

なんとかして「恨んでいた」と言わせたいらしい。

「もちろんです。役員会で決まったことですし」

「奥さんはどうです？　むしろ旦那さんより腹を立てることだってあるんじゃないですか」

「それは——」言葉に詰まった。

倫子の気持ちは考えたことがなかった。いや、考えないようにしていた。たしかに、倫子が会社を恨んでいた可能性は、あるかもしれない。しかし、だからといって、今頃役員を殺すというのは飛躍のしすぎだ。

ただ、倫子には、夫の会社の役員という関係以外にも、南田隆司との接点がある。話の流れからすると、警察はまだ把握していないようだが。

「恨んでいたはずですよね」

「さあ、本人の口から聞いた覚えはありません」

「夫婦なのに？」

答えを探していると、磐田刑事が「そこはもういいです」と言った。

続いて、最近どれぐらいの間隔で自宅に戻っていたかとか、妻や家族とどの程度連絡をとっていたか、などについて訊かれた。次第に疎遠になっていったことを正直に答えると、磐田はようやく人間味のある笑みを浮かべて「どこも親父《おやじ》には冷たいですな」と笑った。

それを機にこちらからも質問した。

「ひとつ教えてください」

「なんでしょう」

刑事は不器用に固く握りしめていたペンを置き、また椅子の背もたれを鳴らし、腫れぼったいまぶたの片方を上げた。

「さっき刑事さんに、妻は――倫子は、常務を殴って殺したと言っていると聞いたのですが、何かの間違いとか、事故とかじゃないんでしょうか。その、なんというか、仮にころ――死なせたのだとしても」

殺し、という単語を二度も口にしかけて、飲み込んだ。

人を殺《あや》めたということもそうだが、その手段も信じられずにいる。もし仮に、何かの理由で隆司がわが家を訪ねて――たとえば賢一の復帰の内示とか――そこで何かの理由で口論になり、つかみ合いの喧嘩《けんか》になったとしても、その先の『撲殺』というイメージが倫子に重ならない。

「南田隆司さんを殺害した手段は、撲殺でほぼ間違いありません」

「だったら、何で殴ったんですか？　妻は非力で、よくジャムの瓶のふたも開かないと……」

「これです。確認してもらおうと思って急ぎプリントさせました」

そう言って一枚の写真を見せた。中身が三分の二ほど入った、洋酒のボトルが写っている。銘柄を読み取る前に磐田が資料を読み始めた。

「凶器と思われるウィスキーのボトル——ええと『ラフロイグ』？　アイラモルト？わたしらにゃこういう高級な酒は縁がないので、初めて聞く名ですな」

賢一もそれほど酒に詳しいわけではないが、ラフロイグぐらいは知っていた。それこそ接待で、〝客〟をバーぐらいには連れて行くからだ。

アイラ島産スコッチウィスキーの代表的な銘柄で、定価ベースで五、六千円はするはずだ。もちろん、女の子のいる店でボトルを入れたらその数倍はするだろう。値段のことよりも、賢一の胸に最初に湧いて出た感想は「いかにも南田隆司が好きそうだ」というものだった。

「この酒は、あなたが飲んでいたものですか」

いいえ、と首を振った。

「わたしには覚えがありません」

「では、奥さんが飲んでいたんですかね。さすが、一流企業は違いますね。ご主人の出向中に、夫の上司と高級ウィスキーか。それで痴話喧嘩にでもなったかな」

頭に血が上っていくのを感じた。ほおのあたりが火照る。

「あなた、いくら警察だって、少し失礼じゃないですか」

そう言い返してやろうかと思ったが、ぎりぎりで思いとどまった。怖かったからではない。ふいに、ある光景が浮かんだからだ。

「シングルモルトといえば、やっぱりアイラだろうね」

したり顔でそんなせりふを吐きながら、ロックグラスを傾ける隆司の姿を、まるで見たことがあるかのように、思い浮かべることができた。その向かいでうつむいているのは倫子だ。顔の表情はわからない。隆司がグラスの氷を鳴らす。

「きみのご亭主は、何を飲んでるんだ？　どこかの酒蔵から直接買い入れたりしてるのかな」

「いえ、焼酎《しょうちゅう》や第三のビールです」倫子はなぜか恥ずかしそうに答える。

「焼酎って、まさか、あのリットル単位で売ってるエチルアルコールのことか」

倫子はますますうなだれる。

やめてくれ――。

そんなやりとりがあったはずがない。そもそも、想像すること自体、倫子に失礼だ。

磐田が不審げな声をかけてきた。

「何か思い当たることでも？」

「お願いです」

「はあ？」

「妻に面会させてください」

やはりなんとしても、本人の口から直接聞きたい。何があったのか。

磐田刑事が、太い首を左右にまげると、こきこきという音が響いた。

「だからね、藤井さん」まで言いかけたとき、ドアをノックする音がした。

10

気のせいか、磐田が小さく舌打ちしたように聞こえた。

そのあとひとつ咳払いして「どうぞ」と返事をすると、男がひとり入ってきた。

「遅くなりました」男はほとんど無表情のまま、軽く会釈した。

「ああ、どうも」磐田も愛想のない挨拶を返す。

「真壁《まかべ》といいます」

あとから入ってきた男はそう名乗って、賢一に身分証を提示した。ゆったりした動作だったので、下の名が修《おさむ》であることも、階級が「巡査部長」であることも読み取ることができた。

真壁は畳んであったパイプ椅子を自分で広げ、磐田から少し離れたところに置いた。

三人がお互いの顔を見ることのできる位置関係になった。

真壁の歳は三十代半ばあたりだろうか、あまり身なりにかまわないという印象だ。黒っぽいスーツにノーネクタイ、もともと短髪だったのが中途半端に伸びたような髪型をしている。

「警視庁捜査一課から」と磐田がつけ加えた。

真壁刑事は、磐田と違って、切れ長の目から鋭い視線を賢一に向け、すぐに手元の書類に移した。

賢一はポケットからハンカチを出したが、昨日からずっと使っていることに気づいて、また押し込んだ。あまり暖房の効いていない部屋だったが、首のつけ根辺りに汗をかいて、ワイシャツがべとべとしている。

話が中断したのを機に、さきほどの話の続きを試みた。

「もう少し詳しい事実関係を、説明していただけませんか」

「さっき説明した内容では納得できませんか」

磐田は不服そうだが、拒絶という口調でもない。

「具体的なことを聞けば、何か思い出すかもしれませんし」

磐田がしぶい顔で、こっちも忙しいんだけどな、などとぼそぼそつぶやくのが聞こえた。先ほどまでと若干態度が異なるのは、真壁の登場が影響しているのだろうか。

それまで口を挟まずに横で聞いていた真壁刑事がやや前かがみになった。

「なんでしたら、自分が」

磐田はぎょっとしたように顔を向け、真壁を睨んでからまた賢一のほうを見た。このふたり、少なくとも仲は良くなさそうだ。

「まあいいでしょう」

磐田はため息をつき、わざとらしく腕時計に視線を落としてから、説明を始めた。

「藤井倫子から緊急通報があったのは、昨夜の午後八時六分、自宅で人を殴って大怪我《おおけが》をさせた、死んでいるかもしれない、という趣旨でした……」

「ちょっと待ってください」いきなり説明を遮ってしまった。「妻が自分で、自分の言葉で『人を殴って大怪我をさせた、死んでいるかもしれない』と言ったんですか。間違いないんですね」

磐田はあからさまに不愉快そうな表情を浮かべた。どうやら「間違いない」という単語に反応したようだ。

「どういう意味でしょう」

「すみません。疑ったわけではないんですが。やはり信じられなくて。正確にそう言ったのかどうか」

磐田刑事の目の周囲がみるみる赤くなった。

「いいですか。こちらだって色々とやることもあるのに、あなたが聞きたいというから、こうやって話してるんです。それをいきなり、『間違いないか』とか『信じられない』とか。だったら、時間の無駄ですから、これ以上説明するのやめますか？」

逆鱗《げきりん》に触れてしまったらしく、ひどく怒りだしたので、しかたなく詫びた。

「気を悪くさせたようでしたら、すみませんでした」

「これは殺人事件の捜査なんです。早急に真相を解明しなければならない。こんなところで、いちいち証拠だとか正確な発言だとかグチグチ言ったって、埒があかない。そもそも、そんな細かい事実関係を、関係者に答える義務はありません」

「関係者？　わたしは関係者なんですか」

そこで、真壁刑事が軽く咳払いした。磐田は一瞬発言を止めたが、すぐにまた続けた。

「とにかく、今後のこともあるし、何しろあなたは身内なんですから。いいですか、あなたの奥さんは人を殺したと自供してるんです。そこのところを忘れないでください」

途中、何度か唾が顔にかかった。結局、少し湿ったハンカチでそれを拭った。

磐田刑事の突然の激昂《げっこう》ぶりにとまどいを覚えた。

磐田は上気した顔で、息をするたび肩を上下させている。その様子を見ていて、少し芝居がかってはいないかという気がしてきた。

一方の真壁刑事は、磐田が怒鳴っている途中で、ふっと笑みを浮かべたようにも見えた。とりなしてくれるのかと思ったが、無表情のまま賢一を観察しているだけだ。

警視庁から来たというが、要するに単なる立ち会い役で、あまり身を入れていないのかもしれない。

「話の腰を折って、すみませんでした」

賢一がもう一度頭を下げたことで、ようやく怒りが収まったようで、磐田はテーブルに肘をつき、話を続けた。

「――とにかく、そういう通報があったのでこちらから救急にも手配して、地域課の警官と救急隊がほぼ同時に到着しました。被害者は心肺停止状態で、搬送先の病院で死亡が確認されました。警官の問いに対して藤井倫子が犯行を認めたため、殺人未遂容疑の現行犯で逮捕しました。解剖はこれからになりますが、即死に近かっただろうと見ています。いずれ容疑も切り替わるでしょうな」

「それは、つまり〝殺人〟という意味ですか」

それも明確に答えてはいけないことなのか、あいまいにうなずいただけだった。

「被疑者は警察に通報した前後に、わかっているだけで二件、連絡をとっています。まず妹の滝本優子さんに電話をかけている。そして一一〇番通報のあと、あなたにメールしています」

妻は自分よりも先に妹に相談した――。

それもまたしかたのないことかもしれない。「遠くの夫より近くの妹」だ。

「ご主人への文面は確認ずみです」

磐田がそう言ったところで、突然、真壁が割り込んだ。

「ちょっといいですか。藤井さん、あのメールを読んでどう感じました？」

「はい。なんというか、中身もそうですが、妻があんな要領を得ないメールを送ってきたこと自体に驚きました。気が動転していたのだと思います」

「なるほど」真壁がうなずく。

「そうかなあ」

磐田が割って入り、またしても首を左右に曲げてこきこきと鳴らした。

「――かなり冷静に行動してますがね。何しろ洗濯してますから」

それもまた、確かめておきたいことのひとつだった。

「素人考えかもしれませんが、洗濯なんかしていたということは、それはつまり気が動転していたという証拠ではないでしょうか。普通なら人を死なせるほど殴ったあとで、暢気に洗濯なんてしないと思うんです。まずは逃げるとか」

再び磐田が答える。

「暢気というわけでもないですよ。警官の報告によれば、かけつけたとき洗濯機はまだ回っていました。洗っていたのは、返り血を浴びたジーパンやセーターなど、いずれも本人のものらしい。あとで裏は取りますがね。あまり愉快でないのは、塩素系漂白剤を使った形跡があったことです。この意味がわかりますか？」

「ええと、――いいえ」

「血液反応をごまかすためです。ルミノール反応、名前ぐらいは聞いたことありますよね。『塩素系漂白剤を使えば、ルミノール反応をごまかせる』とかなんとかインターネットなんかで流布されているらしい」

「血痕《けっこん》が消えるんですか」

賢一の素直な質問に、磐田が苦笑して首を左右に振った。

「警官の口からあまり詳しくは言いたくないですが、簡単にいうと、むしろ反応しすぎて正確な検出ができなくなるんですよ。しかし、ルミノールに頼っていたのは、昔の話でね。最新の捜査はもっと精密な分析をしますから。しょせんは素人考えです」

「それは初めて知りました」

倫子は以前から、ルミノール反応のことなど知っていたのだろうか。血でべとついた指先で、スマートフォンを操作する倫子の姿を想像しかけて、あわてて振り払った。

賢一が素直に聞いていると、磐田はしだいに饒舌《じょうぜつ》になってきた。

「ま、いずれにしても隠蔽《いんぺい》しようとしたことは間違いない。そうそう。洗濯機を回している間、凶器のボトルも洗ってますね。洗剤を使って」

「洗剤で――」

「それに飲みかけのグラスがふたつ。こっちは手が回らなかったのか、それぞれから被疑者と被害者の指紋が……」

「磐田さん。あまり具体的なことは」

再び真壁が割り込んだ。

磐田の顔がさっと赤くなり、きつい視線を真壁にではなく賢一に向けた。

「まあ、そういうことです。納得できましたか」

「妻は、倫子は、今どんな様子でしょう。思い詰めて自殺とか――」

磐田が素早く真壁の顔色を見てから、ボールペンの尻で机を二度叩いた。

「いいですか、藤井さん。殺した相手の血も乾かないうちに、証拠隠滅のため漂白剤を入れた洗濯機を回す人間は、自殺なんかしませんよ。それにもちろん、きちんと監視してますから、大丈夫です」

そんなに簡単に断言していいのだろうか。つい先日も、世間を騒がせた連続殺人事件の容疑者――正確には被疑者と呼ぶようだが――が、留置場だか拘置所だかで自殺した、というニュースがあったではないか。しかし、そんな反論はできそうもない。

「保釈の申請などはどうすれば……」

磐田が鼻先で笑った。

「保釈するかどうかはわたしらが決めることじゃなくて、裁判所の判断です。ただ、あくまで一般論ですが、保釈が認められるにしても、実際は起訴されたあとだし、今回のケースは、容疑の中身からして保釈ってことはまずありえんでしょうね」

昨夜、バスの中で調べてその程度の知識はあった。今後の具体的な手続きについて知りたかったのだが、今はあきらめることにした。

「そういえば、おたくの娘さん――ええと、香純ちゃんか。今頃聴取を受けていると思いますよ。母親の智代さんは、ちょっとあれだから来てもらってないはずです」

あれ、というのは認知症のことだろう。少し話せば、証言能力がないことはわかったはずだ。ともかく、母がこんなところに連れてこられて、あれこれ責められていないと聞けたことで、気持ちは幾分落ち着いた。

磐田が再び腕時計を見た。

「そんなところで、そろそろいいでしょうか。――それじゃあ、昨日の夜のあなたの行動を詳しく説明してください。誰と一緒にいたのか。誰とどんな電話やメールをしたのか。どんなささいなことも包み隠さず」

11

仕事を終えたあと、小料理屋で高森久実と飲んでいるところから説明を始めた。

彼女のことは、単なる「同僚」と説明したのだが、予想したとおり、すんなり聞き流してはくれなかった。すかさず磐田が突っ込む。

「ひとまわりも年下の独身女性とふたりっきりで小料理屋ですか。うらやましい。そうなると、期せずして、夫婦そろって同時刻に別な相手と酒を飲んでいたことになりますな。いや、期せずしてではなく、日常的にと考えるべきですか」

「そんなものではありません」

「『そんなもの』とはどんな？　わたしはただ、夫婦そろって別な相手と酒を飲んでいた、と言っただけですが」

「いや、つまり、少なくともわたしには、浮気とかそういう感情はありません」

「『わたしには』ということは、奥さんのほうにはあったかもしれない？」

ああ言えばこう言う、とはこのことだ。

「妻にだってないと信じています。南田常務は会社の偉いかたですから、おそらく何かの事情があったのだと」

磐田がちらっと真壁に視線を走らせた。

「さっきも言いましたが、飲みかけのグラスがふたつあった。指紋は出てるし、唾液《だえき》の鑑定もしているはずです。単身赴任で夫が留守の社員宅へ、重役さんが夜の八時に訪ねて、その妻と高いウィスキーを飲む『何かの事情』とは、どんな事情でしょうね」

——すぐに本社に戻してやるよ。

——形ばかり社内研修を済ませて、課長に昇進だ。

料亭で聞かされた南田隆司常務の言葉が浮かんだ。

万が一、倫子が常務を恨む可能性があるとしたら、あの日の口約束を何かで知って、それが反故《ほご》にされたと思い込んだ場合だ。しかし、自分は倫子に常務の名を告げていないし、仮に知ったとしても殴り殺すほど恨むとも思えない。

それよりも謎なのは、なぜ常務がわが家にいたのか。倫子が呼びつけたのか、自分からやってきたのか。

「どうかしましたか」磐田が睨んでいる。

「いえ、なんでもありません」

よけいなことは言うべきでない。

「それで、その高森という女性とはどんな関係ですか」

単なる上司と部下であって、ふたりで飲み屋に入ったのはこれが初めてであると強調した。

店にいるときに妻からメールを受け、こちらから電話しても繋がらず、義妹と話し、タクシーと夜行バスを乗り継いで、ようやく新宿駅南口にたどりついたことまですべて話した。磐田のほうから突っ込んで訊いてこなかったので、バスチケットを入手した経緯《い》についてはは触れなかった。話せばまたピントはずれなことを勘繰られるのがおちだ。

「すると、殺人事件だと——あ、まだ容疑は違うか。まあいい。とにかく、人が死んだと知る前から、あなたは行動を起こしていたんですね。こりゃ刑事も顔負けの勘だ」

「虫が知らせたというんでしょうか」

「そうそう都合よく虫が知らせてくれたら、わたしらの仕事ももっと楽になるんですがね」

賢一は胸の内でため息をつき、昨夜のあのときの心理を説明するのはやめた。どうせ無駄だろうと思ったからだ。

この磐田という刑事は、冷静な会話を成り立たせる資質に欠けているか、あるいは——こちらの可能性のほうが高そうだが——わざと怒らせてボロを出すのを待っているようにも思える。もしくは、警視庁から来たという刑事に対する、何かの意思表示かもしれない。

いずれにせよ、何を言ってもつっかかってくるなら、何も言わないほうがいい。

一方の真壁刑事は、二度ほど口を挟んだきりで、メモもとらず、まるで頭の中で円周率の復唱でもしているかのように終始無反応だった。

ようやく解放されそうな気配が見えたとき、時刻はすでに正午近かった。

別れ際に真壁刑事が、「奥さんは署内の留置施設に泊まり、今日も早朝から聴取を受けている」と教えてくれた。

賢一は、そう説明している真壁の背中を、磐田が睨みつけたのを見た。真壁が続ける。

「またお話をうかがわせていただくかもしれません。それから、少なくともあと二、三日は自宅に入れませんから。どうしても用事があるときは、その場にいる警察関係者に声をかけてください。くれぐれも無断で何かをいじったり、持ち出したりしないでください」

「二、三日ですか。――わかりました」

磐田が割り込んだ。

「宿泊先が決まりしだい教えてください」

「あの、もし娘もここの署に来ているなら、会わせてもらえませんか」

磐田は「ちょっと待って」と答えて部屋を出たが、すぐに戻ってきた。

「少し前に聴取が終わって、もう帰ったみたいだね」

「そうですか」と元気なく答え、刑事たちに背を向けた。

手すりにつかまって警察署の階段を降りていくと、義妹の優子が入り口近くのロビーの長椅子に座っているのが見えた。少しほっとする。香純の姿はないようだ。

優子は賢一の姿に気づくと、すっと立ち上がって軽く手を上げた。黒いショートダウンの下は同じく黒いタートルネックのニット、細身のジーンズにブーツといった恰好《かっこう》だ。姉妹だけあって、顔つきは倫子と似ている。ただ、ひとつひとつの部品にばらすと、やはり相当に違っている。

倫子は今年で四十一歳になるが、出向する前のささやかな送別会では、同僚から「きれいな奥さんを残していくのは心配だろう」などという冷やかしを、いまだにもらう程度には華がある。

しかし、妹の優子はさらに人目を引く。倫子はどちらかというと和風でおっとりとした印象だが、優子は彫りが深く、最近はやりのハーフタレントのような派手さのある美人だ。

倫子に聞いたのだが、優子は自分が家族のほかの三人とあまり似ていないと思い込み、養子か、あるいはどこからか拾われてきたのだと、思春期になっても真剣に信じていたそうだ。贅沢な悩みという気もしないでもないが、思春期の少女にとっては、自我とかアイデンティティとかいったことにかかわる重大事なのかもしれない。事実、親や姉に反発するだけでなく、非行に走りかけたこともあるというから、笑い話だけではすまない。

倫子はそれを、『もらわれっ子症候群』と名付けたという。

今、優子のその整った顔が強張っているのは、もちろん寒さのせいばかりではないだろう。

「お義兄さん、大丈夫？　ずいぶん顔色が悪いけど」

「ちょっと寝不足で。それより優子ちゃんも事情聴取？」

「うん。メールで報告したけど」

ショルダーバッグからスマートフォンを取り出し、電源を入れた。なんとなく体がふらつく感じだったので、ロビーの長椅子に腰を下ろした。

たしかに優子から四通もメールが届いていた。

「ごめん、読む暇がなくて」

「それはいいけど、どんなこと訊かれた？」

「ひとことじゃ言えない。いやなことをずいぶん言われた」

目の前を、ふたり連れの制服警官が、ちらちらと優子を見ながら通り過ぎていった。

「わたしも、途中で喧嘩しちゃった。だって、お姉ちゃんとあの南田さんとかいう人が不倫していたって決めてかかってるんだもん。——どうかした？」

優子は、急に額に手をあてて考え込んだ賢一の、顔をのぞき込むようにして訊いた。

「ねえ、優子ちゃん。変なこと訊くけどさ」

「何？」

「まさかと思うけど、実は本当に倫子が浮気してたとか——」

「ちょっと」

同じ長椅子に並んで座っていた優子が、体をねじって賢一のほうを向いた。

「お義兄さん、わたし怒るわよ。お義兄さんが信じないで誰が信じるのよ」

「いや、もちろん信じてるし信じたいんだけど、だったら、どうしてこんなことになったんだろう？　なぜ常務がうちで酒を飲んでたんだ？　ほんとにウィスキーの瓶で撲殺されたなら、誰がやった？　そして、ほかの人間がやったんだとしたら、どうして倫子は自分がやったなんて言うんだ？　いや、そもそも、倫子はほんとに自分がやったと言ってるんだろうか」

混乱していて、論点すら絞れない。

賢一が「浮気」と口にしたときは血相を変えた優子だったが、賢一の苦悩がわかったらしい。周囲を見回して、いたわるような口調に変わった。

「こんなところに長居しないで、そろそろ行きましょ」

うなずき、立ち上がり、建物の出入り口に向かいながら、無理に無難な話題を探した。

「仕事も休んでもらって、申しわけない」

「やだな、他人行儀に。あたりまえじゃない。それより、聴取を受ける前に、お姉ちゃんに着替えとか最低限のものは、差し入れしておいた。いろいろ制約があって突き返されたものもあるけど、当面は足りるはず」

「どうもありがとう。そんなことには気が回らなかった。——それから、香純を見なかった?」

自動ドアが開き、二月の冷たい風が、上気したほおを冷ました。

「先に帰った」

軽く答えて階段を降りていく、優子に続く。

「帰った?」

「やっぱり朝から聴取を受けてて、さっきのロビーで会ったから、『お父さんと一緒に帰ろう』って誘ったんだけど、『友だちのところに行くから』って」

香純がむすっとした表情のまま、スマートフォンをいじりながら去っていく姿が、頭に浮かんだ。まず怒りが湧き、すぐ悲しみに変わった。高森久実が言ったように、そういう年頃なのだろうか。それとも、それほどまでに毛嫌いされる原因がほかにあるのだろうか。

「理解できないな」

「動揺してるのよ」

見慣れた優子の赤いコンパクトカーが停めてある。優子がドアロックを解除した。促されて、賢一も助手席のシートに座った。

「ならば、よけいにここで待っているべきだと思う。今後のことだって話し合わなけりゃならないし。いったい、何が気に入らないんだ。――ああ、ごめん。優子ちゃんにあたってもしかたないよね」

「いいわよ。それより、香純ちゃんもショックを受けてるのよ。だって、実の母親だもん。現実のこととしてうまく受け入れられないんじゃないかな」

「そうかもしれないけど――」

そんなものだろうかと、自分を納得させようとしたが、やはり割り切ることができない。実の母親が、事実上殺人の容疑で逮捕されているというのに、それでもなお父親への反発を優先するのが十五歳のやりかたなのか。

そんな話題になって思い出したが、叔母と姪《めい》だから似たところがあるのか、香純も『もらわれっ子症候群』の洗礼を受けた。

香純が小学校から中学に上がる頃にかけて、賢一たちと口をきかない時期があった。倫子が言うには、自分はどこからか『もらわれてきた子』だと思っているらしかった。だから、両親は本気で愛してくれていない、と。

「程度の差はあれ、誰でも通過するのよ」と倫子は苦笑したが、賢一にはそんな覚えはない。男子と女子では、思春期にくぐる門が違うのかもしれないと思った記憶がある。

優子がため息をついた。

「ねえ、お義兄さん。今は、よけいなこと考えてエネルギーを使わないほうがいいわよ。

あとでわたしが連絡先とか聞いておくから。――そんなことより、弁護士はどうするつもり？」

「弁護士？　ああ、そうだ。そういう心配もしないと」

今後なすべきことについて、眠れぬバスの中で嫌というほど考えたはずなのに、いざとなると少しも手際よくいかない。

「わたしも信じたくはないけど、お姉ちゃんが自分でやったと言っている以上、少なくともすぐに釈放ってことはないでしょ」

「警察でも、そんなふうに言われたよ」

倫子は、八方美人的な愛想はふりまかないが、心を許した相手には細やかな神経を使い、外面のおっとりした印象よりもずっと芯が強い。一方の優子は、社交的で人当たりがよいが、じつはすべて理詰めで行動するような性格で、気が強い。すぐそばで比較するとわかるのだが、「芯が強い」と「気が強い」は似て非なる性格だ。

性格があまり似ていない姉妹だが、いざというとき、賢一よりしっかりしている点は共通している。

「お義兄さん、知り合いの弁護士さんとかいる？」

「いや、仕事で多少の面識がある程度だし、しかも企業が専門だ。プライベートな刑事事件を頼めるような知り合いはいない。どうしようかと思っていたんだ」

優子がうなずく。

「当番弁護士制度のことは調べておいた。まずお義兄さんに相談してからと思って、まだ手続きはしてないけど」

「手際がいいね」

「わたし、中学ぐらいからちょっと荒れてた時期もあって、お姉ちゃんには心配も迷惑もかけたし、かばってももらったから、こんなときこそ恩返ししないと」

ひとりっ子の賢一には、少しうらやましい関係だ。

「助かるよ。でも弁護士の手配ぐらいは、ぼくがやらないと」

「こんなときに、遠慮なんかしないで。わたしが電話するし、必要なら出向いて手続きしてくる。それにね、今返事待ちなんだけど、知り合いの知り合いが弁護士さんなの。刑事事件を扱うかどうかもわからないんだけど、引き受けてくれないか問い合わせ中。裁判のことまで考えたら、最初から同じ人のほうがいいかと思って」

「そんなに甘えていいんだろうか」

優子は、もう、と口を尖《とが》らせた。

「くどい。他人行儀なことを言ってる場合じゃないでしょ。わたしにとっても実の姉のことだし、お義兄さんの立場を考えたら、それどころじゃないんじゃないの。わたしは今でも何かの間違いだと思ってるけど、とりあえずは夫の会社の重役を殺したことになってるわけでしょ。このあとのことを考えると、体がいくつあっても足りないと思うわよ。マスコミ対策だって大変だろうし」

そのとおりだった。マスコミも怖いが、会社はとんでもない騒ぎになっているはずだ。松田支店長は、今頃ヒステリックに賢一の悪口を並べ立てているだろう。しかし、重要なのは誠南メディシンのほうだ。

臨時の重役会議は招集されただろうか。隆司の兄の南田信一郎元専務は、報告を受けただろうか。すでに日本に向かう飛行機の中かもしれない。隆司の父親であり「誠南の天皇」南田誠会長は、当然怒り狂っているに違いない。そして隆司の母、「女帝」の乃夫子も。

「ねぇ、お義兄さん。こんなこと言ったら失礼だけど、着替えたほうがいいかもしれない」

「あ、ああ、そうだね」

優子に指摘されるまでもなく、ひどい恰好をしているのはわかっていた。皺《しわ》だらけのワイシャツとスーツにコート。とくにシャツや下着は、昨日の朝からずっと同じものだ。ときどき嫌な汗をかいては急に冷えて、というのを繰り返したせいか、自分でも臭う気がする。

「とりあえず、ここは出ましょ」

エンジンを始動する、その優子の目もとにも疲れがにじんでいた。

12

門番をしていた制服警官にあけてもらって、外へ出た。

すごいことになっていた。署の中は日常と変わらないように感じたが、それは水際で侵入を防いでいたからだ。

道路のそちらこちらに、運転席以外の窓を黒いシートで覆ったワンボックスタイプの車が停められ、一見してそれとわかるマスコミ関係の人間が、署をとりまいて興奮気味になにかしゃべったり、カメラを向けたりしている。

賢一たちが乗る車にも押し寄せてきた。

「藤井倫子の関係者ですか」

ウインドー越しに怒鳴り声が聞こえる。

「違います」優子が怒鳴り返して、クラクションを鳴らした。

「そろそろ顔をあげても大丈夫みたいよ」

数百メートルほど離れて、優子がそう言うと同時に、スマートフォンに着信があった。

表示を見ると高森久実の個人用携帯からだ。

「藤井です」

〈あ、代理さん？　やっと繋がった。心配しましたよお。何回も電話したのにぜんぜん繋がらなくて〉

背景の音からすると事務所の中ではなさそうだ。

「申しわけない。警察だなんだといろいろあって」

〈こっちにも来ましたよ、警察。それからテレビとかも。わたし、夜のニュース番組にちらっと映るかもしれないです〉

警察はともかくマスコミまでも、と少し驚く。

「迷惑かけて申しわけない」

〈営業の人たちはさっさと逃げたんですけど、内勤は仕事にならないですよ。電話はすごいし、テレビ局の人なんて、勝手に事務所の中に入ってくるんですから〉

賢一は、申しわけない、を何度も繰り返した。

「松田支店長は何か言ってる？」

〈もう、テンパっちゃって大変です。藤井に電話しろ連絡つけろってさんざん怒鳴ってたくせに、マスコミが来たとたん『藤井は出向で来ているだけで、厳密には自分の部下でもわが社の社員でもありません』とか言っちゃって〉

不思議なことに、こんな状況下でも笑えた。

「目に浮かぶよ。申しわけないんだけど、支店長に『あとで電話をしますから』って伝えてくれないかな。今、直接話すとお互い感情的になって、ろくな結果にならないと思う」

嫌な役を押し付けたかと思ったが、高森はかかわれることが楽しいのか、明るい声で
〈わかりましたあ〉と答えた。

「それから、夜行バスのチケットありがとう。助かったよ」

〈いいんですそんなこと。わたし、代理さんの味方ですから〉

またも、例の話題に持っていくのかと思ったが、さすがにそういう状況下にないと思ったらしい。頑張ってくださいね、と言って電話は切れた。

警察の人間がそばにいるときでなくてよかったと思うと同時に、ふと、どうしてこんなに早く、被疑者でもない自分の勤務先が、マスコミに知られたのだろうという疑念が湧いた。

「さて、どうしようか」優子が賢一を見た。

「まずは母親と、しつこいかもしれないけど香純と話がしたい。早まったことでもしないか、心配なんだ」

「そのへんは大丈夫だと思うけど。お義母さんのところには、あとで寄りましょう。そ

れから、ちょっと待って」

ちょうど信号待ちになったところで、優子がすばやく電話をかけた。

「あ、もしもし、わたし。──うん、今出てきたところ。お父さんも一緒だよ」

賢一は口の形だけで「香純?」と訊いた。優子がスマートフォンを耳に当てたままうなずく。

「今、どこ? え、新宿? でも……」

優子の手からスマートフォンを奪い取った。

「香純、どこにいるんだ。大丈夫なのか。こんなときは……」

ぷつっと切れた。

「もう、そんな言いかたしてもだめだって」

「ごめん。つい」

「わたしにも覚えがあるけど、あの年頃は、常識だからとか親だからとかいう理屈を持ち出されると、それだけでもう聞く耳持たないから」

「そうだね」

ここで優子と言い争ってもしかたがない。

「大丈夫。香純ちゃんはいい子だから、信じてしばらくそっとしておきましょ。あとでわたしがフォローしておく」

「よろしく――頼みます」

優子が請け合ったからといって、心配が消えるわけではないが、今はどうしようもない。

あまり食欲もなかったし、外食という気分でもなかったので、大型スーパーに寄って軽食や賢一の着替えを買い、一度優子のマンションに寄ろうということになった。

優子がひとり暮らししているマンションは、間取りとしては1LDKだが、やや広めで開放感のある造りだ。倫子と何度か訪ねたことがある。

「相変わらず見事だね」

壁の一面を埋めるように、背は低いが幅の広いチェリー材のサイドボードが据え付けてある。その中に、まるで高級食器店のショーケースのように、カップや皿が並んでいる。

本人の説明によれば、「仕事が一段落したとき」や「自分にご褒美をあげたくなったとき」にひとつずつ買い揃《そろ》えたものらしい。たしか、長ったらしい外国の都市の名前を冠したブランド名だったと思うが、いまは思い出せない。興味がないのではじめから覚えていないのかもしれない。

まずシャワーを借りた。給湯温度を高めにして一番強い水流で肩や首筋に当てると、滞留していた血が流れ出すような感じだった。

さっそく買ったばかりの服に着替えた。優子が男物のカーディガンを出してくれたので、素直に袖を通した。

「お先にいただいてます」

優子は、リビングのほぼ中心に置いたローテーブルで、サンドイッチをつまみながらノートパソコンを操作していた。このテーブルも優子のお気に入りだ。天板は、厚さ五センチ近くもある無垢《むく》のチェリー材でできている。しかも、この部屋に合わせて小ぶりなサイズに裁断し、面取りをしてもらったらしい。それをやはり特注の土台に載せているそうだ。サイドボードとおそろいの素材なので、とてもお洒落《しゃれ》に見える。

パソコンを操作していた優子が、突然明るい顔になった。

「ねえ、引き受けてくれるって」

「何が?」ローテーブルの向かいから訊き返す。

「さっき言った、弁護士さん。国選弁護人とかも積極的に受ける人で、刑事事件もたくさん扱ってるって」

「そうか。それはありがたいな」

「当番弁護士なら、わたしが事務的に処理しようと思ったけど、この先ずっとお願いするなら、お義兄さんもご挨拶しておいたほうがいいかも」

「もちろんだよ。事務所を教えてもらえれば、うかがうよ」

「じゃあ、向こうの都合を訊いてみる」

カタカタとキーボードを鳴らしはじめた。

藤井賢一は、これという理由もなく、外の景色が見たくなった。立ち上がってベランダに面した窓のところへ歩み寄り、カーテンを引き開けた。三階からの景色がよく見えた。

狭い道路を挟んで、その向こうには戸建が並んでいる。早春の薄日が差す中、寒そうに肩をすぼめて歩く人の姿がちらほらと見える。雪でも降りそうなほど、雲が重く垂れている。

ここから見える家々の窓の中に、通り過ぎる車の中に、そして足早に過ぎる通行人の中に、それぞれの生活はあるだろうが、いまの自分のような境遇の人はいるだろうか。まるで、重たく湿った霙《みぞれ》が降る夜に、裸足《はだし》で道路に立たされているような気分の人間は——。

そんなことを考えていたら、急に夜行バスの中で感じた寒けを思い出し、手をこすりあわせながら優子の向かいに腰を下ろした。

「こうやってリストに書き出すと、やるべきことが山ほどあるわね」

「ねえ、優子ちゃん」

「なに？」優子がパソコンの画面を睨んだまま答える。

「さっきも似たようなことを訊いたけど、最近、うちの家族はどうだった？」

「またそれ？」

優子は軽く睨んだが、その目には、同情の色が見て取れた。

「恥を忍んで言うけど、ぼくは最近、家族とはほとんど会話もなかったんだ。とくに出向してからはなんだかぎくしゃくしてしまって。この前帰宅できたのも、年末年始にほんの数日間だったし。なんていうか――」あやうく「倫子とも何もなかったし」と言いそうになった。「――ただ〝家に帰った〟っていうだけだったし、香純はあんなだし、みんなでゆっくりテーブルを囲む雰囲気でもなかった」

「ある程度はしかたないんじゃない。慣れない仕事の単身赴任じゃ、家族のことまで気が回らないでしょ」

「そういう甘えがぼくの中にあって、あの状態の母親の面倒をみさせたりして、きちんとした、ねぎらいの言葉も言わなかったような気がする」

智代の面倒をみるため、倫子はそれまでの勤めをやめた。雇用形態こそ非常勤だったが、気に入っていた雑貨店の副店長の仕事だった。

夫婦とはいえ、恨まないはずがない。

「話してる意味はわかるけど、何を主張したいのかわからない」

優子が軽く肩をすくめた。倫子にくらべると、かなりドライなところがある。そのせいか、つい夫婦間のことなど話してしまった。

「とにかく、そういったことと、今回のトラブルは関係あるだろうか」

優子は形よく整えた眉根を寄せた。

「それはつまり、夫に対する不満があったから、会社の上司を殺したっていう意味？」

「いや、そんなことは言ってない」

あわてて否定したが、自分の発言をそのまま解釈すれば、優子の言うとおりだ。だめだ。頭が混乱している。

「お義兄さん、なんだかすごく疲れてるみたいね」

素直にうなずく。

「バスの中でほとんど眠れなかった。頭の芯が揺れてる感じだ」

「少し眠る？」

「そうしたいけど、たぶん眠れない」

優子がうなずく。

「仮に、仮によ、お姉ちゃんがあの人を殴ったとしても、正当防衛だとか、いろいろ可能性はあるでしょ。まして、殺意なんてなかったに決まっているし。さっきみたいなことは、わたし以外の人に、絶対に言わないほうがいいわよ。だって、家庭内の問題なんか持ち出したら、警察の思う壺《つぼ》じゃない」

たしかに、そのとおりだ。

それにしても、なぜ南田隆司常務がそんな時刻にわが家を訪ねてきたのか、どうして倫子は招き入れてウィスキーなど飲んでいたのか、その点に関しては、推測どころか謎を解く糸口もつかめない。

「とにかく、そんな話は今はいいでしょ。早く今後のことを決めないと。まずは弁護士」

「そうだね」

「現在、アポ時刻の返事待ち」

「ありがとう」

弁護士費用などについても、すでに優子がざっとしたところを調べてくれていた。

「今日でなくていいと思うけど、着手金が三十万から五十万円ぐらいかかるはず」

「わかった、用意する」

さすがに、通帳や印鑑、カード類は警察も返してくれるだろう。

「倫子は今、どうしてるんだろうか」

深い意味はなく、倫子の身を案じてついこぼれた言葉だったが、優子が反応した。

「調べてみたけど、勾留《こうりゅう》されるとかなりショックな扱いを受けるのよ。聞きたい？」

いや、と首を振った。

「聞きたくない」

これもまた、眠れぬバスの中で知ってしまった。逮捕、勾留後の手続きなどについて調べたら、それらのことがこと細かに説明してあって、つい読んでしまったのだ。

《まずは、いきなり全裸かそれに近い恰好で検査を受けます。もちろん、危険物や薬物などを隠し持っていないか、それこそ隠せる可能性のある場所は体の隅々まで調べられます。トイレをするにも完全なプライバシーはありませんし、番号で呼ばれ、自由は限りなく制限されて、服役囚とほとんど変わらない扱いです。起訴もされてないから、本来は被告人ですらないのに。また、食事も質素で、着替えの種類なども制限される――》

昨夜おかしなメールを受け取ってから東京に戻るまでの間、ずっと頭にあったのは「これは何かの間違いだ」という希望的な決めつけだった。しかし今こうして、〝留置場〟と呼ばれる空間に倫子は入れられ、起訴もされないうちから服役囚並の扱いをされているらしい。

その姿を思い浮かべただけで、胸が締めつけられるようだ。まして、間違いであったならどれほど悔しいだろうか――。

ブーッ、ブーッ。

「……さん。お義兄さん」

「――あ、ああ」

「携帯鳴ってる」

あわてて取り出したスマートフォンに表示されているのは、忘れもしない誠南メディシン内の番号だった。しかも、重役室のあるフロアが使っている番号帯だ。心臓が一度強く打った。

「ちょっとごめん」

立ち上がって玄関に向かいながら通話状態にする。

「もしもし」

〈藤井支店長代理でいらっしゃいますか〉

今となっては懐かしい、人間味を感じさせない口調だ。

「はい、そうです」

〈そのままお待ちください〉

ますます鼓動が速くなる。

〈南田です〉

「あっ、専務」

やはり南田信一郎だった。リビングにいる優子の耳が気になったが、つい声が大きくなってしまう。

「このたびは誠に――その、なんと言えばよろしいのか」

〈そういうことはこの際いいよ。それにぼくは今、専務じゃないしね。それより、酒田のほうに問い合わせさせたら、東京に戻ってきてるんだって？〉

「はい」

〈今は警察かな〉

「先ほど取り調べを終えたところです」

〈そういうことなら、なるべく早く会って話がしたい。もちろん、警察への協力を優先してもらって結構だが〉

どうやらすでに帰国しているらしい。事件の一報を受けてから現地を発《た》ったにしては、いくらなんでも早すぎる。別な事情――たとえば今後の体制を決める重要な役員会か何か――で戻っていたのかもしれない。

「わたくしのほうは、なんとでも都合をつけます」

気は重いし真相は不透明だが、とりあえずは詫びにあがらなければならない。

〈――それじゃあ、今夜五時でどうかな〉

「問題ありません」

〈今、どこにいるの？　さすがに家には入れないだろう〉

「つい先ほど警察署から出てきたばかりで、今は、自宅近くに住む親戚《しんせき》の家に来ています」

〈そこにしばらくいられるの?〉

「いいえ。どこかビジネスホテルでも探すつもりです」

〈きみの自宅からは新宿に出るのが近いそうだね。新宿西口あたりのシティホテルに、部屋をとらせるよ。あとで秘書に連絡させる〉

「しかし専務、そんなことまでしていただいては」

信一郎が、不機嫌そうな口調に変わった。

〈なにもきみのためばかりじゃない。対外的な問題や今後のことだってあるんだ〉

マスコミ対策のことを言っているのだろうか。そのまま切られそうになったので、あわてて声をかけた。

「あの、専務」

〈何か〉

もう、『専務』の呼称については否定しなかった。

「その、なんというか、このたびは大変申しわけない事態を招きまして。それに、例の社内調書の件も、きちんとお詫び……」

〈あのね〉

今度ははっきりと怒気を含んだ口調だった。

〈今、電話口でそんなこと言ってどうなるものでもないだろう〉

「申しわけありませんでした」

スマートフォンを耳に押し当てたまま、深く頭を下げた。しかし、とっくに通話は終了していた。

13

リビングに戻ると、優子がテレビのニュースを見ていた。

画面の中に、見慣れた自宅が映っている。不思議な気分だ。

違和感はそれだけではない。家の周囲には黄色いテープが張られ、なぜか玄関口はブルーシートで覆われている。路上には携帯電話のレンズを向ける野次馬たち。そしてそれを押し戻す警官たち。顔に見覚えのあるリポーターがマイクを手に「ここが現場となった家です」などと興奮気味にしゃべっている。

数時間前に見たときよりも、さらにひどい騒ぎになっている。

「これじゃ、当分近寄れないな」

「あ、ごめんなさい」

優子があわててリモコンでスイッチを切った。気を遣ってくれたのだろう。

「別に消さなくてもいいよ」

「やっぱり、不愉快だからやめましょ」

慣れたというよりは、単に神経が麻痺《まひ》したのだろう。こんな映像を見てもあまり動揺しなかった。どのみち、自分の思いなどとは関係なく、事態は勝手に進んでいくのだ。

「あ、またうちの親だ」と言って、優子が携帯の電源を切った。

倫子たち姉妹の両親は、神奈川県横浜市に住んでいる。第一報は優子が入れたらしいが、大きなニュースになっているのを知って、何度も連絡をしてきているらしい。今来られても困るし、マスコミに追い回されるよと、優子が押しとどめているそうだ。賢明な判断かもしれない。

母親はともかく、父親の正浩《まさひろ》はかなり強烈な性格だ。この状況下で「賢一君は、一家の長としてこの事態にどう対処する腹積もりか」などと責められても、ひとことも答えられない。


信一郎の秘書から連絡があって、午後四時半に優子のマンションまで車で迎えに来てもらうことになった。一方、弁護士からの連絡はまだ来ない。

賢一の希望で、その隙間の時間に母の智代を見舞うことになった。この機を逃すと難しくなるかもしれないからだ。

時刻は午後一時半を少し回っている。再び優子の赤いコンパクトカーに乗り、デイサービスの施設を目指した。

「余計なお世話かもしれないけど、会って何を話そうっていうのかしら」

慣れた手つきでハンドルを操りながら、優子が首をかしげた。賢一は、ごめん、と詫びた。

「こんなことにまで、つき合わせて申しわけない。でもね、やっぱり顔ぐらいは見ておきたくて」

優子は、運転にさしつかえない程度に、二度ほど賢一の顔を見て、ああ、と納得したようにうなずいた。

「違うわよ。わたしが言ってるのはお義母さんのことじゃなくて、南田専務とかいう人のこと。謝罪がいらないなら、何を訊きたいのかしら」

「ぼくは、向こうから連絡をもらって、むしろ助かったと思っている。でないと、こちらから面会を申し込まなければならないところだった」

「あのね、賢一さん」

倫子と優子、似ているようで似ていないところの多い姉妹だが、賢一に説教じみたことを言うときの口ぶりはそっくりだ。呼称もいつしか、「お義兄さん」から「賢一さん」

に変わっている。

「――まだ、裁判どころか送検すらされてないことを忘れないで。補償の話なんかが出ても、簡単に了解しちゃだめよ。とくに、どんなものであれ紙に署名や捺印《なついん》するなんて、絶対にだめ」

隆司に命ぜられるまま書いた、告白文書のことが浮かんだ。

「大げさだな。とりあえず道義的に詫びるだけだよ」

智代のいる施設には、ほんの数分で着いた。

十階建ての中規模マンションの、一階部分が何軒かの貸店舗になっており、そのうち一軒の窓に《認知症対応型通所介護施設・デイサービスセンター太陽の家》という長ったらしい名前のシールが貼ってあった。もとは少し広めの美容院かなにかだったものを、内装を変えて使っているという印象を持った。

幸い、マスコミも野次馬も見当たらない。建物のすぐ脇にある駐車場に車を停め、入り口に向かって歩きながら優子に頼んだ。

「もう一度、香純に電話かメールしてみてくれないかな。友だちのところへ行くと言ったって、先方も迷惑だろう」

優子はうなずいて、すばやくメールを送信した。

「《お父さんかわたし宛に連絡して》って書いた」

「ありがとう」まず、自分には来ないだろう。

ドアを開け、上がり口でスリッパに履き替えた。

「こんにちはー」

来慣れているらしく、優子は案内も乞わずにどんどん中へ入っていく。

母親の面倒を倫子ひとりに押し付けて、と気にしていたが、知らぬ間に優子にも負担をかけていたのかもしれない。

観葉植物と、腰ほどの高さのパーテーションで区切られた向こう側に、十数人の人間がいた。

社員食堂で見かけるような、大ぶりのテーブルが四卓、その脇は幼稚園の遊戯室のようなスペースだ。世話をされている老人は十二、三人ほどか。テーブルに四人、ほかは床で輪になって、それぞれゲームに興じている。看護師のような制服にエプロンを着けた職員が、ざっと見えるだけで四人いる。

「あら、こんにちは」

肉付きのいい五十がらみの女性職員が、優子を認めて挨拶してきた。

優子も挨拶を返し、今日は藤井さんの息子さんをお連れしました、と紹介した。

「はじめまして。藤井です。母がいつもお世話になっております」

「センター長の徳永《とくなが》です。このたびは大変なことになって」

大ぶりのレンズにほんのり紫色が入った眼鏡をずりあげた。厚塗りのファンデーションの上に、うっすら汗が浮いている。

「こちらにご迷惑がかからなければよいのですが」

「ご迷惑だなんて。いまも、職員とその話をしていたんですが、倫子さんに限ってあんなことするわけないですよ。ねえ。これはきっと、何かの間違いだと信じていますから」

「ありがとうございます」さっきよりも深く頭を下げた。

テーブルに座っているメンバーの中に、母の智代の姿が見えた。白いブラウスもその上に羽織った紺色のカーディガンも、きっちりすべてのボタンが留めてある。記憶や判断力は欠けていくが、習慣は消えないのだろうか。

智代を含めた四人が、ふたりずつ向かい合う形で座り、絵の描いてあるカードで何かのゲームをやっているらしい。

「それじゃあ、つぎは動物」と職員が言うと、智代の向かいに座る女性が、しばらく考えてバナナの絵のカードを置いた。

「あら、バナナは動物じゃないわね」職員が優しく諭《さと》す。

ゲームができるなら、事件のショックは受けていないのだろう。反面、そんな重大なことも認識できていないのだと考えれば、手放しで喜んでいい話ではない。

賢一には、アルツハイマー型は認知症の中で最も症例が多い、という程度の知識しかない。

「智代さん」徳永センター長が呼ぶが、智代は反応しない。

徳永が近づいて肩に軽く触れると、ようやく智代ははっとしたように徳永を見上げた。

「——息子さんですよ」

「息子？　どこかしら」

「ほら、こちらに」

徳永が、手を振って賢一を示した。智代は賢一の顔を見て、わずかに不機嫌そうな顔をした。

「やだウソばっかりついて。だまされないわよ」

そう言うと、手もとのカードに視線を戻し、リンゴの絵のカードを出した。毎日接している徳永のことは認識できるらしい。

「あら、智代さん、リンゴは動物じゃないでしょ」

「バナナだってくだものだわよ」

「今は、動物を出すの」

職員が言って聞かせるが、智代は引き下がらない。

「わたしはズルしていないわよ。あの人がさっきから何回もズルしてるの」

バナナのカードを出した女を指でさした。

「ズルなんかしてないわ」

「マサミさんはズルなんかしてない」

智代の斜め向かいに座る、まばらな白髪をきちんと刈った男の年寄りが割り込んだ。背筋を伸ばして口をへの字に曲げ、智代を睨んでいる。

「タカヒコさんは関係ないからね」職員が腕を押さえる。

「ズルなんかしてない」マサミらしき女が抗議した。

「はいはいみんな、このゲームは勝ち負けじゃないでしょ。楽しくやらないと」

見かねた徳永が割って入った。

智代のとなりの男性が、今度はライオンの絵とパトカーの絵を二枚同時に出し、自慢げに胸を張った。また騒がしくなった。収拾がつかなくなりそうだ。

ほかの三人を担当の職員にまかせて、徳永は智代の腕と腰に手を添えて、ゆっくりと立ち上がらせた。

「ちょっと向こうでお話ししましょう」

個室に案内された。殺風景にならないようにとの気配りだろう。少しくたびれたクマのぬいぐるみだとか、折り紙で作った鳥や花が飾られている。

智代は、正月に会ったときよりも、さらに症状が進んでいるように思える。かといって、よぼよぼになっていくという感じはない。むしろ、雑念が消え悩みがなくなっていくせいか、肌の艶や血色も、賢一の出向が決まった頃よりも、良くなっている印象さえある。

ただ、あの当時はまだ、「賢一が遠い所へ行く」という事実をぼんやりとは理解していた。賢一が中学生でないことも認識していた。寂しそうな顔で「どこへ行くの？」「明日は来るの？」としつこく訊かれて閉口した覚えがある。

「去年の秋頃までは、ときどきすっかり元に戻って『わたし、どうしてここにいるのでしょうか』なんていきなり訊かれて、どきっとしたことがありました」

徳永センター長がテーブルで手を組み合わせて語る。

「最近はどうですか」

賢一の問いに、徳永は軽く目をつぶって首を左右に振った。

「現状を把握することはかなり少ないです。考え方はわりとしっかりしてるんです。さっきみたいなゲームの反応は良いです。でも、ほんの少し前のことが思い出せないんです。『動物』と言われれば『犬』を出せますが、前の人が『バナナ』を出すと『リンゴ』を出してしまうんです。不思議なんですけど、カードを出すゲームだということはわかっていらっしゃるんですね。賢一さんについては、たぶん中学生か高校生ぐらいで記憶が止まっているようです」

「認知症というのは歩んで来た人生が消えていくこと」だと何かで聞いたことがある。そのときはずいぶん乱暴で冷酷な言いぐさだなと思ったが、最近では当たっている部分もあると思うことが多い。あの発言者も自分の体験に基づいてそう言ったのだろう。

噂と呼ぶことさえはばかられるような、出所も根拠もわからない社内の風説だが、「『誠南』で、アルツハイマー型認知症対策の、画期的な新薬の臨床実験が始まる」と聞いた。もしもそれが本当なら、被験者として智代を応募させようと考えていた。

新薬が承認されて実用化されるまで、早くても数年はかかる。それまでに、母の中の自分はあとかたもなく消え去っている——。

『太陽の家』の通常業務は午後四時半までだが、七時までは延長で預かってもらえるという説明を受けた。早朝預かりもあるらしい。

「そういえばさっき」と帰り際になって徳永が思い出したように言った。

「——お孫さんが見えましたよ」

孫、という単語が自分の娘に繋がるのに、賢一の中で少しばかり時間を要した。

「香純が？」

「はい。智代さんとお話ししながら、手とか足をさすってあげて帰っていかれました」

優子の車に乗るなり、つい口をついて出た。

「香純のやつ、来るなら来るで、言ってくれればいいのに」

「照れ臭かったんでしょ。手足をさすってあげるなんて、いい子じゃない。――それより、夜の七時になったら、わたしがお義母さんを迎えに行って、マンションで寝かせるね。明日の朝は、早朝預かりの巡回車に頼んでから、仕事に行く」

優子は渋谷区代々木にある、準大手のｗｅｂ制作会社でデザイナーをしている。勤務時間には融通が利くのだと、聞いた覚えがあるが――。

「優子ちゃんに、そこまで頼っていいのかな」

「さっきの見たでしょ。智代さんは賢一さんのことを他人だと思ってるのよ。ふたりでホテルになんか泊まったら大変よ。夜中に目が覚めて、知らない人がいたりすると、結構騒ぐときがある」

想像がついた。物を投げたり叩いたりもしそうだ。

「――その点、わたしのことは昔からの友達だと思ってるから大丈夫」

「申しわけない。これまでだって、ずいぶん好意に甘えてきたのに……」

「だから、今はいいって」

礼を言う一方で、自分はとうとう母にとって「知らない人」になったのかという、悲しい思いも湧いた。ふうっと、車の天井に向かって息を噴き出した。

「正直に告白するけど、東京に戻るまで、自分でなんとか対処できると考えてた。現実を甘く見てた。でも今は、もし優子ちゃんがそばに住んでいなかったらと思うと、ぞっとする。ぼくなんて、ただ右往左往してるだけだ」

「そうでもないでしょ。朝、近所の人に聞いたけど、家に入れろ入れないで警官と言い合いになってたそうじゃない」

「そんなたいそうなものじゃないよ」

「なんでもいいから元気を出して。落ち込んでる場合じゃないから」

「了解」

そのとき、優子のスマートフォンに着信があった。

「はい、滝本です。——あ、どうも。このたびはお世話になります。——はい、お願いいたします。——五時ですね。少々お待ちください」

優子がスマートフォンを耳から離して賢一を見た。

「弁護士の白石《しらいし》先生。今日は五時から多少時間を割《さ》いていただけるって。だめなら明日の午後になるって」

「困った。四時半から先約を入れてしまった」

もちろん、南田専務との約束だ。優子が賢一の目を見つめたのは一秒もなかったかもしれない。すぐにスマートフォンを耳に戻した。

「お待たせいたしました。それでは代理でわたくしがうかがいます。用意するものは――?」

途中、自宅近くに車を停め、優子に頼んで、その場にいる警察官に通帳類やカードを持ち出していいか訊いてもらった。それらは警察署に保管してあるから手続きをするようにと言われたそうだ。

今からでは間に合わない。優子がいくらか手持ちがあるというので、やむを得ず少しばかり借りることにした。

14

優子のマンションに着き、エントランスに入るかどうかというところで、賢一に電話がかかってきた。

見覚えのない携帯番号だ。気乗りはしなかったが、応答した。優子は先に部屋へ戻ってゆく。

「もしもし」

〈真壁と申します。さきほど、若宮署でお目にかかりました〉

あまり抑揚のない声を聞いてすぐに思い出した。

磐田という尊大な態度の刑事のとなりで、ほとんど口も挟まずに聞いていた刑事だ。どういう意図があったのかわからないが、磐田が意味ありげに「警視庁捜査一課から」とわざわざ付け加えた。あのふたり、あまり良好な関係には思えなかった。

「なんでしょうか」

〈本日中に、もう少しだけ、お話をうかがえないでしょうか〉

「協力したいと思いますが、このあと人と会う約束がありまして」

〈あまりお時間はとらせません。すぐに済みます〉

「四時半にはマンションで待っていないとならないんです。これからまた警察署まで行くとなると……」

〈その点はご心配なく。すぐ近くに来ていますので〉

振り返った賢一は、通話を切るのも忘れてスマートフォンを持った手をだらりと下げた。

いつからそこにいたのか、マンション入り口のドアの前で、携帯電話を耳に当てた真壁がこちらを向いたまま、軽く頭を下げた。

《ちょっと出てきます》と優子にメールを打ち、歩いて五分ほどの、民家の一階部分を改装した喫茶店に入った。

　客はほかにひと組、六十代ぐらいの男が四人で、旅行の思い出話に熱中しているようだ。

　反対側の隅の席に座った。ぎりぎり邪魔にならない程度に、クラシック系のＢＧＭが流れているし、ここなら話を聞かれる心配はなさそうだ。

「驚きました」

　正直に言った。今後の居場所としてとりあえず優子のマンションを教えてはあった。しかし、いつ外出から戻るかまで、どうやって知ったのか。

「知ってたわけじゃありません」

「ではどうして？」

「待っていました」

　真壁はこともなげに言った。立春をすぎたとはいえ、今の気温はおそらく十二、三度だろう。いつ帰るかわからない人間を、外で立って待っていたというのか。

　真壁はそんな話題には興味がないらしく、先を続けた。

「お時間がないようなので、さっそく本題に入ってよろしいですか」

「あ、はい。お願いします」

「まず、二度手間になったことをお詫びします」

「聞き漏らしがあった、ということでしょうか」

「そうお考えいただいても結構です」

違う、と思った。さっきの磐田という刑事に聞かせたくない話なのだろう。詳しいことはわからないが、所轄の刑事と本庁の刑事では、民間企業でいう本社と支社のように、多少の軋轢《あつれき》があるのかもしれない。

真壁は使い込んだノートタイプの手帳を取り出して開き、そこに書いてあるらしきものをいきなり読み上げた。

「家の中でトラブルがありました。途中まで洗濯はしたのですが、妹に相談したら警察が来るまで掃除をしないほうがいいと言うので——」

倫子が賢一に送ったメールの全文、そっくりそのままだ。

「あなたは先ほどわたしの質問に対して、要領を得ない文面なので驚いた、気が動転していたのだろう、という意味のことをおっしゃってます。倫子さんは普段から冷静なかたですか」

「はい。こんなときに不謹慎なたとえかもしれませんが、包丁で指を切って出血しても、ほとんど声も出さずに自分で処置をするので、リビングで新聞を読んでいても気がつかないほどです」

「なるほど。しかしこの文章はもう少しうがった読み方をすると、冷静な人が、わざと動転しているふうに装っているようにもとれます」

「どういう意味ですか」

「内容は意味のとおらないところがある割に、文章は正確だし、何より打ち間違いが一カ所もありません。失礼ですが、あなたは人を殴り殺した直後に、こんなに冷静なメールを打てますか」

返答に詰まった。

真壁が指摘したことは、実は賢一も当初から感じていたことだった。

なんとなく不自然だという印象を受け、事件をすんなり受け入れられない大きな理由のひとつだった。理屈を掘り下げて考えたわけではなかったが、いまそれを真壁があっさりと言葉にして説明してくれた。

ちらりと真壁の顔に視線を向けると、相変わらず感情を読み取れない目で賢一を見ている。

「お待たせしました」

店主がコーヒーを運んできたので、張り詰めかけた空気が一瞬緩んだ。

テーブルにカップが置かれるのを待つあいだ、賢一の頭に「同じ穴の狢《むじな》」という古くさい言葉が浮かんだ。

この真壁という名の刑事は、午前中に応対した磐田刑事とはだいぶ雰囲気が違う。磐田は、常に人を見下している——いや、意地でも見下そうとしているように感じたが、この真壁にはそれがない。ただ仕事に徹しているという印象だ。しかし、しょせんは警察の人間だ。優子にも忠告されたが、発言は慎重に——。

ふいに焦点がぼやけた。

暖房で体が温まったせいか、眠気が緊張感に勝りそうだ。昨夜から続く緊張状態の反動か、自分の意思とは関係なく気が緩みそうになる。

「ごゆっくりどうぞ」

店主が去ったところで、小さく頭を振ってから賢一が先に口を開いた。

「あのメールの文面をどう思うか、というご質問でしたね。——ずるい言いかたかもしれませんが、わたしは人を殺したこともないし、倫子本人でもないので、なんともお答えできません」

真壁は賢一の口もとに視点を据えて聞いていたが、ただ「わかりました」とうなずき、静かな口調で続けた。

「それでは、倫子さんと殺された南田隆司さんが、親密な関係であったことについて、どの程度ご存じでしたか」

意味を理解するのに、少し時間を要した。

理解できたとたん、眠気が覚めた。あっという間に顔が上気したのが自分でもわかる。

追い打ちをかけるように、真壁がもう一度質問した。

「いかがです。どんなことでも結構です。あのふたりの関係についてご存じのことを教えてください」

深く息を吸い、そして吐いた。

指先がかすかに震える手で、置かれたばかりのコーヒーに口をつけた。まだ火傷《やけど》しそうなほど熱かったが、かまわずに飲み下した。喉が焼け、頭の霧が晴れてゆく。

賢一が、今回の事件が何かの間違いだと信じ、そう主張する、最大の理由にかかわることだ。

現場の状態を聞いた限りでは、無理矢理押し入ってきた相手に反撃して殺してしまった、という様子ではなさそうだ。

一方で、自分が留守にしている自宅へ、それも夜間に南田隆司常務が訪れることも、リビングでくつろいでウィスキーを飲む理由も、それを倫子が後ろから殴り殺す動機も、まったく考えられない。

何ひとつ説明がつかない。ずっと長い悪夢を見ているのだとしか思えない。

鳩尾《みぞおち》のあたりに力を入れて答えた。

「親密な関係だったという証拠はありませんよね。そういうのをブラフとか呼ぶのかもしれませんが、無意味だと思いますよ。わたしを揺さぶっても、あなたがたが期待するようなことは知りませんから」

「何か誤解されているようですね。わたしはただ、ご存じのことを尋ねたまでです」

「わたしは倫子の無実を信じています。ついでに言っておきますが、わたしが出向させられたことを根に持った彼女が、常務を呼びつけて殴り殺したなんて考えているなら、見当違いもいいところです。こんなことをしている暇があったら、本当の犯人を捜したほうが有意義だと思いますよ」

多少やり返すことができたと思ったが、真壁は顔色ひとつ変えず、次の礫《つぶて》をぶつけてきた。

「では、娘さんはどうですか。香純さんとおっしゃいましたね。彼女が、たとえば金銭目的で被害者と関係を結んでいた。それを知った母親が呼びだして油断させ、殴り殺した。――そんな筋は、可能性としてどうでしょう」

視野が狭まり、周囲が薄暗くなったような気がした。テーブルに手をつき、息を整えた。怒りでもめまいを起こすのだと初めて知った。呼吸がいくらか楽になったところで顔を上げた。

「さきほども言ったはずです。わたしを揺さぶっても何も出ません」

そこまで言ったところで、警察署での磐田の失礼な態度にもなんとか持ちこたえた、感情の堤防が崩れかけた。

「あなたがたは――」

握ったこぶしを見た。小刻みに震えている。怒鳴り散らすのはたやすいことだった。しかし、刑事を相手に感情的になっては、相手の思う壺だ。どんな筋かはわからないが、彼らが描いたストーリーにはめ込まれてしまう。今自分が取り乱しては、家族を支える土台がなくなってしまう。

「あなたがたにとっては、一年にいくつも処理する事件のうちのひとつかもしれません。しかし、わが家にとっては、いえ、わたしにとっては、生活そのもの――人生を揺るがすような大事件です。真剣に、必死に向き合っています。捜査の手法なのかもしれませんが、人の感情をもてあそぶような言動は、なるべくご遠慮いただきたい。どうしてもというなら、わたしも逮捕して、取り調べたらどうですか」

多少声がうわずる部分もあったが、今の自分の立場としては、感情を抑えられたほうだろう。

真壁と目が合った。相変わらず冷めた表情の真壁は、反論も弁解もするようすはない。しかたなく、先を続けた。

「とにかく、わたしの妻や、まして娘が南田常務と関係があったなどとは、わたしには心当たりどころか想像もできません。いや、したくもない」

真壁は、手帳に短く書き込みをして、小さくうなずいた。

「ありがとうございます。次の質問です。あなたは、昨夜八時過ぎに先ほどのメールを受け、それから夜行バスのチケットを手配して東京に戻られた。このチケットですが、現地のバス運行会社何社かに問い合わせたところ、どこからも同じような答えが返ってきました。つまり、座席はすべて予約制でしかも埋まりが早い。加えて、午後の八時といえば発売締切時刻を過ぎていることもあって、どの社も『当日のその時刻には販売していなかったはずだ』ということでした」

磐田が聞き流したことを、この真壁という刑事はつついてきた。反射的に高森のことをどう隠そうかと思ったが、この男には嘘が通じないような気がした。それに、もともとやましいことなどないのだから、嘘をつく必要もない。

正直に、部下の高森久実に頼んで、彼女の知人からキャンセル分を入手してもらったことを説明した。

「さきほど磐田が気にしていた女性ですね。彼女にチケットの手配をしてもらったことを、どうして磐田に隠していたんでしょう。やはり、彼女とは特別な関係ですか」

「本当に何もありません。一緒に食事をしたのも初めてですし、バスのチケットも成り行きからです」

「もし、あのメールが来なかったら、そのあとどうなっていたと思いますか」

「どう、とは？」

「つまり、その高森という女性とです」

高森久実の、ぷっくりと膨らんだ唇や、ひんやりとして湿った手を思い出した。

「何も、何事も起こらなかったと、断言できます」

真壁刑事は、まったく表情を変えずにうなずいた。

「なるほど。断言できますか。——ところで、先ほどの磐田への説明だと、藤井さんがこの事件について、具体的な内容を知ったのは、すでにそのチケットの手配が終わったあとですね」

これもまた磐田が軽く聞き流したところだが、もう一度さきほどと同じ説明をした。

「——はい。妻からおかしなメールを受け取ったあと、しばらく電話が通じなくなったのでチケットの手配を頼みました。そして、バスが出る山形駅へタクシーで向かう途中に、警察の人から電話があって、それで知りました」

真壁は手帳を見ながらうなずいている。矛盾していないはずだ。

「くどいようですが、その時点まで、殺人事件だとご存じなかった？」

「はい」

「それなのに、裏から手を回してチケットを入手し、決して少なくない金額と時間をかけて、酒田市から山形市までタクシーを飛ばし、夜行バスに乗って東京まで戻ろうとした。ずいぶん思い切った決断と行動ですね。翌日、会社は休業日ではないですよね」

「それは――」

あのときの自分の心境を説明するのは難しい。

ひと言で表すなら倦《う》んでいた。

あの土地での毎日にうんざりしていた。家族からのけ者にされたような寂しさがあった。高森の妙な接近に影響されて妻の肌の感触を思い出した。高校入試に成功した娘と、今なら関係修復ができるかもしれない気がしていた。松田支店長の嫌味に飽き飽きしていた。セールス先での塩を撒《ま》かれんばかりの扱いにこれ以上耐えられそうもなかった。

そして何より、いつまで待っても来ない、本社復帰の連絡が待ちきれなかった。

あのメールは、そのもやもやした気持ちを破裂させたのだ。

「うまく説明できませんか」真壁のほうから水を向けてくれた。

「はい。尋常でない胸騒ぎがしたとしか言えません」

「わかりました」

真壁は手帳を閉じて少しくたびれたスーツの上着にしまった。

「お忙しいところお時間を割いていただいてありがとうございました。ご協力に感謝します。お礼の代わりというのも変ですが、多少手の内を明かします。――あなたは大変抑制のきいた方ですね。たいていの人物は、わたしがいくつか質問をすると、途中で逆上します。とくに、事件に巻き込まれて混乱しているときには。その態度を見れば、どの程度のかかわりがあって、どこまで事実を知っているのか、おおよその見当はつきます。さきほど藤井さんがおっしゃった、『ブラフ』というのもあながち的外れでもありません」

いまさら怒りも湧かなかった。苦笑しながら「そうですか」と答えた。

「最後にもうひとつ訊かせてください」

「なんでしょう」

「藤井さんが、奥さんの無実を信じる根拠はなんですか。単に夫婦だからという理由ですか。それとも、そう判断する具体的な根拠をお持ちですか」

理屈を考える前に、言葉が勝手に口をついて出た。

「倫子という人間を知っているからです。くどいようですが、彼女はウィスキーのボトルで人を殴り殺すような人間ではありません」

「それでは、昨年、夏から秋にかけて彼女の身に何が起きたかご存じですか。たとえば九月に」

「九月？　どういう意味ですか」

真壁は探るような視線を向けているだけで何も言わない。

「教えてください。去年の九月に、倫子に何かあったんですか」

「すみません。捜査の中身に関することなので、ご存じなければ聞かなかったことにしてください。ただ、夫婦といえど別な人間であり、すべてを理解しあっているわけではないと、わたしは思います」

真壁は少しも申しわけなさそうな顔をせずに会釈し、会計を済ませて出ていった。

残された賢一は、最初のひと口以後、まったく手をつけていなかったコーヒーカップをのぞき込んだ。ミルクも砂糖も入れていない黒い表面に、くたびれた中年男の顔が映っていた。

優子の部屋に入るなり、優子が心配そうな顔で声をかけてきた。

「遅かったのね。買い物？」

「うん――」迷ったが、本当のことを言った。「さっき警察署で会った刑事が、マンションの入り口のところにいてさ。少し話してきた」

「入り口に刑事がいたって――何それ。待ち伏せ？」

嘘はつきたくないが、必要以上に心配させることもない。

「そんな大げさなものじゃないよ。午前中、ちょっと訊き忘れたことを確認に来ただけだった」

「ふうん」

とりあえずは納得したようで、それ以上は突っ込んでこなかった。

洗面所へ行き、スーパーで買ったカミソリで髭《ひげ》を当たった。パッケージに《肌が切れない》と書いてあるのに、二カ所ほど小さな切り傷を作った。スーツの皺を伸ばそうとアイロンを借りたが、考えごとで手を止めてしまい、かえっておかしな皺を作った。

優子がノートパソコンの向こうから声をかけてきた。

「やっぱり変」

「何が」

「待ち伏せの刑事と話してから、急に口数が減った。能面みたいな顔つきだし。何かひどいこと言われたんじゃないの？」

優子に訊くべきか迷っていたが、心を決め、アイロンを立てた。

「実は、おかしなことを言われたんだ。去年の九月頃に倫子に何かあったみたいなことを」

「何かって？」訝《いぶか》しむように眉根を寄せる。

「わからない。訊き返したら、聞かなかったことにしてくれって」

「何よそれ」

「やつらの失礼な態度は措《お》くとしても、優子ちゃんは何か知ってるかな。たしか『夏から秋にかけて』とか言ってた」

「それはつまり、今回の事件に繋がるできごとっていう意味よね」

「そういうことだと思う」

優子は眉間に皺を寄せたまま、しばらく考えてから首を左右に振った。

「心当たりがない。わたしもお姉ちゃんの生活を全部把握しているわけじゃないし」

「実は、妙な符合があるんだよ。倫子がぼくに『家に戻らなくていい』とか言いだしたのがその頃だったし、香純がメールで〝絶交宣言〟してきたのもやっぱりその時期なんだ。今までは、偶然に時期が一致したのだと思っていたけど、もしかして、我が家でその頃何かがあったのかもしれない」

「考えすぎじゃない？　わたしも思い出してみるけど」

「頼むよ」

ほどなく迎えの車が来た。

15

西新宿の高層ビル街の一角に連れて行かれた。

エレベーターで一気に最上階まで上り、値段が高いことで有名な日本料理店に入った。

一番奥まった個室で、南田信一郎はひとりで待っていた。

「このたびはとんだことになりまして」

会社訪問に来た学生のような姿勢で挨拶した。

「まあ、いいから座りなさいよ」

テーブル式なのがありがたかった。座敷では足も崩せず卓も低く身の置き所がないのは、隆司との席でいやというほど味わったからだ。

大久保利通《おおくぼとしみち》が使ったと言われても信じてしまいそうな、重厚な木製の椅子に腰を下ろし、かしこまっていると、信一郎が「最初に言っておくけど」と話しだした。

「お互いに忙しい身だし、今後そういうのはなしにしよう。『このたびは』とか『お詫び申し上げます』とかさ。そんな上っ面の言葉は何も生まない」

ストレートな物言いは、隆司によく似ている。

「申しわけありません」

「ま、始めようか」

テーブルにはすでに、懐石料理のようなものが所狭しと並んでいる。

「店の人間にも話の腰を折って欲しくなかったから、無粋だけど最初に全部並べてもらった。酒はこれだけあればいいだろう」

テーブル脇のワゴンの上には、保冷用ポットに入った瓶ビールが三本と、氷で冷やすタイプのガラス徳利《とっくり》に入った冷酒が三合ほどある。

「はい」

　互いのグラスにビールを満たし、「乾杯もおかしいな」と信一郎が言うので、そのまま形ばかりグラスに口をつけた。信一郎をまねて、先付《さきづけ》と思われる小鉢に箸をつけた。

「秘書には止められたよ」

「は」

「きみに会うことをさ。普段はぼくに意見なんかしない女性なんだけど、めずらしく『お考え直しください』ってさ」

「同感です」

「ってことは、きみは奥さんが――ええと、リンコじゃないノリコさんて読むんだったな。倫子さんが隆司を手にかけたと思っているのか」

「いえ、思っていません」

「じゃあ、誰がやったと？」

「わかりません」

「だからさ、その辺の意見を聞きたかったんだよ」

「はい」

「思うところを言ってみてくれよ。警察ってのはさ、最初に間違った方向へスタートしちまうと、なかなか軌道修正できないんだ。でかい組織だからね。人海戦術で解決できる事件もあるが、『大男総身に知恵が回りかね』ってこともある」

評判では人当たりのよい紳士で通っているが、さすがに辛辣《しんらつ》なところもある。

「はい」

「『はい』じゃなくて、意見を聞かせてくれよ。事情はともかく、弟がきみの家で死んだことには間違いないんだから」

「そうおっしゃいましても——意見といえば、わたしは妻が犯人ではないと信じている、ということぐらいです」

「だから、それは聞いたよ。きみは愛妻家らしいから、かばいたい気持ちは理解できる。しかしこの際、感情論は脇に置いてくれ。きみもビジネスマンのはしくれだろう。ぼくも警察から多少の事情は聞いたけど、あきらかに状況はきみの奥さんが犯人であることを示しているよね。それどころか、まだ公表はしてないが、本人もほぼ罪を認めているそうじゃないか。

要するに、なんらかの事情があって、隆司のやつがきみのお宅にあんな時刻に訪れた。そこで何かもめごとがあり、暴力沙汰になった——。ぼくには、それほど荒唐無稽《こうとうむけい》な話とも思えない。もし、それ以外に解釈のしようがあるなら、教えてくれ。警察に言いたくないことなら、秘匿すると約束する。何か知ってるのか」

そのことをずっと考えてきた。倫子の無実を信じるといえば、聞こえはいい。しかしそれは同時に、真犯人が別にいることを意味している。ならばそれは誰か。あの時刻に通りすがりの見知らぬ人間が押し入ってきて、隆司を殴りつけ、逃げていった。そんな筋書きであればどんなにいいだろう。しかし、現実的ではない。

冷静に、いや冷酷にというべきか。事実だけをとらえて考えた場合、あの家に、正義や倫理の心をなくしかけた人間がひとりだけいる。消去法でいくなら、答えはそれしかない。しかし、自分の口から母親を売るわけにはいかない。

「正直に申しまして、常務と妻に接点があったことがまず意外でした」

信一郎はあからさまに、ふんと鼻先で笑って、グラスを置いた。必要以上に大きな音に聞こえた。

「接点は『妻』だけとは限らんだろう。娘も母親もいる」

「しかし、その可能性は妻以上に薄いかと思います」

信一郎は、別な料理を口にはこんで、やや茶色味を帯びた瞳で賢一をじっと見ている。

「あのさ、隆司のやつは昔きみの奥さんにちょっかい出したんだろう」

思わず正直に反応してしまった。

「どうしてそれを？」

ことさら隠していたわけではないが、もう二十年も前の話だ。

信一郎は、もう一度小ばかにしたように鼻先で笑った。端整な顔が歪んで見えた。

「そんなことは自分で調べなくたって、ご注進申し上げたい人間が列を作って待ってる」

「結婚前に、コンサートと食事をご一緒したことがあると聞きました」

「その後は？」

「ありません。——なかったと信じます」

「信じます、ね」

信一郎はグラスのビールを干し、注ごうとする賢一の手を払って、自分のぐい飲みに冷酒を満たした。

「会長は激情のあまり、寝込んでしまった」

「南田会長がですか」

「このところ血圧が高いので、主治医からも完全引退しろと忠告されていたところだったからな。もう再起は無理かもしれない。こっちも忙しいから、葬式を出すなら一度にしてもらえると助かるんだがな」

もともと食欲などなかったが、ますます胃が重くなり、箸を持つ気持ちもなくなった。何か言わねばと思うが、口を開くたびに信一郎に追い詰められる。真壁とかいう刑事とは、また違った切り込みかただ。

「きみ、このままだと、うちの社をくびになるどころか、まともな会社には就職できなくなるよ。隆司のやつは役人だの政治家だのにばっかり金を使っていたが、親父やぼくは産業界に知り合いが多いからね。ついでに、もっと怖い乃夫子さんも、怒り狂ってるらしい」

にやりと笑って、ぐい飲みを傾けた。悪い予感は、ほとんど当たる。

「わたしは解雇されるのでしょうか」

「このまま居座るわけにはいかないだろう」そこで信一郎は手を休め、怪訝《けげん》そうな顔で賢一を見た。

「まさかきみ、隆司に『すぐに本社に戻す』とか言われて、信じてたわけじゃないだろう」

「それは――」続ける言葉がない。

信一郎は、自分にだけ用意させたらしい真新しい手拭いで口もとを拭った。

「おいおい、図星なのか。あきれたもんだな。そんな甘い考えだから、あんなやつの口車に乗ってみんなの足を引っ張ったあげく、自分も飛ばされるんだ」

当の隆司にも「甘い」と笑われたのを思い出した。

「脅すようなことはあまり言いたくないが、きみを恨んでいる人間はひとりやふたりじゃない。例の告白文書のことさ。特に、頭から泥をかぶる形になった磯部課長なんて、恨み骨髄だろう。今回の事件が、彼ときみとの間で起きなかったことが不思議なぐらいだ。大阪に飛ばされた山川部長しかり。北九州のなんとかいう次長もだ。もっとも、ぼくが正式にこっちに戻ってきたら、彼らを充分にねぎらうつもりだけどね」

「ご理解ください」

さすがに、土下座というほどではなかったが、重い椅子を引いて腰を折った。テーブルよりも低く頭を下げながら、自分はいったい何をしているのだろうと思った。

妻に殺人ないし傷害致死の嫌疑がかかり、留置場にいてまだ面会もできていないというのに、派閥争いの不始末を詫びている。情けないと思いながらも、言わねばならないことがあった。

「専務や皆さんに、ご迷惑をおかけするつもりはありませんでした。しかしあの時の、常務のお申し出は、どうしても断れませんでした」

事実、隆司常務の提案を受けるか、退社するか、の選択肢だったと思っている。

「いや、ぼくは恨んじゃいないさ。しかし、ほかの連中はどう思うだろうね」

「機会があれば、お詫びしたいと思っています」

信一郎は、ガラス製のぐい飲みに残った冷酒をくいっとあおった。

「ま、少なくともきみが、今回のことを仕組んだのではないことは信用する。そんな器ではなさそうだ。だとすれば、きみに忠告したいことはただひとつ――」

ひどく喉が渇いていたが、手をグラスに伸ばせない。

「この件について、警察以外には一切口外無用だ。会社の人間といえど、今知っていることも、今後知り得たことも、何ひとつしゃべってはならない」

はい、という言葉が喉につかえたので、唾を飲みこんだ。信一郎が続ける。

「今後、たとえどんな噂が流れたにしても、だ」

「噂といいますと？」

「たとえば、隆司に関して。『病院関係者に対する接待を尾鰭《おひれ》をつけてリークし、社内の人事を私《わたくし》し、あまつさえその立場を利用して、女性社員や左遷させた社員の妻と不倫関係を結んでいた。その痴情のもつれから、今回の不始末に至った』とかね」

「しかし、それでは倫子もその不倫の……」

「つべこべ言うな」

迫力ある声に、出かかった賢一の言葉はどこかへ消えてしまった。

「そのほうが、きみの女房だって、情状酌量になるだろう。それともあれか、亭主の出向を解いてもらうために、自分から隆司に股を開いたとでも宣伝してやろうか」

やはり紳士は仮面だった。母親は違っても、一代であの巨大企業を築き上げた南田誠のDNAを引き継いだ兄弟だ。反論できずにいると、信一郎がやや声のトーンを落として続けた。

「今日明日にも人事の人間から連絡させるが、きみは当分のあいだ自宅待機だ。酒田には戻らなくていい。殺人犯の夫が薬を売り歩いては、洒落にならないからな。さっきも言ったようにホテルは用意させる。くれぐれも、下手に自宅近辺をうろついたりして、マスコミに食いつかれないように」

社内に流す噂はともかく、倫子を犯人と断定していることにだけは抗議した。

「しかし、まだ裁判も始まっておらず……」

「きみはテレビのニュースで、逮捕された容疑者が押送《おうそう》されるのを見てどう思う？　ほとんど疑いもせず『ああ、あいつが犯人か』と考えるだろう。薬局の棚に並んだ似たような商品の中から、わが社の製品を選ぶのは裁判官じゃない。――いいかい。きみもおとなしくしていれば、本社系列は無理だが、どこかの関連会社に潜り込ませてやってもいい。そうだ、いっそ磯部君とコンバートなんていうのはどうだ。北海誠南医薬品販売の、北見支店長代理だ。あっちは海産物と空気が美味いらしいぞ」

楽しそうに笑うと、ゼリーにくるまれたウニをつるりとひと口で飲み込んだ。

意識がなくなるぐらいに酒を飲んで寝てしまいたかった。

しかしまだ、やらねばならないことが、数えきれないほどあった。

信一郎と別れた直後、まるでそれを見ていたかのように、人事部管理課から携帯電話に連絡があり、西新宿の、都庁舎にほど近いシティホテルに部屋をとったと教えられた。

早口で必要事項を告げると、賢一に質問する隙を与えずすぐに切れた。

優子とも連絡をとり、池袋駅西口にある、白石弁護士の事務所が入ったビルの前で、午後八時に待ち合わせることになった。優子の話では、それまでに白石弁護士が倫子との接見を済ませて戻る予定だそうだ。

時刻は六時二十分を回ったところだ。中途半端な空き時間があったので、歩いて数分の距離にある、会社が用意してくれたホテルに向かった。

フロントで名乗るとすんなりキーを渡された。どこまで事情を知っているのか、ショルダーバッグもスーツも、おそらく顔つきもくたびれた賢一を見ても、フロント係はにこやかな表情を変えなかった。

とても眠れないだろうと思ったが、午後七時にアラームをセットし、スプリングのきいたベッドに横になったとたん眠りに落ちた。

16

白石法律事務所は、池袋駅西口の、東京芸術劇場と立教《りっきょう》大学の中間あたりにあった。駅から歩いて数分の場所だ。劇場通りと呼ぶらしい広い道路で信号待ちをしていると、スマートフォンが震えた。優子からだ。

〈今、どのあたり？〉

「すぐ近くまで来ているけど」

〈場所、わかるわよね。だったら、直接事務所まで来て欲しいんだけど。わたしもまだいるし、せっかくなら顔合わせしたほうがいいでしょ〉

了解と伝えて電話を切った。

古びたビルをエレベーターで五階まで上がり、事務所名の書かれたドアをノックすると、すぐに開いた。

「いらっしゃいませ」

黒っぽいスーツを着た女性が、にこやかに立っている。一瞬、かしこまった優子かと思ったが、別人だった。

「どうぞ」

招かれて事務所に入った。想像していたほど広くはなかった。

いくつか並んだ事務机には、いずれもファイルだの雑誌だのが、雪崩を起こしそうなほど積んである。

内装やキャビネットなどを見ても、かなり年季が入った印象だ。

やはり使い込んである応接セットに、初老の男性と優子が座っていた。案内されて賢一が近づいていくと、全員が立ち上がった。

「わたしが紹介します」優子が口を開き、手のひらを賢一に向けた。

「藤井倫子の夫で、わたしの義理の兄にあたる、藤井賢一です」

「はじめまして」

白髪の男性が、この事務所の所長で筆頭弁護士の白石慎次郎《しんじろう》、最初に応対した若い女性は、その娘でやはり弁護士の白石真琴《まこと》と紹介された。

「真琴さんは以前、『美貌《びぼう》の弁護士』とかって週刊誌に載ったこともあるそうです」

優子が説明すると、真琴がわずかに苦笑して手を振った。

「その話題はやめてください。裁判には関係ありませんし、あまり触れられたくない過去です」

隣で父親の慎次郎が小さく笑うと、真琴が睨み、それでこの話題は終わった。たしかに、こんなときでなければしばらく見とれてしまいそうな、優子に勝るとも劣らない美人だ。

「いろいろ話し合ったんですけど、姉の事件は真琴さんが担当してくださるそうです」

優子が賢一にそう説明すると、真琴が「よろしくお願いします」と頭を下げた。みずからお茶を淹れに立ったらしい慎次郎が補足する。

「当事務所にはほかにも弁護士がいますが、被疑者が女性ということもありますし、今回は真琴にまかせようと思います。わたしの立場でこういう発言は問題があるかもしれませんが、女だとか見かけだとかで判断しないでください。控えめに評価して、わたしの二倍の機動力と三倍の戦闘力を持っていますから」

真琴は軽く父親に視線を走らせただけで、すぐに本題に入った。

「さきほど、本人に接見してきました。概要は義妹さん――滝本さんにお話ししましたが、もう一度、かいつまんでご説明します」

たしかに行動力はありそうだ。

「よろしくお願いします」

「まず基本的なところですが、接見禁止です。担当弁護士以外は、ご家族といえども面会できません」

「わたしや娘もですか」

はい、と真琴がうなずく脇から、所長の慎次郎弁護士が日本茶の入った茶碗《ちゃわん》を置いてくれた。

「――理由としては、まず犯行現場が自宅内であったこと、次に被害者が夫の元上司であり、夫にも恨む根拠があること、完全に証拠調べが終わっていないこと、などです」

「それはつまり、わたしが妻と口裏を合わせたり、証拠隠滅を図ると？」

「そういうことになります」

胃のあたりに熱いものがこみ上げたが、吐き出すものがない。

「その、接見禁止というのは、いつまででしょうか」

声がかすれ気味なことに気づき、日本茶を含んだ。

「今後、おそらく殺人容疑に切り替わるでしょうし、社会的反響も大きいようです。最短でも起訴までは解除にならないと思います。過去の長い例では、一審判決が下りるまで、というケースもあります。決めるのは裁判所なので断定はできませんが、被告人が捜査に協力的で、客観的な物証などが豊富にみつかるときは、早めに解かれることもあります」

「妻は、自分がやったと認めていると聞きましたが——そうだ、妻は、倫子はどんな感じだったでしょうか。元気でしたか、というのは変ですが、顔色などはどうでしょうか」

賢一が身を乗り出すようにすると、真琴弁護士は言葉を選ぶようにして答えた。

「多少やつれた印象はありましたが、留置場を無償の宿泊施設ぐらいに考えている常習犯でもない限り、誰でも似たり寄ったりです。あまり興奮した様子もなく、むしろ淡々とした印象でした」

「淡々と」

賢一が言葉をなぞると、真琴が首をかしげた。

「的確な表現がみつからないのですが、なんというか、以前から覚悟ができていた、そんな印象を持ちました」

「覚悟って、それはつまり計画的な犯行だったと？」

「そうは言ってません。すみません、わたしの説明が不適切でした。印象に頼った発言は撤回します。事実だけを追いましょう――」

続けて、今後の流れについて、可能な限りかみ砕いて説明をしてくれた。

それでも、細かい法律用語には理解できない部分もあったが、罪状ひとつごとに再逮捕を繰り返せば、一カ月でも二カ月でも勾留の延長ができるという説明に、磐田の顔を思い出し、気持ちが重くなった。

「といっても、現実的にはひと月ぐらいのものだと思います。検察も案件をたくさんかかえていますから。もちろん、公判開始前に身の潔白が証明されれば釈放です」

なぐさめるように所長が補足してくれたが、あっさりそれをぶち壊すように真琴が割り込む。

「奥様の無実の証拠を集めたいお気持ちはわかりますが、あまり目立つことはされないほうがいいと思います」

「どういう意味ですか」

「わたしの口からは言いづらいですが、検察や警察は、夫――つまり、賢一さんの『殺人の教唆《きょうさ》』を視野に入れている可能性があります。具体的には刑法第六十一条『人を教唆して犯罪を実行させた者には、正犯の刑を科する』です」

「それはつまり、わたしが妻に指示して殺させたと？」

「そういうことになります。あくまで仮定ですが、賢一さんも倫子さんと同等の量刑で送検、起訴される可能性があります」

刑事たちの態度でそれはうすうす感じていた。〝被疑者の夫〟どころか、むしろ〝主犯格〟とみているのかもしれないと。

殺人犯藤井賢一、と胸の内でつぶやいてみた。

ひとかけらの実感も湧かなかった。

17

ビルを出たところで時計を見た。

午後九時半過ぎだ。疲れている。

頭の芯が妙に冴《さ》えているような気もするが、それはただ神経が痺《しび》れて、眠気を感じられなくなっているだけかもしれなかった。

「このあと、ホテルに泊まるんでしょ」

優子に問われて、自分が泊まるホテルの名と部屋番号を告げた。

「わたしは車で来たから、ここで別れて帰ります」

近くのパーキングに停めてあるという。

「朝から何度同じようなお礼を言ったかわからないけど、とにかく本当にありがとう、助かった」

優子がふっと笑った。

「わたしの『もらわれっ子症候群』の話は聞いたでしょ」

「うん」

香純がそんなことを言いだして賢一たちを困らせたのと同じぐらいの時期に、優子はもっときつい症状が出たらしい。具体的には聞いていないが、いろいろあったようだ。

――わたしからすれば、父と優子の性格はそっくりなんだけど、本人は『じぶんは血のつながらない養子に違いない』って、ずっと言い張っていて、『だって、戸籍はそうなっていないでしょ』って言っても、『そんなの、父親が役人なんだから、どうとでも改竄《かいざん》できる』って聞かないの。家族と一緒にアメリカへ行かずに日本に残ったのも、たぶんそれが一番の理由だったと思う。

倫子はそんなふうに説明して、もっとも今では笑い話だとつけ加えた。

優子が、形よく整えた眉を片方上げて苦笑した。

「今にして思えば、お姉ちゃんが優等生すぎたのかな。たとえばね、父が気に入っている湯飲み茶碗を、わたしが割っちゃったりするでしょ。そうすると、あの人が先に謝っちゃうのよ。『お父さんごめんなさい。わたしが優子に、お皿洗いを手伝うようにお願いしたから』って。すると父も『まあ、しょうがない。次から気をつけろ』ぐらいで済むわけ」

「うらやましいよ。ぼくはひとりっ子だから、そんなふうにかばってくれる兄や姉が欲しかった」

「でも、子どもの頃って、そういう偽善に腹が立つでしょ。それにね、たまたまお姉ちゃんがいなくて、わたしが何か失敗したときには、『普段から落ち着きがないからだ』とかって、延々と説教するわけ。腹が立つから、わざとお姉ちゃんと一緒のときに、ガラスを割ったこともある」

「なんとなく結末がわかるよ」

「そのとおり。母は怒ったけど、父はお姉ちゃんに向かって『怪我はなかったか』だって。これはもう、絶対にわたしが実の子じゃないからだ、愛情がないんだって思って、少し荒れた。——一番困ったのは、間に挟まっていたお姉ちゃんだったのかもしれない」

「そうかもね」

優子の話を聞いているうちに、不思議と、倫子ではなく香純の顔が浮かんだ。

香純にもそんな姉がいたなら、今の状況は変わっていただろうか。

「——今回のことは、その頃の罪滅ぼしっていうか、お姉ちゃんに借りをようやく返せるっていう感じね。だから、いちいちお礼なんて言わないで。この一件が無事に終わったら、焼き肉でもおごってもらうから」

明日、母の智代を『太陽の家』の「早朝預かり」に頼んだあと仕事に行くと言い、優子はコインパーキングへ向かって歩きだした。その背中にもう一度頭を下げた。

疲れていた。

ホテルの部屋に戻ってシャワーを浴び、コンビニで買った缶ビールを全部飲みきらないうちにまぶたが重くなってきた。

とうとう香純から連絡はなかった。


延々と続いた理不尽な夢の最後に、どこか見覚えのある女が登場し、いきなり怪鳥《けちょう》のような声で歌い始めた。

やめてくれという叫びが喉につっかえて目が覚めた。

あわてて上半身を起こし、頭を強く左右に振った。完全にもやもやが消えないうちに、室内電話が鳴っていることに気づいた。歌声の正体はこれだった。

スリッパを履くのももどかしく、ベッドから降り裸足でデスクまで歩いて、受話器を取り上げた。

「もしもし」

ひどい咳をした翌朝のように声が割れていた。

〈おはようございます。こちらフロントでございます。藤井賢一様のお部屋で間違いございませんでしょうか〉

「ええ、藤井です」

〈お休みのところ大変申しわけございません。フロントにお客様がお見えでございます〉

備えつけの時計に目をやると、午前八時を少し回ったところだ。思いのほか寝過ごしてしまったらしい。

「誰ですか」

警戒心を隠さなかった。真っ先に頭に浮かんだのは、昨日会った真壁とかいう刑事の目だ。

〈藤井香純様とおっしゃいます〉

「えっ」

まだ半分ほどぼやけていた頭の中が、一気に晴れた。

「香純が？　すぐに、降りて行きます——いや、ちょっと待って。部屋まで来てくれと伝えてもらえますか」

〈少々お待ちください〉

電話の向こうで短いやりとりのあと、了承の返事が聞こえた。

この時間帯は、朝食を終えてひと息いれる客や、チェックアウト待ちの客などでロビー周辺は混雑しているだろう。どう考えても、人には聞かれたくない話の流れになるはずだった。

寝間着代わりのトレーナー姿だったが、娘なら気にすることもない。せめて顔を洗うことにした。

洗面所でざぶざぶと冷水を顔にかけ、タオルで拭っているうちにドアチャイムが鳴った。のぞき窓で確認すると、不機嫌そうにそっぽを向いた香純の顔があった。

「どうしたんだ」と言いながらドアを開けると、香純の背中を押すようにして優子も入ってきた。

「なんだ優子ちゃんも一緒か」

たしかに、考えてみれば、香純がひとりで来るはずがない。

「おはようございます」

優子も、昨日は賢一に負けないほどエネルギーを費やしたはずだが、あまり疲れたようすもなく元気そうだ。

「昨日はありがとう。すっかりお世話になってしまった」

優子は、気にしないでというようにうなずき、部屋の中をぐるりと眺めまわした。

「わりといい部屋じゃない。さすが天下の誠南メディシン」

いくらか嫌味が交じっているように感じる。

「いろんな意味で、なんだか落ち着かない」

そう応じて、仏頂面で突っ立っている香純に声をかけた。

「適当に座ってくれ」

優子が香純を促し、二脚あるひとり掛けのソファにそれぞれ座った。賢一はデスク備え付けの椅子を引いて腰を下ろした。ぎしっ、と不快な音がした。

「何か飲むかい」

とりあえず訊いてはみたが、優子はいらないと答え、香純には無視された。

優子が本題を切り出す。

「やっぱり、どうしても気になっちゃって。仕事へ行く前にふたりを引き合わせておこうかと」

「ありがとう。——昨夜はどこへ泊まった？」

後半は香純に向かって質《ただ》したのだが、口を開かない彼女に代わって優子が答える。

「結局、うちのマンションに泊まったのよ。お義母さんはベッドに寝てもらって、わたしたちは床に予備の布団を敷いて雑魚寝《ざこね》。普通なら女子会っていう感じで楽しいのかもしれないけど、そういう雰囲気でもなかったわね」

「動揺する気持ちもわからないわけじゃないが、もう少し家族の……」

「ちょっと待って」いきなり優子が遮る。

「――今は、そういうのなしでお願いします。わたしもここに長居できないし、なにより大変なときなんだから、それこそ『家族』で協力し合わないと。わかった？」

言い分もあったが、世話になっている優子の言葉なので、うなずいた。

「さてと、それじゃ時間も限られているので、さっそく本題。香純ちゃんに来てもらったのは、一昨日《おととい》の夜に香純ちゃんが見たことや、知ってることをお義兄さんに説明してもらおうかと思って」

優子はそこで言葉を止め、先を促すように香純を見た。賢一も、口を挟むのを我慢して待った。しかし、香純は相変わらず窓の外へぼんやりとした視線を向けたままなので、結局は優子が続ける形になった。

「じゃあ、昨日わたしが香純ちゃんから聞いたことを話すから、間違っていたら指摘してね。――事件があったとき、香純ちゃんは家にいなかった。友達とファミレスで時間をつぶして帰ってきた。家に入ってみたら、事件が起きた直後だった。南田さんだっけ？　あの人が、後頭部を血だらけにしてリビングのテーブルに突っ伏している。すぐそばには誰もいない。誰でもパニックになるわよね。それで、悲鳴を上げそうになったとき、シンクのところにお姉ちゃん——つまり倫子がいることに気がついた。水を流して何か洗ってる。あとで、それが凶器になったウィスキーのボトルだってことがわかるんだけど。当然ながら『どうしたの、何があったの』みたいな騒ぎになって、香純ちゃんが警察に通報しようとしたら、お姉ちゃんに『もう通報したから』と言われた。そうよね」

香純が無言のまま小さくうなずいたので、賢一が問いかけた。

「そのとき、お母さんはどんな感じだった？　人を殺すほどの勢いで殴ったあとなら、興奮していたはずだと思うが」

それでも無言の香純に代わって、優子が答える。

「これは警察には言ってないそうなんだけど、なんとなく落ち着いた感じだったって」

「落ち着いていた——？」

そんな話をどこかでも聞いた。どこだったか考えていると、優子が答えを口にした。

「昨日、娘さんのほうの白石弁護士が、接見の印象でそんなことを言ってたでしょ」

「そうだった。『淡々とした印象』だったとか『以前から覚悟ができていた』ように感じたとか」

「ただ、ショックのあまり茫然自失《ぼうぜんじしつ》となっていたとも考えられるわね。——とにかく、間もなく制服を着たお巡りさんや救急隊なんかがやってきて、家の中は大騒ぎになった。あとは、わたしたちも警察でさんざん聞かされたとおり。でも、実はほかにも警察に話してないことがあるんだって」

「と言うと？」

香純の顔を見たが、相変わらず賢一と目を合わせようとはしない。

「その警官たちが来るまでの間のことなんだけど、香純ちゃんは自分の手に少しだけ血がついているのに気がついた。気が動転して何かに――何かってわかるでしょ――触ったのかもしれない。気味が悪くなって石鹸《せっけん》で洗おうと洗面所へ行くと、洗濯機が回っていて、そのすぐ脇にお義母さん、いやお祖母《ばあ》ちゃんか――ややこしいから智代さんて呼ぶね。とにかく、智代さんがいたのでびっくりしたって」

「おふくろがいた？」

「ウィンウィン音をたてている洗濯機をじっと見つめていたらしいんだけど、香純ちゃんの顔を見たら急にあわてて自分の部屋に戻って行ったって。――そうだったよね」

優子が同意を求めると、香純がかすかにうなずいた。

「それってどういうことだろう」

「一応は智代さんに訊いてみたんだけど、答えは想像がつくでしょ。そもそも、昨日と一昨日の区別すらほとんどつかない人だから。――だからこれはあくまでわたしの想像よ。一番ありそうなのは、回っている洗濯機をただ見ていただけ。前に聞いたことがあるんだけど、智代さんにはそういう癖っていうか、習慣があるって」

倫子が話したのだろう。たしかに賢一の母、智代には昔からそういう習慣があった。まだ父親が健在だったころ、夫婦喧嘩をしたあとなどは必ずといっていいほど、延々と洗濯をし続けた。家じゅうから洗濯物をかき集めてきて洗面所に閉じこもり、数十分はかかるフルコースが終わるのを、そばに立ってじっと待っていたのを知っている。対等にやりあって負けたのならしかたないが、「夫と妻」あるいは「男と女」という立場ゆえに引き下がったのだとしたら、負けず嫌いだった母の悔しさは、想像がつく。

もともと潔癖症気味なところもあったし、ほかに自分の居場所がない彼女が、唯一心の平穏を取り戻せる場所だったのかもしれない。

「もうひとつ考えられるのは、ただ見てただけじゃなくて、智代さんが血で汚れた服を洗っちゃった」

「倫子じゃないってことか」

磐田刑事の話では、「返り血を浴びたジーパンやセーター」を洗っていたという。瀕《ひん》死《し》の——あるいはすでに死亡している——南田隆司を介抱しようとして、倫子の服に血がついた可能性はある。倫子があわてて脱いだそれを、不安になると洗濯機を回したくなる智代が、塩素系の漂白剤をごっそり入れて洗濯し始めたという筋書きは、考えられなくはない。

「だとしたら、どうして倫子は警察にそう言わないんだろう」

磐田の話しっぷりによれば、倫子が証拠隠滅のために洗ったものと決めつけていた。

「わたしが思いつく理由はひとつね。お義母さんをかばってるのよ。いくら認知症だと言っても、証拠隠滅しようとしたのが事実なら、判断能力はあるわけで、一応は詐病じゃないかと疑うのが警察でしょ。精神鑑定とか受けさせられたら可哀想《かわいそう》だと思って、自分がやったことにしたのかもしれない。ボトルを洗うのも洗濯するのも、結果的にはたいして変わらないかもしれないから」

優子の筋道立った説明を聞くうちに、ずっとひっかかっていたことがようやく形になった。

「実は、不思議に思っていたことがある。南田常務が殴られたあとの倫子の行動なんだけどね。どうして……」

そっぽを向いて押し黙っていた香純が、はじめて賢一を見た。

「そんなこと、今ここでグズグズ言ってみたってしょうがないじゃん。ばかみたい」

子どもじみた突っかかりの相手をするつもりはなかったが、つい答えてしまった。

「ばかとはなんだ」

睨んだが、香純はひるむどころか、睨み返してきた。

「あのさ、お父さんに訊きたいけど、どうして自分は悪くないなら『転勤は嫌です』って主張しなかったの」

もう相手にするな、という自分の声も聞こえるが、一度反応してしまうと感情が頭をもたげてくる。

「それこそ、今さらなんの話だ。今回の事件とどんなかかわりがある」

「ほら、そうやってごまかす」

「べつにごまかしてなんかいない。そもそもあれは転勤じゃない。出向だ」

「ね、これだから話にならないの」

香純が立ち上がりかけたのを、優子がちょっと待ってと止めた。

「お義兄さん」

優子までが賢一を軽く睨んでいる。なぜ自分が責められる、自分がいったい何をした、自分のどこが間違っているというのだ——。

結局、折れた。

「わかったよ。今回の事件と関係なさそうなことは、こだわらないことにする。——さっきの話だけど、会社員にとって人事は絶対命令なんだ。拒絶するなら、その会社を辞めなければならない」

優子が、あら、と何か言いたそうにしたが、それは思いとどまったようだ。賢一が続ける。

「あの会社は、一部上場はしているけど実質的には同族会社だ。つまり南田親子に睨まれたら一生冷や飯食いということになる。それではお前やお母さんを養うことが……」

「出た出た。全部、わたしとかお母さんのためなんだよね」

「何がいけない」

「だから何を命令されてもハイハイ聞いてるの？　それじゃ、奴隷と同じじゃない。わたしは奴隷の娘？　お母さんは奴隷の妻？」

「香純ちゃん、それはちょっと言い過ぎ」

優子が香純のもものあたりに手を置いた。それにわずかに勢いを得て、説教する。

「働いたこともない人間にはわからない。労働して対価を得るということはそういうことなんだ。法に──」

そのあとに続けようとした「触れない限り会社には忠誠を尽くす」という言葉は飲み込んだ。

香純が、この部屋に入ってきてからもっとも冷淡な口調で言った。

「お母さんはね、去年、あいつに妊娠させられたのよ」

しんと静まり返って誰も動かない部屋の中で、賢一は自分の鼓動さえ止まっているように感じた。

18

こんな場面でこそ、優子に「香純ちゃん、それはちょっと言い過ぎ」とたしなめて欲しかった。

喉がからからに渇いていることに気づいて、無理矢理唾を飲み込んだとき、冷蔵庫がぶうんと低く唸《うな》った。

「それは、つまり——どういう意味だ。何かの皮肉か冗談か」

視線は香純と優子の間をふらふらさまよった。冷蔵庫の唸りが消え、静寂が戻った。

優子がぼそりと答える。

「残念だけど、ほんとのことなの」

「残念だけど、って、妊娠したってこと？　まさか、嘘だろ。なあ、優子ちゃん？」

さすがに、優子相手といえど口が荒くなる。

「お姉ちゃんから、賢一さんに言わないでって頼まれて」

すぐに適当な言葉が見つからない。

「頼むって、そんな、そんな話はぜんぜん聞いてない。だって、だっておかしいじゃないか、なんでそんな……」

口にする言葉が意味を成していないことはわかっているが、動揺が勝った。香純が鼻の先で、半ば自棄《やけ》のようにふんっと笑った。

「おかしいのはそっちでしょ。今頃あわてふためいて」

「そっち——だいたい、今頃も何も、むちゃくちゃだろう。そんなばかな話があるか」

「奴隷だから、何されても逆らえないんでしょ」

つい手が出そうになった。こぶしを握りしめたところで、奥歯をくいしばった。呼吸を整える。

「言葉に気をつけろよ」

「よしなさいよ、ふたりとも」

優子が険しい顔で怒鳴った。

賢一は、ひとつ、ふたつ、と数えながら深呼吸をした。

「頼まれたから言わないつもりだったんだけど、こんな事件になったからには、当然警察も調べるでしょ。そしたらいずれはお義兄さんの耳にも入る。これはどう考えてもお姉ちゃんに不利な状況証拠だし。そんなわけで、わたしひとりでは言いだせなくて、香純ちゃんに来てもらったの——ごめんなさい」

優子が頭を下げると、短めの髪がさらっと揺れた。

「しかし、だけど……」

あとに続く言葉がみつからない。

あれだけ賢一を毛嫌いしていた香純が、なぜ急に会いに来る気持ちになったのか、ようやくわかった。賢一をなじる機会をずっと待っていたのだ。いや、違う。今、そんなことは問題ではない。妊娠とはなんだ。子どもを宿す、あの妊娠のことか。倫子が、隆司の子どもを？

混乱していた。頭をかかえ、かきむしった。

優子が香純に向かって「少しだけ席をはずしてくれる？」と頼んだ。香純はそれを待っていたかのように素早く立って、洗面所のドアの中へ消えた。

「ショックよね」優子がなぐさめるように言う。

ショック？　今の自分のこの気持ちをショックと呼ぶのか。

「どう言えばいい？　そんなこと、妻が殺人犯にされてることより信じられない。妊娠って——。じゃあ、その子はどうなった？　まさか——」

冷静に日数の計算などできない。自分が知らないあいだに、出産していたのだろうか。過去のいきさつを倫子本人から聞き、隆司の女癖の悪さを思い出し、そしてなにより事件現場の状況を考えると、否定はしながらも、心のどこかで「もしかすると、なにかのはずみで男女の過ちを犯したのかもしれない」と考えていた。

認めたくはないが、消そうとしても消せなかった。

しかし、事態はそれどころではなかった。大晦日の夜、賢一が伸ばした手を、倫子が拒んだ夜を思い出す。あのとき、倫子の中に隆司の子どもがいたというのだろうか。

胃の中のものが逆流しそうだったが、どうにかこらえた。

「お医者さんで、処置してもらったの」優子が静かに語った。

「つまり、堕《お》ろした？」

申しわけなさそうにうなずく優子の姿が、ぼんやりと薄暗くなった。呼吸を整えながら、振り絞るようにして訊いた。

「いつ？」

「妊娠がわかってすぐ。去年の九月」

九月？　誰か――そうだ、あの真壁とかいう刑事も言っていた。去年の九月にどうしたとか。

「それは、――どこで？」

「大久保にある産婦人科医院で」

「そもそも、どうしてそんなことに？　合意の上なのか、強制的だったのか」

「怒らないで聞いてね」

「早く教えてくれよ」

「眠らされて、無理矢理だって」

焦点がぼやけた。強く歯を食いしばった。目の前が急速に暗くなっていく。

「お義兄さん、大丈夫？」

「…………」

「ねえ、お義兄さん」

ようやく、視界に明るさが戻ってきた。

「優子ちゃん、会社は？」

自分でも驚くほど声がかすれていた。

「えっ」

「会社へは行かなくていいの？」

優子の顔には戸惑いが浮かんでいる。

「そろそろ行くけど。どうして？」

「ひとりにして欲しい。ちょっと、すぐには受け止めきれない。何をどうすべきかすらわからない。何を言いだすかわからない。——ひとりにして欲しい。できれば、香純も連れ出して……」

えずきだした賢一のようすを見て、優子が立ち上がった。

「わかった」

少し歩きかけて続けた。

「短気は起こさないでね」

歯を食いしばってうなずくのがせいいっぱいだった。

優子が洗面所のドアをノックして香純に声をかけた。ほどなく、ふたりが部屋から出ていく気配があった。

ドアが閉まる音がすると同時に、トイレに駆け込んだ。

19

胃が飛び出そうなほど吐き、皮膚が痛くなるほど顔を洗って、ベッドに倒れ込んだ。

いっそ寝てしまいたかったが、目は冴えていた。

「あいつに妊娠させられたのよ」という香純の言葉が、無数の礫になって天井から降ってくる。それを避けるように、ベッドの上で際限なく寝返りを打った。

前頭部やこめかみのあたりを自分の拳で叩き、記憶にある限りの倫子の発言や表情、そして同じように南田隆司のそれを思い出そうと努力した。

出向を説き伏せられた夜、隆司は「あんな美人な奥さん」というような意味のことを言った。説得するための社交辞令だろうと受け止めていたが、今にして思えば、切り出しかたが唐突で、どこか不自然だった。まるで最近の倫子のことをよく知っているような口ぶりだった。

仮に、倫子の妊娠と堕胎という事実を受け入れるとすれば、「眠らされて、無理矢理」という経緯のほうがむしろ信じがたい。自分を気遣ってとっさにそんなことを言っただけで、ふたりは以前からそういう仲だったのではないか。

この先、自分はどうすればよいのか。

家に入るなと警察に言われ、下手にうろつくなと南田信一郎に命じられ、ただこうして悶々と時間が過ぎていくのを待つのか。

いくらか気分が収まってくると、スマートフォンの電源を落としたままだったことを思い出した。

気は進まないが、これでは外界と完全に遮断されたままだ。そう思って電源を入れたとたんに着信があった。登録はしていないし、覚えのない番号だ。迷ったが出た。

「はい」

いきなり電話の向こうで「出た、出た」というささやきが聞こえた。

「もしもし？」

〈あ、係長、ぼくです。小杉です〉

かつて部下だった――賢一は今でもそうだと信じているが――主任の小杉康大だった。

「どうかしたのか」

がさごそという音がする。周囲で何人か耳を寄せて聞いているような雰囲気だ。

〈とくにどうってことはないんですけど、係長大丈夫ですか？　こっちは、すっごい騒ぎになってますよ。係長のお宅とかもテレビに映ってるし。あれじゃ寝られないですよね。ホテルに泊まってるってまじですか。それで、有志でカンパ集めようって話に……〉

「悪いけど、切るぞ」

十分と経たないうちに、こんどは高森久実の携帯からかかってきた。サイレントモードにして、枕の下に突っ込んだ。

ときおり冷蔵庫がたてるモーター音のほか、ほとんど何も聞こえない部屋で、ベッドに腰を下ろし、ただぼんやりと窓の向こうに見える空を眺めていた。

時間の流れる感覚が、麻痺してしまっている。

どれぐらい、そうしていただろう。ふと時計を見ると、すでに午前十時を回っている。やはり何となく不安で、枕の下から再度スマートフォンを取り出した。高森からさらに二度の着信があったようだ。そのほか、知らない番号が二件、会社からはない。

ふと、床にパンフレットが何枚か散らばっているのに気づいた。デスクの上から落ちたらしい。

その中に一枚、『家族宿泊プラン』という印刷物があった。公園のような場所で幸せそうに微笑む家族は、両親と娘そして祖母という構成だ。

一見、幸せな家族に見えるが、なんとなくよそよそしい笑顔だ。もちろん、赤の他人のモデルを集めて撮った写真だからだ。

本当の家族の笑顔というのは、もっと自然で――。

賢一は、スマートフォンの中に保存してある画像ファイルを開いた。出向する直前に撮った、妻と娘と母の三人の立ち姿だ。倫子と智代が笑っている。香純でさえ、ふくれてはいない。

あれはたしか智代の調子がよかった日で、休日に三人でどこかへ出かけるというので、玄関先で撮ったものだ――。

賢一は、デスクの上に放りだしてあったショルダーバッグを取った。

中に手を突っ込んで捜す。ない、たしかに入れたはずだ。

とがったものが指先に刺さった。悪態をつき、中身をベッドにぶちまけた。

財布、免許証入れ、メモ用の手帳、ボールペン、フリスク、空のレジ袋、なくしたと思っていたロッカーの予備キー、携帯用の爪切り。そんなものがばらばらと出てきたが、目当てのものがない。

もう一度手を入れて、はじから順に探る。ようやく、隠しポケットのようなところでそれを見つけた。

押し込まれていたせいか、途中で折れ曲がり、何か食べ物のかすのようなものがこびりついている。これではご利益はないはずだ。

――はい、お父さん、お守り。

結局三人は、家から駅三つのところにある新井薬師《あらいやくし》へ、単身赴任する賢一のために、健康祈願に行ってくれたのだ。

――どうせお父さんは、自炊なんかしないでしょ。偏食で体を壊さないように。

倫子がそう言って、このお守りを手渡してくれた。

照れ隠しに、どうせ香純の合格祈願のついでだろ、と切り返したら、ばれた、と舌を出して笑った。

脇で聞いていた香純の口もとにも、わずかに笑みが浮いていた。

少なくとも、あのころはまだ壊れていなかった。それが、秋までのわずか数カ月でどうして冷え切ってしまったのか、不思議に思っていた。

その答えがようやくわかった。かなうなら、永遠に知りたくない答えだった。

――おかしいのはそっちでしょ。今頃あわてふためいて。

そのとおりだ。一番おかしいのは自分だった。家族の気持ちを疑い、行動を疑い、ばらばらだと嘆いていた自分が、一番滑稽だった。

気づかぬうちに水滴が膝に落ち、ズボンを濡らした。
メールのアプリを起動し、打ち込み終えた文面を優子宛に送ると、十分と待たずに返信が来た。
《それを聞いてどうするつもり?》
あわてているせいか、いつもよりも多く打ちミスをしたが、できるだけ急いで返した。
《話を聞きに行こうと思う。たとえば、当時のデータが残っていないかとか》
《何のデータ?》
《DNA情報があれば、何か発見があるかもしれない》
《ほんとに南田隆司の子だったかどうかってこと?》
《わからない。ただ、倫子のために何かしたい》
少し間が空いたと思ったら、長めの返信が来た。
《意味がよくわからない。そんなものがとってあるとも思えないし、仮にあったとして、たとえ夫でも教えてくれないでしょ》
《行ってみなければわからない》
またしばらくの間――。
《くすのき産婦人科医院》
その短い文面から、優子の嘆息が聞こえてきそうだった。

　DNA云々《うんぬん》というのはとっさの思いつきだった。まったくの嘘ではないが、本当の目的ではない。なぜなら、自分に覚えがない限り、ほかの男であることに違いはないからだ。卑劣な夫の上司に凌辱《りょうじょく》を受け、その復讐《ふくしゅう》を果たした人妻。そんな顚末《てんまつ》に、このまま向かうのだろうか。

　今、どうしても知りたいことがあった。そしてそれは、知ってみたところで裁判の役になど立ちそうもないことだった。


　新大久保駅から大久保駅方向へ歩いて数分、商店街から多少奥まった一角に『くすのき産婦人科医院』の建物を見つけた。

　自宅を兼ねているらしい三階建てで、一階部分が医院になっている。古そうな建物だ。

　まずは、建物の前に立って全体を眺めまわした。

　もしも、聞いたことが真実なら、数カ月前に倫子もここに立ったはずだ。

　そのとき、倫子は何を考え、どんな気持ちでいたのだろう。誰を恨み、何を憎んでいたのか。心にあったのは絶望か怒りか。

　知りたかったのはそのことだ。

　倫子の気持ちを考えずに、ただ事象だけをとらえて、「冤罪《えんざい》」だとか「正当防衛」などとわめくのは、とんでもない的外れな行為に思えたからだ。

しかし、いくらその場にたたずんでいても、倫子の気持ちはもう漂ってはいなかった。倫子にもらった時計に目をやる。時刻は十一時三十分、看板を見る限り、まだぎりぎり午前の診察時間内だ。

自分でドアノブを引いて中に入ると、懐かしい病院の匂いがした。

板張りの狭い待合室と、同じく板張りの通路に置かれた古臭い長椅子に、数人の女性が順番を待っている。男はひとりもいない。スリッパに履きかえるとき、ほとんど全員の視線を感じた。

上がってすぐの受付は、狭いガラスの引き戸になっている。三十代半ばあたりと思われる白衣の女性が、戸を開けこちらを見た。賢一のほうから切り出した。

「去年の九月頃にこちらの医院で処置を受けた、藤井倫子のことでちょっとうかがいたいのですが」

唐突すぎるかとも思ったが、時候の挨拶をしてみてもしかたがない。

フジイノリコ、の名を耳にするなり、受付の女性の顔が強張った。

「少々お待ちください」

「あの……」

続く賢一の説明も聞かず、奥へ引っ込んでいった。一旦は賢一から離れた女性たちの視線がまた集まった。

ほどなく、廊下の奥から、白衣を着た六十過ぎに見える女性が足早に近づいてきた。

「失礼ですが、どちら様ですか」

警戒心が顔にも口調にも出ている。気も強そうだ。

「藤井倫子の夫です」

「ご主人？」

警戒心を解くどころか、さらに眉根を寄せた。

「免許証も保険証もあります。なんなら見せますけど」

ちょっとこちらへ、と受付のドアの中へ案内された。そこは四畳分もなさそうな狭いスペースだった。

「警察から、患者さんのことは誰にも話さないよう言われています」

白衣の女の吐く息から、マウスウォッシュの匂いがした。

優子の指摘したとおりだった。すでに警察が調べている可能性は考えに入っていたが、口止めされているとは思わなかった。

「それはつまり、倫子のことですよね」

「それも含めてです」

「わたしは夫なんです」

「『誰が来ても』と言われています」

以上で終わり、とでも言わんばかりに、上半身を反らせた。

「待ってください。イエスかノーかだけでも教えてください。まず、倫子が妊娠して処置を受けたことは事実ですか」

「申しわけありませんが、お答えできません」

「そのとき、倫子の書いた診察申込書のようなものは残っていませんか」

「お答えできません」

一切の問答を拒む口調だった。

それならば、公式に入手するすべはないか、あとで白石真琴弁護士に相談してみよう。できることなら、自分の目と耳で確認したかったが、しかたがない。

「わかりました」

礼を言って受付室のドアを出ると、こちらのようすをうかがっていたらしい患者たちが、一斉に視線を逸《そ》らした。

医院をあとにして細い道路をいくらも歩かないうちに、背後から声をかけられた。

「藤井さん」

聞き覚えのある声だ。足を止めて振り返ると、あまり見たくない顔があった。まさか、ずっとつけていたのか。

「まだ何か」

「知りたいことを教えてもらえましたか」

真壁刑事は質問で返して、医院の建物に視線をちらりと向けた。賢一は、嫌味に聞こえるよう願いながら、答えた。

「警察に口止めされているそうで、けんもほろろでした。——それより、妊娠のことを知っていたなら、どうしてあのとき、はっきり言ってくれなかったんです？」

「事情が事情ですから、ご理解ください」

拍子抜けするほど、さらりと答えた。

「わたしが主犯かもしれないからですか」

昨日、白石弁護士に受けた忠告をぶつけてみた。真壁が、おや、という表情になった。

「そうなんですか」

冗談を言っているようには見えなかった。初対面のときからこの男に抱きつづけていた、ざらざらとした感覚の正体がふいにわかった気がした。人をねちねちといじめて楽しむ性格ではなさそうだが、人間らしい心のどこか一部が欠けているのかもしれない。ならば情に訴えても無理だろうし、嫌味も通じないかもしれない。

「用事がありますから、これで」

頭を下げて背を向けた。つけるなら、好きなだけつけまわせばいい。自分にはやるべきことがある。

真壁は追ってこなかった。

20

賢一は、そのままJR新大久保駅へ向かった。

何をしたいのか細かいことまでははっきりしないが、目的地は決まっていた。ルートはいくつかあるが、ほとんど無自覚に、長年通いなれた通勤の道を選んでいた。高田馬場《たかだのばば》駅で地下鉄東西線に乗り換える。車輛《しゃりょう》ドアのすぐ脇に立って、窓ガラスに映る自分の顔を見た。

――警察から、患者さんのことは誰にも話さないよう言われています。

医院の女性が拒否するまでの時間が、やけに短かった。「もう一度お名前をお願いします」でも、「どんな字を書きますか」でもなかった。賢一が現れるのを待ち構えていたかのような反応だった。

想像はさらに広がる。

仮に警察に口止めされていても、もしまったくの事実無根であれば、そしてあの女性が、賢一が受けた印象どおりの性格であるならば、ここぞとばかりに嫌味のひとつも言うのではないか。

「うちは関係ないのに、警察の人が出入りして迷惑です」とでも。

そういう態度に出なかったということは、倫子が〝処置〟をしたのは事実ということなのか。

ふと気づくと、窓に映る賢一の半透明の顔のすぐとなりに、倫子の顔が浮かんでいた。「おい」と声をかけそうになる。しかし、それを拒むような無表情な顔だ。首から下は見えないが、なぜか裸でいるような気がした。

突然、人をばかにしたような、隆司の高笑いが聞こえてきた。その笑いの爆風が、記憶の蓋《ふた》を持ち上げた。

きみのような人間に、あの奥さんはもったいないな——ちゃんと満足させてるのか、いろいろとだよ——きみ、奥さん以外と寝たことあるか。え、ないのか。楽しいか——料理だって毎日同じじゃ飽きるだろう。たまにはスイーツだとか激辛だとか、味見してみたくないか——あとくされなさそうなのを紹介してやろうか——しかし、おれも、彼女のことは多少は知っているが、どうしてきみみたいな男と一緒になったのか、いまだに謎だ——悔しいか。そうか。しかしな、悔しさは人間の原動力だ。せいぜい頑張って巻き返してみせてくれよ——。

ずっと封印してきた、隆司とのやりとりが、一気に蘇《よみがえ》った。

今頃になって、激しく後悔している。あの夜、一時間近くも隆司の酒の肴にされ続けたあの料亭での夜、どうして自分は隆司を殴った上で会社を辞めなかったのか。もし、わが家の誰かが隆司を殺さなければならなかったとしたら、それは自分だったはずだ。

車内アナウンスが大手町《おおてまち》駅に着いたことを告げた。

ホームに降り、改札を抜け、せわしなく行き交うスーツ姿の男女の邪魔にならないよう、通路のはしの壁を伝うようにして歩いた。開放感のある土地での生活に慣れてしまったせいか、地下はなんとなく息苦しい。早く新鮮な空気が吸いたくなって、目についた最初の階段で地上に出た。

まぶしい――。

雲が晴れている。

無防備に空を仰いだ賢一の目に、ビル群をすり抜けた春の日が刺さった。

日本を代表するというより、世界でもトップクラスの業績を誇る巨大企業のビルが建ち並ぶこの一帯を、まるごと再開発するという壮大なプロジェクトが始まってもう何年経つだろう。そろそろ事業も大詰めだという噂を、まだ出向する前に地下の飲食店街でランチを食べながら聞いた。

メガバンクや総合商社、大手新聞社などに囲まれた『誠南メディシン』の本社ビルは、その中でもトップを切るようにして建て替えられた。

南田会長の趣味もあって、総ガラス張りでまばゆいばかりに輝いている。「周囲に見劣りしない」だけでは承知しなかった南田会長の望みどおり、ひときわ存在感を放っている。

賢一は、ようやく一歩その敷地に足を踏み入れたところで、痛くなるほど首を曲げ、最上階近くの窓を仰ぎ見た。あの一角に重役たちの執務室が並んでいる。

きれいに手入れされた植栽や小さな噴水のある池などを左右に見ながら、ゆっくりと建物のエントランスに近づいた。昼休みを利用して皇居のお堀端でランニングをしてきたらしい男女が、笑い声を立て汗を拭いながらすれ違う。

セキュリティがゆきとどいた本社ビルだが、社員たちが『ロビー』と呼ぶ地上一階部分は、コンビニやコーヒーショップなどが入って、会社以外の人間も、自由に往来できる造りになっている。

ロビーには、スモークガラスの窓に沿ってソファがいくつも並び、自分の会社に休憩スペースのない近隣の勤め人たちが、昼食後にくつろぐ姿をよく見かけたものだった。

一度、二度、深呼吸をして、あらためてロビーを見回してみる。

まだぎりぎり昼休みの時間帯だが、あきらかに人の数が少ない。その代わり、普段の三倍はいるのではないかと思われる警備員の制服姿が目立つ。事件以来、マスコミをはじめ、部外者の出入りが多くて神経質になっているのかもしれない。

賢一に対して声はかけてこないが、きつい視線を向けたままはずそうとしない。少しでも不審な行動に出れば、あっというまに取り押さえられそうだ。

落ち着け何もやましいところはないと、自分に言い聞かせて先へ進んだ。

ロビーの少し奥まった場所に、駅の改札機のような設備がある。ＩＤカードを持たない人間は、その先にあるオフィスへつながるエレベーターには進めない。通れるのは社員か許可を受けた業者、もしくは正規の来訪者のみだ。

かつては毎日ここを通り抜けていた賢一も、今はカードがない。

こちらを睨んでいる警備員とは目を合わせないようにして、ぎこちない笑みを浮かべる受付の女性に近寄った。

「南田専務、――いえ、北米総支社代表取締役の南田信一郎さんにお目にかかりたいのですが」

受付の二名の女性のうち、ひとりは新しく見る顔だったが、もうひとりは顔見知りだった。

野崎尚美《のざきなおみ》という名の派遣社員で、出向になるまで、二年余り毎日顔を合わせていた。二十年前、ビルは違うが同じこの席に、賢一の妻が座っていたことも知っている。何度かランチの店で近い席になったこともあり、話の流れで倫子と香純が写った写真を見せたこともあった。

一度、彼女が同姓同名の来訪者を間違えて取り次いでしまい、少しめんどくさい騒ぎになったとき、一方の当事者だった賢一がかばってやったことがある。あのときはずいぶん感激したような口ぶりで礼を言っていた。

それが今は、よそよそしい視線を賢一に向けている。

信一郎の名を出したせいか、作り物の笑みすら消えた。

「お約束はございますか」

西山《にしやま》という名札をつけた新顔のほうが、事務的に問い返してきた。賢一の事情を知っているのかどうかまではわからない。いずれにせよ、問い返すということは、社内にいるのだろう。

「約束はありませんが、藤井賢一が面会を求めていると、お伝えいただけますか」

西山が、どうしましょう、という顔を野崎に向けた。野崎が小さくうなずいて引き取った。

「申し訳ございませんが、事前のお約束がない場合はお取り次ぎできかねます。あらためて……」

ちらちらと視線を泳がせているのは、賢一の背後にいる警備員に信号を送っているのに違いない。

もめそうなときは、お願いします——。

おれが何をした。

「建前はわかりますが、わたしが暴漢や押し売りじゃないことはご存じでしょう。内線だけでもかけてみてください。お願いです。それでだめなら帰ります」

「どうかしましたか」

振り向けば、警備員が二名、ぴたりとへばりつくように立っていた。少し離れた場所にも二名、いや三名いる。そのうちの一名が無線に向かって何か話している。この男の顔にも覚えがある。というより、ここに勤務していたころは、すれ違えばいつも「おはよう」や「お疲れさま」の挨拶ぐらいは交わしていたはずだ。今の彼の表情には、親愛のかけらもない。

おれが何をした。

視線を野崎尚美に戻す。

「お願いです。野崎さんにご迷惑はかからないようにしますから」

野崎の目の端が、わずかに下がったように見えた。

「課長職以上の者に、お約束のないお客様がお見えの場合、一切取り次いではならないと指示されております」

「それは誰の指示ですか。まさか、専務ご本人とか」

野崎が、苦しげな表情で視線を逸らした。

「役員会の決定と聞きました。一切例外は認めない。たとえ系列会社の社員でも、と」

「たとえ系列会社の――」

今の賢一にとって、それは屈辱的な呼ばれかただったが、それより問題なのは、あからさまに自分を標的にした命令に思えることだ。昨日は面談をしたのになぜ急に拒絶するのか。もはや会って話す値打ちもないということだろうか。

「どうしますか」

脇に張りついたままのごつい体つきの警備員が、野崎の指示を仰いだ。

ビルを建て替える前のことだが、誠南メディシンが売った薬の副作用で三十キロも太ったとわめきながら、ロビーの観葉植物の鉢をなぎ倒すなどして暴れた男がいた。それを警備員数人がかりで取り押さえた場面に遭遇したことがある。暴漢は、檻《おり》から逃げ出したアライグマのような扱いで、駆けつけてきた制服警官に引き渡された。

がやがやと声がする。昼休憩を終えた社員たちが、数人ずつ塊《かたまり》になって戻ってきたようだ。輪の中心に賢一がいることに気づくと、急に会話の声を落とし、かかわりあうことを恐れるように足早に通り過ぎていった。中には、知った顔もあった。

おれがいったい何をした。きみらとおれと、どこが違うというのか。

たった一枚の辞令が分けた明暗ではないか。たまたまその職にあったという不運ではないか。いいか、明日は我が身だぞ――。

いや、違う。それは決定的ではない。

彼らのあの態度の理由は、賢一の妻が〝ヒトゴロシ〟だからだ。

「藤井さん、騒ぎが大きくなる前に、今日のところは」

先ほどの顔見知りの警備員が、あまり思いやっているようには聞こえない調子で言って、藤井の腕をつかんだ。

「別に騒ぎは起こしていないよ」

「まあ、とにかく今日のところは」

反対側からも別な警備員が腕をつかんできた。かなり強い力だ。

「痛い。放してくれ」

「おい、どうした」

どこか粗野な匂いのする声がかかった。

声のしたほうを見ると、取り巻きを三人ひきつれた、園田守通副社長だった。

部下の三名はよく似たダークスーツをまとい、先を急ぐような雰囲気だが、園田はこれから食後の散歩にでもでかけるようなのんびりした顔で賢一を見た。

「きみはたしか――」

「元販売促進一課の藤井です」

「ああ、そうだそうだ。やっぱりそうか」鷹揚《おうよう》にうなずいて、わずかに声を抑えた。

「たしか、隆司君をナニした女の……」

「いえ、副社長。あれは何かの間違いでして」

一番年かさに見えるダークスーツの男が、わざとらしく賢一から視線を外し、園田を急《せ》かすように袖を軽く引いた。園田はそちらにちらっと顔を向けて、ああ、と答えたが、また賢一に向き直った。

「こんなところでウロウロしてていいのか。そろそろきみも逮捕だと聞いたぞ。なあ」

話を振られた部下は、目をしばたたかせて返答に困っている。

「わたくしが、ですか」

すでにそんな噂になっているのか。白石真琴弁護士が言ったように、噂のレベルでは、〝被疑者の夫〟から〝共犯者〟に格上げになっているらしい。そう考えたら、不思議なことに少し腹が据わった。

「あの、実は南田専務にお話があって出社しました」

信一郎専務とこの園田は、派閥的にいえば敵対しているはずだ。それを利用してやれと思った。興味を抱くのではないかと考えたのだ。だからどうするというその先の考えまではないが、門前払いよりはましだ。

「信一郎君に？」

「はい」

「どんな用だ」

やはり食いついた。

「ご本人以外には……」

「彼はいないぞ、葬儀だなんだと忙しいから」

「では、あらためまして」

園田が、年配のダークスーツに命じた。

「きみら、別な車で行ってくれ」

「副社長は？」

「この彼と少し話がある。少し遅れていくからよろしく言ってくれ」

「しかし、副社長、先方は……」

「かまわんだろ。先に始めさせておけ。どうせ会計はこっちもちだ。さ、きみ、行くぞ」

園田は賢一にそう声をかけると、返事も待たずふりかえりもせず、さっさと歩き出した。

野崎尚美の顔を見ると、賢一の入館を断っていたときにはよそよそしかったその目に、同情の色が浮いているように感じられた。

21

レクサスのおそらくは最高級グレード車で、シートは革張りだった。

南田誠会長の主義で、社用車はすべて国産車だ。ただし、園田も亡き隆司もそして信一郎もプライベートでは高級外車に乗っているという。隆司の真っ赤なベンツは、賢一も一度目撃したことがある。役人だか議員だかの接待ゴルフをした帰りに会社に立ち寄った際のことだ。

そういえば一昨日の夜、隆司はどんな足を使ったのだろうか。

社用車であれば、運転手が証人になるだろう。いきさつも多少知っているかもしれない。公的な用件で訪問した証《あかし》にもなるだろう。例の赤いベンツであればプライベートな色が濃くなる。

ベンツなら、かなり人目を引いたはずだ。賢一の家に余計な駐車スペースはないし、前の道路も長時間駐車しておけるような幅はない。一番近いコインパーキングはどこだった？　そこの防犯カメラに何か映っていないだろうか。あとで——。

「しばらく、そのあたりを流してくれ」

園田がそう命じると、運転手は問い返しもせず、ただ「わかりました」とうなずいた。

いざ園田とふたりになってみると、賢一は、自分から切り出すべき話題が思いつかなかった。さっきは、関門突破のために利用できないかと考えただけだ。

「だったら、おれが信一郎君のところに連れて行ってやろう」

園田のことだから、そんなふうに言うのではないか。そんな甘い考えを抱いたが、やはりあては外れて、ただ気まずい状況に置かれただけだった。

「何かご予定があったのでは」

ようやく探し出した会話のきっかけだったが、園田はふんと鼻先で笑い飛ばした。

「いいんだ、あんなの。隆司の一件でお悔やみしたいとか言ってきた連中と、昼食の席を設けたんだ。どうせ、隙あらば何か探ろうという、カラスやイタチみたいな連中だ。お互いに探り合いをさせておけばいいさ」

「はあ」

「そんなことより、きみは信一郎に会いに来たとか言ったな。おれが見たところ、入り口で追い返される寸前だったみたいだが」

「約束もなく、いきなりだったもので」

「で、どんな用件だ」

園田の横顔を見た。

薄くなった毛をべったりとオールバックになでつけ、脂肪がついてごつごつした顔は、どこかの小惑星の立体模型のように見えた。黒目だけを動かして賢一を見たので、つい視線を逸らした。

「なんだ。信一郎に言えて、おれには言えない話か」

脂肪で重そうなまぶたをわずかに吊《つ》り上げた。

「いえ、そういうわけでは」

現副社長であり次の社長がほぼ確実な園田をとるか、そう遠くない未来に長期安定政権につくかもしれない信一郎を選ぶか。

平時なら、悩むことなく若いほうを選ぶ。しかし今の賢一は、二年どころか二カ月先のわが身もわからない。もはや誰を信じ誰を頼っていいのかすら判断できない。

しかし、ここまで来てしまったのだ。そう腹をくくった。

「実は、亡くなった常務の行動について、南田専務が本当のところ、何か真相をご存じなのかと思いまして」

「信一郎が隆司の事件の真相を？」

何を言いだす、という口調だ。

「はい。そもそも、常務がわが家へお越しになる理由が、わたしには想像もつきません」

「理由も何も、はらませたことの後始末じゃないのか」

あっさり言ってのけた。

倫子と隆司の関係について、もしかすると、自分以外はみんな知っていたのではないかと思えてきた。自分たち夫婦の閨房《けいぼう》でのことや、香純の反抗期のことも知っていそうな気さえする。

「その噂の真偽も含めておうかがいしたかったのです」

「いまさら真偽もへったくれもないだろう。生前、隆司自身が親しいやつに漏らしていたらしいぞ」

「の、倫子との関係をですか」

「さすがに個人名を出すほどのばかじゃないだろう。しかし、そういうことになってめんどくさいと言ってたそうだ」

「そういうこと……」

いやでも想像する。

眠らされていたとは、もはや考えていない。もし凌辱行為があったなら、倫子は泣き寝入りなどしないだろう。告訴すれば、そしてそれを週刊誌にでもぶちまければ、隆司は社会的に終わりだ。そうしなかったということは、積極的ではないにしろ、倫子も受け入れたことを示すのではないか。

いや、それは賢一の身勝手な想像で、倫子は口にできないほど傷ついていたのかもしれない――。

わからない。何も確信できないのに、情景が勝手に浮かんでくる。

その瞬間、倫子は目を閉じていたのか、開いていたのか。開いていたなら、その瞳は天井を見ていたのか、相手の目を見ていたのか。ただ横たわって身を硬くしていたのか。それとも、自分から進んで――。

思考のコントロールが、きかなくなりつつあった。なまじもっとも身近な人間だけに、振り払っても振り払っても、さまざまな表情や体の部分が蘇る。

運転手が交差点を右折しようとしている。ウインカーのちっかんちっかんという音がやけに耳障《みみざわ》りに聞こえる。

「副社長」

汗を拭った。

「なんだ」

「もし、ご存じでしたらお聞かせいただきたいのですが、妻と常務との関係を示す具体的な証拠はあるのでしょうか。あるいは証人とか」

「警察はあまり詳しくは教えてくれんが、隆司の運転手が、一度だけきみの家まで送り届けたことがある、と証言した。その後は、自分の車を使ったらしい。しかし、隆司もああ見えて手際の悪い男だな。素人相手に不始末なんぞして」

「しかし、その……」〝妊娠〟という単語が、今はどうしても口にできなかった。

「――ああなるに至った相手が、常務であるという証拠にはならないのでは」

「つまり、妊娠させた相手が別にいるということか」

望まないほうへ話がずれていく。

「今のきみの言いかただと、あれだな、きみの女房は複数の相手と寝てたということになるぞ。主婦の火遊びという話じゃなくなる。まあ、昔は女が体を売るからには、それなりの覚悟だとか背景だとかがあったが、ちかごろじゃ、小遣いとか生活費稼ぎで簡単に脱ぐらしいな。しかし、女房がよその男にさんざん抱かれたその帰りに、スーパーで材料を買ったブリ大根を食わされる亭主ってのも憐《あわ》れだな。――あ、ちょっと待て」

園田は太った体を窮屈そうにまげて、スマートフォンを取り出した。賢一は気づかなかったが、着信音が鳴っている。

「はい、わたしだ。――ああ、これから例の会合に向かうところだ。――ああ、そうだな。――わかった」

園田が部下らしき人間と話しているあいだに、どこからか生ぐさいブリ大根の臭いが漂ってきた。顔の前で何度手のひらを振っても、嫌な臭いは消えない。

「きみは、何をやってる」

通話を終えた園田は、手を振る賢一にそう言うと、今どこに泊まっているのか、と訊いた。ホテル名を正直に答えた。部屋の番号も教えた。

「それからな、通夜は明日だそうだ」

告別式はその翌日だと言う。

「きみは顔を出さんほうがいいだろう」

「はい」

道義的にはどうかと思うが、あの本社ビルでの騒ぎを見ても、賢一が顔を出せば収拾のつかないことになりそうだ。葬儀がぶち壊しになる可能性がある。詫びなり焼香なりは、もう少し事実関係がはっきりしてからでもよいと思っていた。

事件の真相について、自分が得た情報以上のことを賢一が知らないらしいとわかって、園田の興味は失《う》せたようだ。

「その辺で停めてくれ。時間をとらせて悪かった」

車が停まったのは、地下鉄築地《つきじ》駅の出入り口近くだった。会社からここまで、スムーズに走れば十分ほどの距離を、三十分近くも連れまわされていたことになる。

挨拶して降りようとしたとき、園田がああそうだと声をかけた。

「きみ、総務畑が希望だったな」

「はあ」

もう驚かない。重役会議の席で、賢一の身上書でも配ったのだろう。

「おれが長年親しくしている男が役員をやってる会社の系列なんだが、総務の課長を欲しがってる。考えてみてくれ」

それでは本社復帰の芽が完全に摘まれてしまう。

「ありがとうございます。考えさせていただきます」

「迷う意味はないぞ」

思わず園田の顔を見た。半分以上かぶさったまぶたの奥で、濁った目が鋭く光る。

「それはどういう……」

「信一郎はきみを飼い殺しにする」

「そんな」

「考えてもみろ。今きみを放り出せば、去年のことをあれこれ口外しないとも限らんだろう。『寝た子を起こす』というやつだ。信一郎にしてみれば、役員連中に根回しをして、なんとか盛り返そうとしてる矢先に、そんなことで足をすくわれたらたまらんからな。しばらくは目の届くところにおいて、生かさず殺さずだ。弟を殺した女の亭主に温情をかけたと株も上がるしな」

「温情、ですか」

「信一郎にとって、弟を殺した仇《かたき》なんてどうでもいい。むしろ、邪魔者を始末してくれたと、内心感謝しているかもしれん。しかし、甘い顔は見せない」

返答に困っていると、園田が続けた。

「教えておいてやるが、数年先のことはわからんぞ」

「では、どうしろと？」

「さっき言ったおれの紹介先で三年も辛抱すれば、別な道が開けるかもしれん。ただし、少しばかり条件がある」

「どういう意味でしょうか」

「去年の贈賄疑惑の顚末については語るな」

「もちろんです」

派閥を越えて、会社の体面を汚すスキャンダルだ。口止めされなくても言いふらすつもりはない。いや、そもそも今はそんなことはどうでもいい。

「特に、信一郎をかばったり、隆司に言いくるめられたなどとはな」

「わかりました」

「まあとにかく、ものごとは長期的な視野で考えることだ」

賢一を降ろし、園田を乗せたレクサスは去った。近くの料亭にでも行くのだろう。

頭の中が晴れない。今、自分が直面している問題がどこにあるのか、ぼやけてしまいそうだ。妻の潔白を証明しようとしているのに、つまらない権力争いに巻き込まれようとしている。贈賄疑惑のことなど、もうどうでもいい。

おれの家で、ほんとに人が死んだのだろうか――。

いまさらそんなことを考えながら、地下鉄駅への階段をゆっくりと降りかけたときに、スマートフォンが鳴った。

見知らぬ番号だ。歩道に戻って受ける。

「もしもし」

〈藤井さんですか。わたし、受付の野崎です。先ほどは失礼しました〉

「あ、ああ」

思わぬ相手だった。いまさらなんの用だという思いが湧く。

野崎尚美が、弁解気味の口調で言った。

〈藤井さんの携帯の番号は、販促一課の小杉さんに聞きました。今、あまり時間がないので用件を言っていいですか〉

「ああ」

〈わたしが電話したことは、誰にも話さないでください〉

「約束するよ」

不思議なことに、噂話をするつもりなどまったくない賢一に、みなが口止めする。

〈実は、わたし去年の十月頃、藤井さんの奥様をお見かけしたんです〉

「倫子を？　どこで？」なんの話だ。

〈丸の内です。わたし、その頃ダイエットをしてて、お昼は野菜ジュースだけで済ませていました。余った時間は、気晴らしによく丸の内のほうまでお散歩していました。その日も、日比谷通りからたしか一本だけ東京駅側に入った歩道を歩いていたんですが、道路の向かい側に奥様の姿を見つけました〉

「それは、他人の空似ではなく？」

〈その後のことも考えると、間違いじゃないと思います。前に一度、藤井さんにご家族の写真を見せていただいたことがあったじゃないですか〉

「たしかにあったけど、あんな一度きりのことで覚えていたの」

〈それが仕事ですし、わたし人の顔を覚えるのがもともと得意なんです〉

「それで、その後のことって？」

〈はい、どなたかと待ち合わせのような感じでしたので、失礼ですがわたしちょっと様子をうかがっていました、すみません〉

倫子には野崎尚美の写真を見せていないので、仮に本人だったとしても倫子のほうは気づかなかっただろう。

「いや、そんなことはいいよ」先が気になる。

〈五分もしないうちに車が停まって、奥様を乗せてあっという間に走り去りました〉

背中のうぶ毛がざわついた。それ以上もう聞きたくなかったが、野崎は先を続け、賢一は耳を澄ました。

〈短い時間だったんですけど、運転していた方の顔を見ました〉

「それは――誰かな」

喉の粘膜がむずがゆかったので、軽く咳払いをした。

〈不愉快ですか？　言わないほうがいいですか？〉

「いや、いいから教えてくれないか」

〈専務です。南田信一郎さんです〉

すぐそばで大きなクラクションが鳴り、驚いて振り返った。急な車線変更をしたタクシーに、業務用のバンが腹を立てただけのようだ。

スマートフォンを握った手がしびれていることに気づいて、反対側に持ち替えた。

〈もしもし？〉

「ああごめん。聞いてる。それは、弟の隆司――常務の見間違いじゃないんだね。あのふたり、なんだかんだいって、遠目に見ると雰囲気は似てるから」

――きみの女房は複数の相手と寝てたということになるぞ。

〈さすがに、それは間違えません。第一、車が違います。常務は左ハンドルの真っ赤なベンツで、専務は真っ白なジャガーです。右ハンドルなので顔が見えたんです。あとで調べたら、ナンバーも合っていました。信一郎専務の個人用の車です〉

「見間違いじゃなさそうだね」情けないほど声がかすれている。

〈すみません〉

――女房がよその男にさんざん抱かれたその帰りに……。

〈それだけじゃないんです〉

もう聞きたくない。

〈車が走り去ったあと、それを見送っている女性がいるのに気づきました。見送るというより、睨んでいる感じでした〉

もう、何も聞きたくない。

〈もしもし？〉

「ああ、ごめん。聞いてるよ」

〈知らない人でしたが、恰好は覚えています。あのあたりのＯＬという感じではなかったです。細めのジーンズにモスグリーンのジャケット、髪はひっつめでジャケットと同系色の帽子を目深にかぶっていました。わたしの視線に気づいて、すぐに行ってしまいました。見えた限りではきれいな人でした〉

話を聞くうち、ひとりの女性の笑顔が浮かんだ。

「変なこと訊くけど、今話しているのは野崎君個人のスマホかな」

〈そうですが〉

「写真を一枚送るから、見送っていたのがその女性かどうか、見てもらえるだろうか」

ひと呼吸分ほどの沈黙があった。

〈わかりました。それじゃ、こちらのアドレスをお伝えします。——あの、わたしそろそろ席に戻らないと〉

「ああ、そうだよね。教えてくれてありがとう。——このことを、ほかの誰かに話した？」

〈警察には話しましたが、誰にも他言するなと釘を刺されました〉

警察はそんなネタまで持っていたくせに、賢一に対してはおくびにも出さなかった。

「だったら、どうしてぼくに？」

〈藤井さんには以前お世話になりましたし、わたし、これは何かの間違いだと思って藤井さんのお力になれたらと思ったんです。だから、わたしが話したことは内緒にしてください〉

「わかってる。もし警察に何か言われたら、適当にごまかしておく。とにかく、ありがとう」

声だけは冷静な応答ができたと思うが、通話終了ボタンを押す指先は狙いが定まらないほど震えていた。ほどなく、野崎尚美から、ショートメッセージで、メールアドレスが届いた。

ガードレールに尻を乗せ、ゆっくりとした呼吸を繰り返し、やや気分の落ち着いたところで、もう一度スマートフォンを操作した。撮りためた写真ライブラリーの中からようやく目当ての一枚を捜し出し、教えられたアドレスに送った。

あまり間を置かずに、返信が来た。

《この女性です。たぶん間違いありません》

去年の四月のことだ。母の智代を含めたみなで、小金井《こがねい》公園へ花見にでかけた。香純は渋っていたが、優子に半ば強引に誘われてついてきた。

野崎に送ったのは、そのとき撮った一枚だ。

不機嫌そうな顔をしている香純の後ろから、指を立てて香純の頭に角を生やして笑っている優子が写っている。倫子が南田信一郎の車に乗って去るのを、睨むようにして見ていた女性とは、優子だった。これは何を意味するのか――。

続けざまに着信音が鳴った。

野崎からなにか補足だろうかと思って見ると、当の優子からだ。

あわてて文面を確認する。

《お義母さんが施設からいなくなったという連絡あり。折り返し電話乞う》

「もう、何やってんだ。こんなときに」

つい母親への悪態をついてしまい、そんな自分に対しても腹が立った。

すぐに優子宛に発信しかけたが、直前で思いとどまった。たった今、受付の野崎尚美から聞いたばかりの説明を思い出したからだ。

倫子が南田信一郎の白いジャガーに乗って去り、それを優子が睨むようにして見ていた——。

いったい、何が起きている。いや、起きていたのか。

なぜ、倫子が信一郎と会い、その車に乗る必要があるのだ。東京駅の近くだったというから、誠南メディシンの本社ビルから目と鼻の先だ。待ち合わせしたと考えるのが自然だ。昨日面会したとき、信一郎は「リンコ」か「ノリコ」かも知らないような口ぶりだった。あれは、つまらない芝居だったということになる。たとえば、隆司の件で何か話し合ったことがあるとすれば、ごまかす必要はないのではないか。ということはつまり——。

——きみの女房は複数の相手と寝てたということになるぞ。

園田副社長が言うように、倫子は、殺された隆司だけではなく、信一郎ともつきあいがあったのか。

しかし、優子は賢一に対してそんなことをひと言も話していない。うっかり忘れるようなことではないから、あえて言わなかったのだろう。だとすれば、ほかにもまだ何かを隠しているかもしれない。姉をかばっているのかもしれないし、あるいは別な考えがあるのかもしれない。
しれない、しれない、疑問と憶測ばかりだ。
いずれにしても、これまで全面的に信じ頼ってきた優子に対して、疑惑の雲が湧き始めた。電話で話す気分になれず、文字で返した。
《現在電車内。これから施設へ行きます》
《了解。当方は仕事中。何かあったら連絡ください》
地下鉄の改札へ向かう狭い階段を急ぎ足で降りた。

22

都立家政の駅前でタクシーに乗り、『デイサービスセンター太陽の家』の場所を告げたとき、またしても着信があった。こんどは真壁の携帯だ。

「なんでしょう。ちょっと今、取り込み中なんですが」

〈智代さんが、ご自宅前に現れて、中に入らせろとごねているそうです〉

「おふくろが？」

つい声が大きくなった。ミラー越しに運転手がこちらを見ている。

〈どうしますか。警察で保護することも可能ですが、もしすぐに来られそうなら、しば

らくその場に留め置くように指示します〉

「今、駅からタクシーに乗ったところです。至急行きます」

通話を切り、運転手に行き先の変更を詫びて、自宅の場所を伝えた。

次の角を曲がれば自宅が見えるというあたりに、真壁が立っていた。

車を停めてもらい、ウインドーを下げた。真壁が顔を寄せ、家のある方角にちらりと視線を向ける。

「ご自宅のまわりは、まだマスコミなんかがいますから」

「母は?」

「今、こちらにお連れします」

運転手に金を預け、一旦車から降りた。

「何かしでかしましたか?」

「これということもないらしいですが、しきりに『賢一はやってません』という意味の発言をしながら家に入ろうとするらしいです。どういうことかわかりますか」

探るような目を向けている。賢一は首を左右に振った。

「こっちが知りたいです」

ほどなく、角を曲がって三つの人影が現れた。

両脇を制服警官に挟まれた智代だった。連行されているという雰囲気ではない。しきりに何かを訴えている智代を、若いほうの警官が苦笑しながらなだめている。年配のほうの警官は、賢一と真壁に気づき、困ってます、という表情を浮かべた。

「母さん」

賢一が呼んでも智代はこちらを見ようとしない。

「賢一は、そういうことをする子じゃないんです」

「何をするって言うんだ」

賢一の声は再び無視された。

「お疲れさまでした。あとは引き取ります」

真壁が、警官たちを持ち場に帰した。

「母さん」

少し強く呼ぶと、ようやく智代が顔を向けた。

「あなた。先生」賢一を見た智代の表情がぱっと明るくなり、すぐに曇った。「──じゃないわね」

「こんなところにいちゃだめじゃないか。センターに帰ろう」

賢一が智代の腕をつかむと、智代の顔つきが急に険しくなり、賢一の腕を振りほどいた。

「さわらないで」

賢一を睨んでから、真壁の存在に気づいた。

「あ、先生」すがるような視線を真壁に向ける。

「――警察には言わないでください」

「何をですか」真壁が優しくたずねる。

「先生、賢一はひとさまのものを盗んだりしません」

一瞬で顔が熱を持った。赤くなっているに違いない。真壁が今度は賢一に問いかけた。

「この調子です。意味がわかりますか」

「わかるわけないじゃないですか。年寄りの世迷言《よまいごと》ですよ」言葉が汚くなった。

「そうですか」

それだけで納得したのか、真壁はうなずいた。賢一は、いやだいやだと抵抗する智代を、強引にタクシーの後部シートに押し込んだ。

真壁がのぞき込む。

「わたしもご一緒していいですか。少しお話ししたいこともありますので」

「こちらには何もありません」

「たとえば、園田副社長さんとはどんな話をされたのでしょうか」

23

センター長の徳永に詫びて、智代を『太陽の家』の職員に引き渡した。

智代はやや不満げながらも、ほかの職員たちに連れられて奥のほうへ去っていく。

先ほどまでの話題は彼女のなかで消化されたらしく、今は、気に入っていた帽子をどこかに忘れてきたと繰り返している。

これもおなじみになった騒ぎだ。二十五年ほど前に、家族で温泉へ旅行に行ったとき、昼食に入った蕎麦屋に置き忘れてきた帽子のことを、ときおり思い出すらしい。

「こちらこそすみませんでした」徳永が頭を下げた。

「――一瞬でも目を離してはいけないんですけど、新人の職員がちょっと油断したすきに」

しきりに汗を拭《ふ》きながら詫びる徳永に、くれぐれもよろしくと頼んで施設を後にした。

《心配かけました。無事保護。センターに送り届け済み》

優子にメールで伝えた。すぐそばに真壁がいる。電話をして聞き耳を立てられたくない。

「少し風が冷たいので、よかったらどこか喫茶店にでも入りましょうか」

真壁の提案にうなずいた。

五分ほど歩くと、個人経営らしい、喫茶レストランがあった。

カランカランとベルが鳴る。カウンター席とテーブルが三卓だけの小さな店だった。

一番奥のテーブルで、どちらも三十代ほどのスーツ姿の女とブルゾンを着た男が、書類を前に何か熱心に話し込んでいる。この光景をときおり喫茶店などで見かけるが、あれは派遣会社の面談なのだと聞いたことがある。ほかに客の姿はない。ほどよい程度にBGMが流れている。

注文をとりにきた若い女性店員に、賢一はコーヒーを、真壁はナポリタンセットを注文した。

「実はお昼がまだなので、失礼します」

そう言われて、賢一もまだであることに気づいた。時刻はすでに二時半近い。さすがに空腹感を覚える。しかし、この刑事と一緒には食べたくない。

前に置かれたグラスの水に口をつけてから、真壁がいきなり本題に入った。

「本社をたずねて収穫はありましたか」

彼なりに周囲に気を遣ったらしく、やや抑えた声だ。

「あとをつけたんですか？　気づきませんでした」

「失礼ながら、つけたのは別の捜査員です。わたしは『くすのき産婦人科医院』で、ちょっと訊きたいことがあったので」

思わず周囲を見回した。それらしき人物は見えない。真壁が軽く手を振った。

「わたしひとりです。また交替しましたから」

「あなたの仕事がこれですか」

つまり、交替制をとってまで、被疑者の夫のあとをつけまわすことが、という意味だ。今度もまた、多少嫌味を込めたつもりだが、真壁は表情を変えない。

「はい、これがわたしたちの仕事です。それはそれとして、さきほどお母さんがおっしゃっていたのはどういう意味ですか」

賢一は、何のことかわからない、というように、眉をひそめて首をかしげた。すると、めずらしいことが起きた。真壁がふっと笑いを漏らしたのだ。

「わかりました。その話題はもうやめましょう」

「あなた、何者なんです」

「警視庁捜査一課所属の、警察官です」

「あまり詳しくは知りませんが、今回のようなケースは、地元の——所轄というんですか、その刑事さんが担当するんじゃないんですか」

無理矢理ひねり出したようなクレームだ。白石法律事務所で相談した折に、父親のほうの弁護士が説明してくれたのを思い出したのだ。

――今回はすぐに被疑者が逮捕されたし、大筋で犯行を認めているので、捜査本部は立たないでしょうね。

その時はどうでもよいと思って聞き流していた。

運ばれてきたコーヒーに、真壁が砂糖をふたさじ入れた。

「藤井さんのおっしゃることは、たしかに当たっています。いちいち説明する必要もないと思ったのですが、わたしは捜査一課内の『特務班』という部署に所属しています。捜査本部を立てる基準を満たしていないが、しかし本庁が介入したいとき、所轄の了解を得て独自に捜査をします。『了解』というのは建前で、実際は押しかけ同然です。そして、本格的に一課が乗り込む必要が生じれば、本隊と入れ替わりに身を引きます。斥《せっ》候《こう》というか、言葉は悪いですが、どっちつかずの邪魔者、よそ者、嫌われ者です」

それで、最初に取り調べに当たった磐田という刑事の、真壁に対する態度の理由がわかった。ごくわずかだが、親近感を覚えた。小さくうなずいて、本当のことを教えた。

「副社長に会いに行ったんじゃありません。南田信一郎元専務に少し訊きたいことがあったんです。しかし、体よく追い返されました」

「殺された隆司さんと奥さんが本当に不倫関係にあったのか、訊こうとしたのですか」

あわてて周囲を見た。カウンターの奥で、たったいま出来上がったらしいナポリタンを皿に移している店主らしい男も、それを待っている店員も、奥のふたりの客も、こちらを気にしていない。

「そんな嫌味を言うために、ここへ入ったんですか」

「嫌味のつもりはありませんが」

「お待たせいたしました」

真壁の頼んだナポリタンが置かれた。

「食べながらで失礼します」

軽く会釈して、真壁はすぐにフォークに巻きつけ始めた。ずずっずずっと派手な音をたてですすりあげてから、数回噛《か》んだだけで飲み下す。

「藤井さんおひとりで訊いてまわっているようですね。失礼ですが、成果はあがらないのでは？」

素直にうなずいた。こんなことを百年続けても、何ひとつ解明できそうにない。捜査権云々などという難しい話の前に、そもそも自分には、そういう資質が欠落していることがよくわかった。ひとつ、質問をぶつけてみる。

「そうおっしゃるなら、ひとつ教えていただけませんか」

真壁は顔を上げ、食べかけていたナポリタンを飲み下した。

「なんでしょう？」

「妻が——倫子が、その、妊娠したり堕胎したりというのは、本当のことですか」

真壁は答える代わりに、逆に質問してきた。

「藤井さんが『くすのき産婦人科医院』へ行かれた理由は、もしかすると藤井倫子という同姓同名の別人がいたのではないか、と考えたからではないですか」

返答に詰まった。すっかり見すかされていた。真壁が続ける。

「実はわたしも同じことを考えましてね。もう一度念のためにあの医院へ確認に行ったんです。藤井さんを追い返した怖い女性は、院長の妻で、看護師長兼事務長みたいな存在です。彼女の証言もありますし、きちんとしたカルテが残っていましたよ。住所も問題ない。保険証の控えも本人のものです」

傷害致死なり殺人なりの嫌疑は、自分ひとりの力で晴らすのは不可能だろう。しかし、妊娠したのは別人だったのではないか、もしくは誤診だったのではないか、そんな淡い期待を抱いていたのだが、真壁刑事のおかげで、あっさりと決着がついた。

「そうですか」

「お気持ちは察します」

「口ではそんなこと言いますが、わたしに対する病院の対応は、冷たいものでした。あなたがたが、わたしたち夫婦を極悪人だと印象づけているんじゃないですか」

真壁が淡々と答える。

「そんなこともないと思います。ただ、あの師長兼事務長さんは、個人的な信条から堕胎という行為を憎んでいるようです」

そういう主義の人々を、今なら理解できるような気がした。賢一自身、倫子が自分以外の男の子どもを妊娠し、堕胎していたという事実のほうが、殺人の容疑がかかっているよりも、はるかに受け入れがたいのだ。

殺人の嫌疑は、晴れれば快晴になるだろう。しかし、子どもは堕胎すればそれで済むという問題ではない。

自分たち夫婦は、もうもとには戻れない――。

そういう思いが胸を満たしている。そして、口では否定しているが、胸の中ではその事実をゆるやかに受け入れつつある。だが不思議なことに、倫子を責める気持ちはまったくと言っていいほど湧いてこない。

あるのはただ寂しさと、原因を作ったのは自分かもしれないという自責の念だ。

この先、離婚ということになるだろうか。しかし、たとえそうだとしても、自分は今回の事件が決着をみるまで、倫子を支えなければならない。あくまで無実か、少なくとも酌量すべき重大な事情があったのだろうと信じ、釈放なり減刑なりのための活動をしよう。そんな気持ちになりかけている。

愛情や信頼という問題ではない。あえていうならば、義務とか贖罪《しょくざい》と呼ぶほうが近いかもしれない。

あっというまにナポリタンを食べ終えた真壁は、ナプキンで口もとを拭っている。

「いろいろ秘密にしていたことは腹立たしいかもしれませんが、夫婦だからこそ打ち明けられなかったんじゃないですか」

この男に似合わない慰めの言葉を聞いて、その顔を見た。

「刑事さんは、結婚していますか」

「昔、していました」

「離婚された？」

「死別です。死亡したとき、妻は妊娠していて、そのことをまだわたしに、話していませんでした」

「亡くなった。——病気か事故ですか？」

「いえ」

「まさか、ころ——」その先はさすがに飲み込んだ。

「まあ、そういうことです」

真壁の顔がわずかに苦い表情に変わった。初めて見る真壁の人間らしい顔だった。

「話していなかったというのは、それはつまり……」

「嫌われ者」などと言いながら、しつこく首を突っ込んでくるのは、我が身に起きたのと似た事件だからではないのか。そう疑念を抱いたが、真壁はあっさり否定した。

「妊娠の件なら、ご想像とは違います。単に、結婚記念日に驚かそうと思って内緒にしていたようですが、打ち明ける前に命を落としました」

「そうですか。――犯人は捕まったんですか」

「ええ」

しかし、待ってみてもそれに続く言葉が出てこない。この神経が鉄でできていそうな刑事にも思い出したくない過去があるのか。

「ひとつだけ教えてください。犯人を自分の手で殺したかったですか」

真壁が驚いた顔で賢一を見た。

「――刑事という身分を捨ててでも、復讐したくはなかったですか」

「犯人を追ってるあいだは、それしか頭にありませんでした。ほかのすべてと引き換えにしてでも、犯人をこの手で殺そうと思っていました。しかし、日を追うごとに、妻を守ってやれなかった自分を責める気持ちが勝っていきました」

「刑事さん」

「なんでしょう」

店員にコーヒーの無料のおかわりを頼んだ真壁が、感情を消した目で賢一を見ている。

「倫子とは会いましたか」

「直接の会話はしていません。さすがに取り調べは、刑事でも好き勝手にできるわけではないので」

「でも、脇で聞いていたんですね」

「まあ、そんなところです」

「ならば率直な意見を聞かせてください。妻は、ほんとうに不倫していて、それを清算するために南田隆司常務を殺したと思いますか。刑事の直感とか言うじゃないですか」

真壁はすぐには答えず、置かれたばかりの、二杯目のコーヒーをゆっくりとすすった。

「自分はこれまで、殺人のような重い罪を犯した人間を何人も見てきました。いかにも凶暴そうな目をした暴力団員もいますし、こんな細い手でどうやって体重が倍もある夫を殺せたんだろうと思うような女性もいます。いろいろです。しかし、自分が共通して感じるのは、自白を始めた犯人はみな似た表情を浮かべるということです」

「どんな表情ですか」

「ひとことで言えば、ほっとした顔です。肩の荷が下りた、という顔をします」

「倫子はどうですか。どんな表情をしていましたか」

それこそが、もっとも知りたかったことのひとつだ。

「駆け引きのようで申し訳ないですが、その質問に答える前に、こちらの質問に答えていただいてよろしいですか」

ここまで来ての交換条件を、不愉快には思ったが、知りたい気持ちが勝った。

「どんなことですか」

「酒田市にいるあなたの部下の高森久実のことです」

またそれか。

「彼女が何か」

「あなたが本社に戻られたあと、彼女を東京へ引き抜き、マンションを借りる援助をすると約束していたそうですが、本当ですか」

飲み込んだ自分の唾にむせそうになった。

「そんな、いったいどこからそんなデタラメな――」

「もちろん本人です。地元の警察が聞き取りをした結果です」

「嘘です。まったくの嘘です。彼女が勝手にそんな妄想をして――だいたい、マンションの鍵を預けるとか言いだしたのは彼女のほうで」

「ということは、そんな会話があったことは事実ですね」

「ちょっと待ってくださいよ。それがなんだと言うんです」頭に血が上っていた。「まさか、早く本社へ戻って彼女を愛人にするために、邪魔な常務を妻に頼んで殺してもらったとでも？」

真壁は表情を変えずに答える。

「可能性としてあげました。わたしはただ、真相が知りたいだけです。藤井さんが、単身赴任の地で愛人を作った、あるいは作ろうとしていたのかどうか。──それはそうと、若宮署では、職員を現地へ行かせて、高森さんから直接話を聞くことにしたようです」

事件の夜、ふたりで郷土料理の店にいたことを高森はすでに話したのだろう。賢一の成績がまったくふるわずやる気を失っていたことや、松田支店長に毎日いびられていたことなど、尾鰭をつけて話すのだろう。もしかすると、給湯コーナーで体を擦り寄せてきたなどと言いだすかもしれない。

事件が発覚したあと、酒田市の賢一の勤務先へマスコミが押しかけてくるのがやけに早いと思っていたが、高森が漏らした可能性もある。騒ぎにすれば、本社への「ヘッドハンティング」が既成のことになるとでも考えたのか。

気遣って声をかけてくれたり、バス便の手配をしてくれたり、親切な女性だと多少なりとも好感を抱いていたが、すべて計算ずくのことだったのか。

「どいつもこいつも、ふざけやがって」

押し殺した声で吐き出した。真壁の前では弱みは見せたくなかったが、両肘をつき、額のあたりを押さえた。

「ふざけやがって──」

口を開けて、粗い呼吸をした。口のはしから垂れたよだれが、テーブルに小さく溜《た》まった。

気がつけば、しんと静まり返っていた。店内にいるほかの人間たちが、いつからか耳を澄ましていたようだ。

「出ましょうか」

真壁に言われて、うなずき、ハンカチで顔を拭った。代金は真壁が支払った。

店を出て、うっかり自宅方向に戻りかけたが、いまはホテル住まいであることを思い出し、駅に向かって歩いた。

隣で歩調を合わせた真壁が、声をかけてきた。

「そういえば、先ほどの質問に答えていませんでした」

「ああ、そのことですか」

交換条件だったことも、すっかり頭から消えていた。

「自分の受けた印象では、奥さんはまだ肩の荷を下ろしていませんね。何かをやり残している目です」

「それは何でしょう」

「さあ」首をかしげた。「極論すれば、自分たちはそれを調べていると言ってもいいでしょうか」

最後に、と真壁が足を止めた。

ありませんか」

「くどいようですが、さきほどのお母さんの『先生、賢一はひとさまのものを盗んだりしません』という発言が気になっています。認知症のかたが嘘をつくときは、ある共通の理由があります。つじつま合わせです。自分が認知症であることを認めたくなくて、つじつま合わせの物語を創作するのです。あれが意味することに、ほんとに心当たりがありませんか」

本当をいえば、母の言葉を聞いた瞬間から、賢一にはわかっていた。しかし、首を左右に振った。今回の事件には関係がないし、答えたくないこともある。

「刑事さんも見たじゃないですか。わたしのことを自分の息子だとすら思っていないんです。何を言ってるのかなんて、理解できませんよ」

「そんなもんでしょうか」

真壁はあいまいにうなずいて、それではと頭を下げ、駅とは違う方向へ歩いていった。その背中をぼんやりとながめた。

――盗《と》ったの、おまえだよな。

忘れることのできない、小さいが鋭い棘《とげ》だ。

あれはもう三十年近くも前のことだ。中学一年生のとき、賢一はクラスで泥棒の疑いをかけられたことがある。『マドンナ』というあだ名の、隣席の女子の財布から現金を盗んだという疑いだ。

マドンナなどという単語は、当時でさえほとんど死語だったが、父親が大企業に勤めているという彼女の、日頃の尊大ぶった態度と、悔しくもそれに似合った可愛《かわい》らしさから、揶揄《やゆ》も込めてカビ臭いニックネームがついたのだろう。賢一がそのマドンナの財布を盗んだというのだ。

その日、賢一は体育の授業にハチマキを忘れたので、先生に断って教室に取りに戻った。体育が終わったあと、マドンナが「財布がない」と騒ぎだした。ちょうど給食の時間にかかったので、生徒たちだけで犯人捜しがはじまり、お互い隣席の生徒の持ち物を検査するという騒ぎになった。拒否すれば犯人扱いされる。

結局、その財布は教室後部のマドンナ自身のロッカーから見つかったのだが、中に入っていた数百円の現金は抜き取られていた。すると「わたし、藤井君が盗むところを見た」と言いだすものが現れた。

『ドカンちゃん』というあだ名の女子だった。彼女も、やはり同じように忘れ物を取りに戻った際に、賢一がマドンナのバッグをあさるところを見たというのだ。金銭が紛失したため、結局、担任教諭にも伝わった。

放課後、賢一は職員室脇にある個室に呼ばれ、担任から厳しく追及された。賢一は身の潔白を訴えたが、信じてはもらえなかった。押し問答の末、親に宛てた手紙を持たされ、肉筆の返事をもらってこいと命じられた。そのとおりにすると、翌日、母の智代は賢一よりも先に学校へ行き、担任の教諭に直談判《じかだんぱん》した。

——先生、賢一はひとさまのものを盗んだりしません。

背筋を伸ばし、目を見据えて、きっぱりそう言ったのだと後に担任から聞かされた。

「名誉にかかわる問題です。目撃したという生徒をここへ呼んでください」と言い張った智代の意地が、優勢勝ちした形で決着がついた。

結局、置き場所が変わっていたのはマドンナの勘違いであり、「賢一は彼女のバッグに触ったが、財布には手をつけていない」という中途半端な決着となった。一転、目撃したドカンちゃんが非難される空気となった。しかも、自主的な持ち物検査をしたとき、彼女のポケットから現金が出てきたのだ。

日頃から、賢一は絵に描いたような優等生だったし、ドカンちゃんの家は貧しく、そのあだ名どおりの容姿から、女子仲間でも浮いた存在だったらしい。

「ドカンは嘘つきだ。そして、泥棒のくせに賢一に罪をなすりつけた」という定評が出来上がった。

今回の騒動が起き、おそらく自宅に警官がおおぜい押しかけた刺激で、あのときの記憶が蘇り、智代は真壁をその担任教諭と勘違いしたのだ。たしかに、ぶっきらぼうな雰囲気と鋭そうな目つきが似ている。それにしても、ずいぶんと古い記憶を、掘り起こしたものだ。

しかし――。

いまさらだが、ドカンちゃんの証言は真実だった。

賢一は、マドンナの財布を、たしかに盗ったのだ。

日頃からマドンナは、賢一の何が気に入らないのか、「藤井君が勝手にボールペンを使った」「勝手にノートに落書きされた」などとあることないこと言いふらしていた。それに対するささやかな復讐のつもりだった。

誓っていうが、金が欲しかったわけではない。現に一円も抜いていない。単に後ろのロッカーに移動させただけだ。彼女が「財布がない」と騒ぐことはわかっていた。そして、賢一のせいにすることも。そうして、さんざん騒いで引っ込みがつかなくなった頃に、ロッカーから見つかったなら、「人を疑う前によく捜せよ」とやり込めようと思ったのだ。

ところが計画は思わぬ方向に動いた。つまり、たまたま賢一の行動を目撃したドカンちゃんが、便乗して金銭を抜き取ったらしい――。

そこまで思い出して、今回のこの騒動はあの遠い昔の不誠実へのばちがあたったのではないか、などと考えてしまった。

いや、そんな昔のことを持ち出すまでもない。

遠方に単身赴任しているとはいえ、妻の妊娠にすら気づかなかったこの鈍感な自分に、倫子の心の奥底が見えるのか。

優子からメールが届いた。

《抑えきれなくなりました。どうしてもうちの両親が賢一さんに会いたいって》

24

頭痛の種——種と呼ぶほどささやかな存在ではないが——が、また増えた。

倫子の両親については、その応対を優子に頼んであった。事件を知った直後から、「いますぐ向かう」と言ってきかないのを、優子に押しとどめてもらっていたのだ。なぜなら、彼ら、特に父親への応対で、時間も精力も使い果たしてしまうことが予想できたからだ。

それが抑えきれなくなったということだろう。会うにしても、せめて優子に同席してもらいたかったが、昨日仕事を休んだつけでまだ体が空かないという。一方、滝本姉妹の両親は、すでに横浜市内の家を出て、新宿に向かっているのだという。

しかたなく、ホテルの部屋を伝えてもらった。

気が重い。あの気の強い優子でさえ、まともに反抗できず、姉の倫子に八つ当たりするしかなかったという父親だ。言い合いになれば、賢一などひと言も言い返せない。

「これはどういうことかね」

案の定、部屋に入ってくるなり倫子の父、滝本正浩は、賢一を問い詰めるように言った。それはこっちが知りたいと喉まで出かかったのを飲み込んだ。

正浩は今年七十一歳になる。普段は年齢よりも若い印象だし、本人もそれを意識しているようだが、今日は、年齢を超越した凄《すご》みのような気配を漂わせている。

「まず、お座りください。ルームサービスを頼んだので、もうすぐコーヒーが来ると思います」

「わたし、座ります」

今年六十八歳の寿子《ひさこ》が、へたり込むようにひとり掛けのソファに腰を下ろした。もともと、おどおどしたところのある女性だが、今日は一段と視線に落ち着きがない。

正浩も不機嫌そうな顔を崩さないまま座った。

「倫子には会えないのかしら」

寿子が賢一にすがるような視線を向けた。

「はい」

白石弁護士親子からの説明を受け売りした。

このようなケースでは、裁判が始まって本人の罪状認否が終わるぐらいまでは面会できないだろう。まだ起訴もされていないから、それは当分先になると。

正浩が納得しないので補足した。

「取り調べのあいだは従順にしていて、本番で無罪を主張する被告人が少なくないそうなんです。なので、決定的な証拠がなく、自白に頼っている今回みたいなケースでは、なかなか難しいかもしれないと」

「そもそも、倫子が人を手にかけるなんて、何かの間違いに決まっている」

正浩は、農林水産省を定年まで勤めあげた国家公務員だった。いわゆるキャリア組ではないが、最終的に課長職にあり、外郭団体に五年ほど天下っていたから、そこそこに成功した人生だろう。幾度か海外赴任もしており、高校時代に倫子がアメリカに留学したのもその関係だ。

職業とは関係ないだろうが、とにかく細かいことにうるさい父親だったらしい。門限や服装にまで厳しく口を出す。毎日が窮屈だから、一日も早く家を出られるよう、早く就職して早く独り立ちしたくて、二年で終わる短大を選んだのだと、倫子も言っていた。

神奈川県でも屈指の進学校である私立女子高に入らせたのに、としばらく口もきいてもらえなかったそうだ。

倫子は、悪口のついでに「だから、こんな可愛げのない名前をつけるのよ」と少しむくれていた。妹の『優子』は、母親の寿子がつけたらしい。

「ぼくも倫子を信じています。ただ、警察は倫子が犯人であるとみなしています」

それだけではありません。このぼくが『殺人の教唆』をした主犯格だと疑っています。逮捕は時間の問題という噂もあります――。

もちろん、そんなことは言わない。好んで問題を複雑にする必要はない。まして、妊娠問題などは絶対に気取《けど》られてはならない。

「本人はなんと言ってる？」

「警察や弁護士の話では、大筋認めているようです」

「どういう意味だ。『わたしがやりました』と明言しているという意味かね」

「そのようです」

ルームサービスが届き、正浩の怒りは一時棚上げになった。

従業員が部屋を出るなり、まっ先に正浩が口を開く。

「弁護士は優秀なのか」

自分で訊いてみればいい。

「過去に冤罪事件をひっくりかえして、話題になったこともあるそうです」

「一度味をしめて、スタンドプレイに走らなければいいがな」

母親も加わる。

「優子の会社にまで変な噂が流れなければいいけど。警察は、そういう秘密とか守ってくれるのかしら」

親としての、ぶつけどころのない怒りや悲しみはわかる。動揺と心配の裏返しで怒鳴り散らしたいのもわかる。しかし、それは賢一も同様、いや、より一層深刻だ。顔を赤くして言いたいことを言う正浩と、めそめそハンカチを当てて口ごもる寿子から、それぞれ脈絡のない質問を受け続けるうちに疲れ果ててきた。

一昨日の夜、倫子からおかしなメールを受け取って以来、まともな食事もとっていないし、熟睡もできていない。なにもかもご破算にしたいぐらい、疲れている。

しかし、そんなことを訴えたところで、「留置場にいる倫子はもっとつらいはずだ」と、正浩は怒り、寿子は泣くだろう。

時計を見た。もうすぐ夕方の五時になる。

ここでこんなふうに時間をつぶしていていいのか。何かすることはなかっただろうか。いくらでもありそうな気もするし、何もないような気もする。

「……の予定はいつかね」

「は？」

「しっかりしてくれないと困る。裁判はいつ始まるのかと訊いてるんだよ」

情けない気分だ。「まだ起訴されてもいない」と説明したばかりではないか。

結婚してもう二十年近くになるというのに、正浩はいまだに賢一と倫子との結婚を心から祝福してはいない。倫子を公務員――できることならキャリア官僚――の妻にしたかったようだ。どんなに資本が大きくとも民間会社は明日をも知れぬ、すぐにリストラされる、というのが口癖だ。

賢一が、正確には子会社ですらない『東北誠南医薬品販売』へ出向が決まったとき、「そらみたことか」と言ったらしい。

「申し訳ありませんが、これから会社へ行かなければなりません」

嘘をついた。

「何をしに？」

「しばらく会社を休むことになるので、手続きや、挨拶などいろいろと」

意外なことに、正浩は「女房が、その会社の重役を殺したのに、何の挨拶か」とは言わなかった。宮仕えが長かった正浩の、弱い部分かもしれない。

正浩はしばらく憮然《ぶぜん》とした顔をしていたが、妻に向かって「優子のところに行くぞ」と言った。

「優子のところはだめだって言われたでしょ」

寿子は遠慮気味にたしなめてから、ちらりと賢一に視線を向け、言いわけのようにつけ加えた。

「ほら、賢一さんの家の人たちがいらっしゃるからって」

居候状態になっている、智代と香純のことだ。

「ならば、このホテルに部屋がとれないか訊いてみろ――いや、いい。自分で訊いてくる」

言いたいことを言って、正浩は部屋を出ていってしまった。

「何か、予定でもあるのですか」

そう訊いたのは、やけに何か急いでいるように感じたからだ。

ごめんなさいね、と寿子が詫びた。

「心配でいてもたってもいられないの。威張ってるけど、案外気が小さくて」

「お宅に戻られたらどうですか。こう言ってはなんですが、おふたりがいても事態が好転するとは思えませんが」

それに、ぼくはひどく疲れています。

「わたしもそう言ったんだけど、ああいう性格でしょ。聞く耳を持たないの」

寿子のため息を最後に、しばらく沈黙が続いた。

「いまにして思うと、このことだったのかしら」

寿子がぼそりと漏らした。

「何がですか」

「優子がね、半年ぐらい前だったかしら、もっと前だったかも。わたしのところに電話してきたとき、『わたしは独身でよかった。家庭を持つと、夫や子どもや夫の両親の尻拭いまでしなきゃならないから』なんて言ってたの。このことを予想してたのかしら」

たしかに、「面倒を見る」ではなく「尻拭いをする」というのは、なんとなく引っかかる言い方だ。半年ほど前といえば、倫子が妊娠したり堕胎した時期と重なる。ということは、やはり優子は相談を受けていた可能性がある。

信一郎の車に乗って去る倫子を、優子が見ていたという証言は、ここでつながるのかもしれない。倫子が信一郎と何を話し、あるいは、どんな関係を持ったのかは別として。

それにしても、カンナをかけたばかりの角材のように四角張った正浩が、その事実を知ったらどうなるだろうか。それでもまだ、娘をそんなにしたのは賢一のせいであるという論拠を探すだろうか。いっそのこと、この世の終わりのような、そんな騒ぎを見てみたい気がした。

内線電話が鳴った。正浩からだ。命令口調で寿子に代われと言うので、そのとおりにした。どうやら、このホテルに部屋がとれたらしい。

「よろしくお願いしますね」

何度も頭を下げて、寿子が出て行った。

25

藤井賢一はベッドの端に腰を下ろし、ぼんやり窓の外を眺めた。

誰からの接触も拒みたくて、スマートフォンの電源を落とした。会社にも警察にも、自分の居場所や動向を、まるで生中継でもされているかのように知られている気がする。

窓の外には夕闇が迫り、事件が起きてから、もうすぐ丸二日が過ぎようとしている。この間、自分はいったい何をしていたのか。ただ右往左往していただけで、結果的にはほとんど何も成し遂げていないが、そのわりにくたびれ果てている。

手を頭の後ろで組み、ベッドに仰向けに寝ころがった。

義父が一方的にしゃべっているときから、ずっと考えていたことがある。もっと大切な、優先すべきことはなかっただろうか——。

ありそうだが、思いつかない。

情報量の多さのせいか、衝撃の大きさのせいか、そのどちらもだと思うが、論理的に思考を組み立てることができない。場当たり的に、「行くか行かないか」「言うか言わないか」というような選択しかできなくなっている。

頭を冷やし事実関係を整理するため、優子や香純、それに刑事たちから聞かされた話をもとに、これまでに起きたと思われることをなぞってみた。

ことの起こりは、賢一が出向になってあまり間をおかず、南田隆司常務が倫子に接触してきたことだろう。

どんなきっかけ、どんな口実だったかはわからない。しかし、もともと顔見知りではあったし、夫の会社のはるか雲の上の存在だ。隆司から連絡があれば、倫子としてはいきなりの拒絶はできない。会って話をするぐらいのことは了解しただろう。

問題はその先だ。どういう経緯で、深い関係に陥ったのか。

隆司があの強引さで押しまくり、あらがいきれなかったのか。それとも、倫子のほうでも、ずっと憎からず思っていたのか。少なくとも、夫の会社での立場を守るために、自分の身を犠牲にするなどという、前近代的な発想はないだろう。

「薬で眠らされて」というのは、あくまで優子の情報だ。そう説明すれば、賢一の怒りがいくらか軽減されると思った可能性はある。ふたりの関係を知っていながらおくびにもださなかったことで、倫子をかばっていることがわかった。今後は優子の説明も、無条件で鵜呑《うの》みにすることはできない。

ただ、あの隆司でも、さすがに最初から百パーセント体目当てで、倫子に接近したのではなかっただろうとは思っている。

単なる肉欲のはけぐちなら、ほかにいくらでもありそうだ。

もっとあとくされのない遊びができるはず——。

園田副社長も、そして出向前には隆司自身も、そんなようなことを言っていた。浮気相手にたまたま倫子を選び、その関係がいまだに続いていたと考えるのは、偶然に過ぎるだろう。

あえて危険な橋を渡ることが趣味の人間もいるだろうが、背景を考えると、もう少し違った事情があるような気がしてならない。


昨年六月に起きた贈賄騒動の際、南田会長の肝いりで設けられた、社外メンバーを含む調査委員会による査問に、賢一も呼び出された。

末端とはいえ信一郎派の流れにいながら、隆司の説得というよりは脅しに負けて、真相を語った。つまり、問題があると認識し主張したのにもかかわらず、部長や課長の指示でやむなく行ったことだと。例の告白文書に書いたことと、ほぼ同じ内容だった。のちに、その文書自体も取締役会で回覧されたらしい。出どころは、もちろん隆司だろう。「きみが泥をかぶれば、悪いようにはしない」と言ってくれた信一郎派の説得を、賢一が袖にした形になった。信一郎の顔に、まさに泥を塗ったのだ。

その後、どういう攻防があったのか。賢一には想像するしかないが、結果的に信一郎派が敗れた。何よりも会社の体面を守りたい会長の意思が働いたのかもしれない。

従前から、贈賄のグレー行為を常習的に行ってきたのは、信一郎の所管である販売促進部であるから、身から出た錆《さび》といえばいえる。しかし、ぎりぎり崖っぷちでとどまっていた信一郎派を、行列の最後尾にいた賢一が、みんなまとめて突き落とす形になった。

部長や次課長は、再起不能なほどに出世コースから外された。信一郎も地球の裏側に〝留学〟——左遷含みの海外出向を誠南グループではこう呼ぶ——に出された。

一方、隆司の口約束は簡単に反故にされた。結局は賢一も粛清の飛沫《しぶき》をかぶることになって、酒田市にある孫会社とでも呼ぶべき企業へ飛ばされた。

約束と違うとは思ったが、お偉いさんたちの「すぐに」という言葉を信じ、「長くても来年の六月まで」の便宜的な出向だろうと、自分を納得させていた。

甘かった——。

南田兄弟や園田に指摘されるまでもなく、それは痛いほど実感している。

それに、彼らが賢一に向ける目が、驚くほどよく似ていることに気づいた。

「少し脅すか餌《えさ》をちらつかせれば、こいつは簡単に転ぶ」

そう思っているのがはっきりとわかる。

むろん腹は立つし、賢一にも言い分はあるが、結果的にそれが事実だ。

いまにして思えば、賢一を〝週末帰宅〟すら容易にできないような遠隔地に置くことは、隆司にとって利点があったのだ。つまり、本社社員との接点を極端に減らせば、情報コントロールがしやすい。賢一に限らず勤め人は、社内情報を断たれるとひどく不安になる。

支店長の松田がことあるごとに、〝社内秘〟相当のネタまで小出しにしては「自分には本社とパイプがある」ようなことを匂わせていたが、実は隆司一派にいいように監視役兼いじめ役として使われていただけではないか。賢一をいびることによって、賢一はますます本社が恋しくなり、多少の無理は聞き入れる気になる可能性もある。

さらに勘ぐれば、高森久実の不自然な接近も、なんだかんだと言いながら裏で支店長がそそのかしていたのかもしれない。罠とまでは言わないが、賢一が間違いでも犯せば決定的な弱みを握れる。

そう考えると、これまで首をかしげていたあれこれに理屈が通る。しかし、パズルのピースがはまったような気がする一方で新たな疑問が湧く。

ひとつは、隆司側がそんな画策をしてまで、出向後の賢一に何をさせようと、あるいは何を証言させようとしたのか、という点だ。自分がそれほどのキーマンだとは思えない。これ以上信一郎派をおとしめる材料など持っていない。

もうひとつは、賢一を取り込むのに、どうして隆司が倫子と接する必要があったのか。妻の倫子と顔見知りであることを利用して、夫の抱き込み工作でもしようと考えたのか。単に、賢一の素行でも調べようと思ったのか。

これらの疑問には、ある程度、答えの想像がつく。

隆司としても、最初の一、二回は、倫子とは顔見知りでもあるし、何か賢一を取り込む材料でも引き出せればめっけもの、という程度の軽い気持ちで面会を申し入れたのかもしれない。

しかし、すぐに倫子の口説きそのものが、主要な目的になったのではないか。つまり、体目当てではなかったが、体も欲しくなった――。

今年四十一歳になる倫子は、夫としての欲目を差し引いても、三十代半ば、服装や化粧しだいではそれより若く見える華やかさを持っている。本人が気にしているほど体の線は崩れていないし、少なくとも近い世代や上の世代の男なら、充分その対象になるだろう。

二十年前――倫子の言い分を信じるなら――コンサートと食事に行きながら「何もなかった」ことを思い出したのかもしれない。それとは関係なく、いまの倫子にも魅力を感じたのかもしれない。あるいは――不思議なことにこれが最も冷静さを失わせるのだが――肉体関係を結べば、女は言いなりになる、という計算ずくだったのかもしれない。

もちろん断ったと考えたい。しかし、隆司はあきらめない。賢一が隆司と直接話した経験は、出向前の料亭の席でしかないが、強い印象が残っている。豪放さを装ってはいるが、ねばっこい執念深さを感じた。
五、六年前のある事件を思い出す。
やはり地方の支社へ異動になったまだ三十代の男の社員が、一年ほどで離婚したのだ。当時、こんな噂を耳にした。

社内結婚だった妻が、夫の同僚と浮気したのが原因らしい。いや、同僚じゃなくて上司らしい。いや、上司などというよりもずっと上の人らしい――。

もともと社内のゴシップにあまり興味のなかった賢一は、「好き勝手なことを言ってるな」ぐらいにしか、受け止めなかった。いまとなってみれば、あの噂に近いことが、実際に起きていたのかもしれない。その夫の名を記憶にとどめておけばよかった。そんなふうに考えて、思わず苦笑いした。知ってどうする。慰め合うのか。愚痴を聞いてもらうのか。

薬品や力ずくで、抵抗を奪われて関係を持ったと考えるのはつらいが、情にほだされて倫子も納得して受け入れたとはなおさら考えたくない。一度きりのことだったのか、それをネタに脅して複数回に及んだのかわからない――。それ以上のことは考えたくない。とにかく、香純のときでさえ半年以上かかったのに、夏までのわずかな間に妊娠した。

妊娠を知った瞬間、倫子は何を思い、どんな表情を浮かべたのだろう――。

息苦しくなり、ベッドから体を起こした。

設定温度を抑えているので、部屋の空気は肌寒いほどなのに、汗ばんでいる。洗面所のハンドタオルで額や首に噴き出た汗を拭いた。

去年の夏、妊娠を知った倫子は、賢一に相談できるはずもなく、優子にだけは漏らしたのだろう。あるいは女同士の勘で、優子が気づいたのかもしれない。

香純に話すとは考えられないから、香純が知っていたとすれば、ふたりの様子から感づいたに違いない。

そうして、あの医院で〝処置〟をした。

隆司はこの事実を知っていただろうか。知っていたはずだ。

そればかりか信一郎の耳にも入り、一時帰国した信一郎のほうから倫子に接触して、面会を求めた。目的はもちろん、ひとつ。隆司の弱みを握って、反転攻勢に出ようと思った。

倫子はこの信一郎の面会申し入れに応じ、事情はわからないが、そのことに気づいた優子はふたりが密会する場を見ていた。それが、受付の野崎尚美に目撃された。

南田兄弟と倫子、この三角形の人間関係で、どういう話し合いがなされたのかわからない。結果的にみると、その後数カ月間は表立って波風はたたなかった。バランスが保たれた休戦状態だった。ところが、異動の春が近くなって、再び動きが出た。

南田信一郎元専務がそろそろ日本に戻るかもしれないという噂は、二月に入ってからは、賢一の耳にさえ届いていた。隆司は面白くない。もう少しで兄を完全に排除できたかもしれないのに、息の根を止める前に、舞い戻ってくることになった。

日本人は、とくに会社員は、既成事実を肯定したがり、波風を嫌う傾向にある。多少の清濁は併せ呑《の》んで、雨降って地固まることを皆が望む。それに加えて、兄の信一郎にはカリスマ性がある。彼が戻ってくることで、社内の雰囲気が「みそぎは済んだ」という流れになるのを隆司が嫌ったことは想像に難くない。

そこで、信一郎とその子飼いの社員たちに致命傷を与える狙いで、あらたに不利な情報を流す――場合によっては捏造《ねつぞう》する――ために、再度賢一を取り込もうとしたのではないか。

誠南メディシンが、国立病院機構三鷹医療センターの医局長に、ゴルフの接待や無償で高級輸入車を貸与するなど便宜を図ったとして、週刊誌を中心に世間を多少騒がせた一件は、本人の弁を信じるなら、隆司の裏での根回しによって、刑事事件として立件されなかったため、社内の問題に矮小化《わいしょうか》された。

園田副社長の好きそうなたとえ話にするなら、あのスキャンダルは不完全燃焼の、いわば〝不発弾〟だ。賢一という〝雷管〟を抜き、間違っても本体の火薬に引火しそうにない遠方に埋めた。それを、わざわざ掘り出して騒ぎにしようという狙いだ。天秤《てんびん》の一方に会社全体の浮沈を載せた、かなり荒っぽい賭けだが、その価値はあるだろう。

構図でいえば、総務および販売企画部門の担当重役という〝本流〟である信一郎と、新薬開発担当と聞こえはいいが、このところ成果が上がらず発言力が落ちている感のあった隆司との覇権争いだ。そこへ、まだ引退したくない園田が加わった形になる。単純に図式化すれば、「隆司と園田の臨時同盟軍」対「信一郎派」ということだろう。

秋から二月までの数カ月間、これという動きがなかったということは、隆司と倫子の関係も、〝処置〟をきっかけに、一旦は冷えたように思える。しかし、信一郎の帰国が現実的となるにつれ、隆司に焦りが生じ、ふたたび倫子に接触してきた。その要求がなんだったのかまではわからないが、倫子がそれを拒絶し、諍《いさか》いが生じた――。

これが想像しうる、そしてもっとも妥当な筋だ。

信じたくないという感情に目をつぶれば、矛盾はしていない。おそらく警察も、それほど遠くない見地から、裏付けや犯行動機などの捜査をしているのだろう。

じんわりと額に浮いた汗を、手にしたタオルで痛いほど拭った。

今、あらためて思う。

もしも、もしも倫子が隆司を撲殺したのだとしても、自分はそれを受け入れよう。許そう。いや、それは違う。許しを請おう。――再び思う。断罪されるべきは自分であり、もし誰かが隆司を殺さなければならなかったのだとしたら、それは自分以外になかったのだ。

手元のタオルを見つめてから、狭くて殺風景な部屋の中を見回した。

優子と担当弁護士にあらためて話を聞きたい。優子は、すべてとは言わないまでも、真相にかかわることを知っているに違いない。そしてなにより、弁護士は倫子本人と会っている。

もう見たくも触りたくもなかったが、スマートフォンの電源を入れ、まずは優子にメールを送った。

《仕事が終わってからでいいので、少し話したいことがあります。都合のいい時間と場所を教えてください》

次に、白石法律事務所に電話を入れた。事務担当の女性が電話に出たので、「先生にお目にかかって話がしたい」と伝言を頼んだ。

まず優子から返信が来た。

《お義母さんを迎えに行ってから、ホテルの部屋にうかがいます。九時近くになってしまうかも》

頭に血が上って母のことをすっかり忘れていたと、自責の思いが湧いたとき、白石真琴弁護士から折り返しの電話がかかってきた。

〈今日も接見してきました。電話ではなんですから、直接お話ししたいと思います〉

午後七時に事務所を訪ねる約束をした。時計を見るともうあまり時間がない。

途中でサンドイッチでも腹に収めることにして、大急ぎでシャワーを浴び部屋を出た。

26

「やはり奥さんは、犯行を認めています」

約束した午後七時の五分前に、池袋駅西口にある白石法律事務所を訪問した。

応接セットに座るなり、白石真琴弁護士はそう切り出した。一日活動したあとで化粧を直すのも面倒なのか、もともと化粧をしないのか、ほとんど素顔に近いように見えるが、相変わらず冷たさを感じさせるほどに整った顔立ちだ。

「自分の口でそう言ったんですか」

「言いました」

事務員はすでに帰ったらしく、またしてもベテラン弁護士である父親の慎次郎が日本茶を淹れてくれた。会釈して礼を言う。

「ということは、裁判になって、有罪が確定ということでしょうか」

「このままでは、百パーセントそうなります」

百パーセント、と繰り返してみた。単なる数字としての実感しか湧かない。

「動機やその時の状況についてはどう話していますか」

白石弁護士は紺色の水玉模様がついた茶碗から、ひとくちすすって続けた。

「あまり詳しくは話してもらえないのですが、『関係を清算したいと何度頼んでも聞き入れてもらえず、それどころか、夫にばらした上でくびにすることもできると脅されたので、かっとなった』という趣旨で一貫しています」

「本当だと思いますか？」

ノートの文字を追いながら確認するようにしゃべっていた白石弁護士が、視線を上げた。どういう意味かという視線で賢一の目を見ていたが、質問への答えとは違う説明をはじめた。

「あくまでわたしの経験則としてですが、はじめから弁護士にすべて打ち明ける被疑者、被告人のほうが少ないです。有罪無罪といった大きな点もそうですが、人には誰しも、他人に言えない、言いたくない事情があります。まして、殺人というような罪を犯したとなると……」

そんな一般論が聞きたいのではなかった。話の腰を折った。

「事実上、夫を出向させた上司と肉体関係を持ち、——その、なんというか、そうなったあげくの果てに相手を殺す以上に、夫に言えない事情なんてあるんでしょうか」

どうしても「妊娠」の二文字は言葉に出せなかった。弁護士は「そんなことをわたしに言われても」と不快な顔をするかと思ったが、真顔でうなずいた。

「何が最も大切かは、人それぞれですから――」

何か言い淀《よど》んでいるようにも感じたが、すぐに賢一の目を見て言った。

「ただ、望まない妊娠や堕胎といった経緯は、女性にとってかなりの負担であったはず。その点を動機として前面に押し出せば、充分に酌量の材料になると考えます」

続けて、今後の手続きなどについて説明を受けた。


約束の時刻から、三十分近く遅れて優子はやってきた。

智代を引きとって自分のマンションへ連れて行ったあと、今度は彼女の両親に呼ばれて、なかなか放してもらえなかったのだと言う。

「だから応答できなくて。ごめんなさい」

いやこちらこそと、もう何度目になるかわからない、詫びと礼を言って、本題に入った。

「じつは今日、ぼくのほうでも何人かに話を聞いてみて、いくつか新たにわかったことがあったんだ」

借りは借りとして、事実関係は確認しておきたい。

「どんなこと？」

やや首をかしげた表情からは、胸の内は読み取れない。

「たとえば——その、優子ちゃんが、倫子の事情を去年のうちから、多少は知っていたんじゃないかとか」

「お姉ちゃんの事情？」

「つまり、南田兄弟と倫子が会ったりしていることだよ」

「誰から聞いたの？」

とりつくろおうとする気配も感じられない、そのあまりに平然とした態度に、一瞬、この件についてすでに話し合っただろうかと、錯覚しそうになったほどだ。

これがもし同僚あたりであれば「知っていながらなぜ黙ってた」と、食ってかかっているかもしれない。ゆっくり息を吐いたり吸ったりしながら、気を静めた。

自分と香純だけならともかく、母がいる。打算と責められてもしかたない。当面、智代の面倒をみてもらわねばならないという負い目があった。

「実は、うちの会社の人間が目撃したそうなんだ。去年の秋口に、倫子が南田信一郎専務の白いジャガーに乗って去るところを、きみが物陰から見ていたって」

突然、優子は笑い出した。何が面白いのか、口もとに手の甲を当ててくすくすと笑っている。賢一はひとつも面白くなかったが、不愉快の意思表示はせず黙って待った。

笑い終えた優子が、垂れた前髪をさっとはね上げた。

「さすが大企業、そこらじゅうにスパイがいるのね」

「そんな大げさなものじゃないよ。場所は東京駅近くの丸の内あたりだと聞いた。知ってると思うけど、大手町にあるうちの本社から、歩いて十分かかるかどうかだ。とばっちりを食いたくないから言わないだけで、ほかにも目撃した社員はいるかもしれない」

「怒ってる？」

「何を？」

「黙っていたこと」

いや、と答えて笑おうとしたが、唇のあたりが細かく痙攣《けいれん》しただけだった。

「ぼくが優子ちゃんに腹を立てる筋合いはないよ。それより、教えて欲しいんだ。まずは、倫子と南田兄弟のあいだに何があったのか。そして一昨日の夜、我が家で何が起きたのか」

「話したくない」

おもわず「えっ」と身を乗り出した。

それはさすがに予想しない答えだった。あくまでとぼけるか、倫子をかばうなり、自分を正当化する発言が返ってくるだろうと思っていた。

「どうして？」

優子がまた前髪をかき上げた。少しイライラしているときに出るくせだ。

「何度か話したけど、わたし、中学から高校の頃、少し荒れたのね。両親と姉はアメリカに行っちゃって、わたしひとりが親戚の家に置いていかれた、可哀想な子。もちろん『行かない』って言いだしたのは自分からだけど、それをそのまま受け止める？　っていう具合に腹を立てたわけ。例の『もらわれっ子症候群』をその頃になってもまだ引きずってた」

そう言ってふふっと笑った。

「つまり、本当は一緒に行きたかったってこと？」

「わからない。かなりの部分で行きたくはなかったけど、心のどこかで、ひっぱたいてでも、縛り付けてでも連れていってよ、って思ってる部分もあった」

「難しいんだね」

「めんどくさいのよ、その年頃の女の子は」

たしかに、香純にいやというほど教えてもらっている。

「昨日も言ってたね、いろいろ協力してくれるのは、当時の借りを返しているつもりだって」

「そういうこと。その荒れてた頃に、お姉ちゃんに世話になったからよ。日本に残ったわたしが、あれこれ悪さして、とうとう親戚の家からも追い出されそうになったとき、お姉ちゃんだけ口実を作って帰国して、その親戚に謝ってくれた。そのほかにも、ちょっとお義兄さんには言えないようなこともね」

「ならばなおさら、倫子をいまの状況から救うために、情報を共有して……」

「言わない理由は、それだけじゃないよ。お義兄さんは、ちょっと見は温厚そうだけど、かっとなりやすいところがあるでしょ。今度のことが起きてから、相当な自制心で抑えているけど、いつ爆発するかわからない。よけいなときに、よけいなところで、よけいなことを口にするといけないっていうのも理由のひとつ」

腹立ちよりも、脱力感のほうが大きかった。

「そんなに信用がないのか。いや、そもそも、うっかり発言してはまずいようなことを知ってるのかい」

「それも含めて、今は言えない」

「今はって、いつなら言える？」

「証拠とか証言が出そろって、裁判が始まってからなら、お義兄さんが多少スタンドプレイしても、審理には響かないと思うから」

「スタンドプレイって――」

「だいじょうぶ、裁判員はわりと感情に傾くっていうし、きっとお姉ちゃんには同情が集まるから。日本人は、一見おとなしそうな美人に弱いのよ」

その後、優子から逆に、今後の会社での立場などをいくつか質問された。気がつけばとっくに十時を回っていて、優子がそろそろ帰ると言った。

「ああ、お腹《なか》すいた。——明日の朝、出勤前にお姉ちゃんにまた着替えとか、差し入れしておくから」

「ありがとう」

「じゃあ、わたし、持ち帰りの仕事があるので、失礼します」

「ほんとにどうも、ありがとう」

疲れ果てた頭の隅で、自分はいったい、何に対して礼を言っているのだろうと思った。

第二部

1

果てしなく長く感じた、事件後の二日間だったが、その後の毎日は、あまり変わりばえのしない日が続いた。

気持ちばかりがあせり、建設的なことが何ひとつできないまま、四カ月が経とうとしている。

カレンダーはすでに六月に入っている。

賢一の処遇は、自宅待機から自発的な休職へと変わったが、出社しないことに変わりはない。ふらふら出歩くこともできず、ほとんど毎日家にいる。

自分で智代の面倒をみられるのはありがたいが、ふてくされたような香純と顔を合わせるのは憂鬱《ゆううつ》だった。ただ皮肉なことに、絶交状態といっていいほど会話がないので、大きな衝突もなかった。

さんざんもめたあげく、香純は二次募集していた公立高校を受け、合格し、そちらへ通っている。

少なくとも賢一が見る限り——事件の約ひと月後から再び住めるようになった——自宅から、毎朝制服を着て出かけていく。賢一は、この件に関する是非は考えないことにした。もうすぐ始まる倫子の裁判に、気力を集中させたいと思っている。

思いが通じたのか、あと一週間ほどで公判が始まる、という頃になって、ようやく倫子との面会許可が下りた。裁判が開始されるまでは、接見は無理だろうと言われていたが、これも白石真琴弁護士の働きかもしれない。

事件が起きてからこれまでのあいだ、もしも直接会って話すことができたらあれも訊こうこれも問い質そうと、細かいメモを作成していた。面会の前夜は、興奮してほとんど一睡もできなかったほどだ。

しかし、殺風景な面会室で通話孔の開いたアクリル板越しに、まったく化粧けのない倫子の顔を見たとき、最初に口をついて出たせりふは「ちゃんと飯食ってるか」だった。

倫子は、力なく微笑んだ。

「食べてるから、大丈夫。それより、みんなは？　香純やお義母さんとかは元気？　あなたもやつれたね。ごめんね」

逆に気遣われて、情けないことに、賢一のほうが涙をこぼした。

「じつは——」

香純の高校の件を切り出した。これまでも、手紙を何通も出して、近況は伝えてきた。

そのたびに、倫子からは同じような謝罪の短い手紙が返ってくるだけだった。倫子も、あれほど楽しみにしていた香純の進学の結末については、とうとう触れられずにいたのだ。

やっとの思いで、賢一が事情を説明すると、意外な答えが返ってきた。

「知ってました」

倫子のほうから白石弁護士にしつこく尋ね、結局聞き出し、知ってしまったことを賢一には内緒にしてくれと頼んだのだという。

「そうか。まあ、そうだろうね」

「ごめんなさい、迷惑かけて」

賢一は、あらためてアクリル板越しに倫子の顔をじっと見た。さすがに、疲労の色が目の周囲や口もとに表れていたが、思ったほどやつれてはいなかった。

ここへ来る前に想像していた。倫子は、賢一の顔を見るなり、こみあげるものを抑えきれずにきっと泣くだろう。自分はそれを慰め、これまでのことを謝罪するのだ、と。その腹づもりがすっかり逆になってしまった。

「今さら何を、と逆に怒られるのを承知で言うけど、倫子には謝ることもお礼を言うことも山ほどあることに気がついたよ。だけどそれは、ここを出てからゆっくりにする。今はどうしても教えてほしいことがある。——ほんとに、その、ほんとに、倫子が常務を?」

その質問に倫子はうつむき、かすかにうなずいた。

こちらに背を向けてはいるが、制服を着た職員がすぐそばに座っている。白石弁護士から聞いているところでは、ごく普通の会話ならかまわないということだった。あきらかに、証拠隠滅や偽証の打ち合わせでもない限り、打ち切りにはされないと。

しかし、どうしても声をひそめてしまう。

「取り調べがきつくて、つい『やりました』とか言ったんじゃないのか」

「違う」

そう言って首を左右に振るとき、倫子の口もとにまた微笑みが浮いた。

「それじゃ、誰かをかばっている?」

職員が、軽く咳払いした。意図があるのか、本当に痰がからんだのか、判断がつかない。

倫子の返事はない。

「なんとか言ってくれよ」

「かばってなんかいない」

わからなかった。職員の咳払いの意味がわからないのと同じぐらいに、倫子の寂しげな笑みの意味が理解できなかった。

「それより、さっきも言ったけど、香純とお義母さんのことが心配」

「香純は不登校もなくきちんと学校へ行ってるし、おふくろも元気だよ。優子ちゃんにはだいぶ世話になった」

結局のところ、そんなとりとめのない会話をするうち、あっというまに制限時間になった。

職員に促されて立ち上がり、背中を向けた倫子に声をかけた。

「何があっても」

今日ここへ来て、一番大きな声だった。

職員と倫子がふり返った。職員はややとがめるような視線を向け、倫子はかわらずに冷静な表情だった。

「――信じてるからな。そして、待ってるから」

倫子がこんどはしっかりと笑った。


とうとう公判初日がやってきた。

午前九時にはじまった、傍聴券の抽選には、早朝から門の外まで行列ができていた。

世界に進出している巨大製薬会社の重役と、末端従業員の妻――一部報道では『美人妻』――の不倫清算殺人事件だ。注目を浴びないはずがない。

賢一たちは目立たないよう、顔を隠してすり抜けたが、あたりにはあまり体験したことのない奇妙な緊張感が満ちていた。

持ち物検査を受け、すぐにエレベーターホールに向かった。なんとなく、乗る人間を威圧するような迫力のあるエレベーターの前で待つあいだ、早くも鼓動が小刻みになってきた。

初めて見る、裁判所の中だった。左右に延びた長い廊下の真ん中あたりで掲示を確認し、あらかじめ聞いていた法廷をめざす。傍聴券の抽選に当たっても、席の位置までは決まっていないらしく、ドアの前には列ができていた。

通路を挟んだはすむかいに、誰でも入れる控室があって、そこで十五分後の開廷まで待つことにした。

法廷内に、賢一たちが座る席は確保されている、と聞いている。

傍聴席最前列の柵《さく》のすぐ手前に、関係者としての席を用意してもらえた。被害者側にはそういうものがあるだろうとは思っていたが、加害者側にもあるとは知らなかった。これも白石弁護士の手回しなのかもしれない。

定刻になった。

控室を出ると、たったいま開いたばかりの扉から、傍聴人たちが我先に流れ込んでいくのが見えた。しかし、ほとんど会話がない。静粛な席争いは、まるでこの事件を象徴するかのように、どこか不条理な匂いがした。

賢一たちに用意された席は、三人分しかないため、賢一と、倫子の父親である滝本正浩、そして本人のたっての希望で香純が座ることになった。一方、被害者である南田隆司の遺族も会社の関係者も、知った顔はひとつもない。

南田誠会長はほとんど外出する元気もないらしく、いよいよ引退が近いとの噂もある。一方、事件後に特に週刊誌などで、倫子とついでに賢一のことを、悪魔のように誹謗《ひぼう》し続けていた「女帝」乃夫子の姿もないのは、少しほっとした。法廷を騒がせないために、周囲が止めたのかもしれない。

外敵ばかりではない。延々と正浩の小言を聞かされるのではないかと、昨夜からうんざりしていた。ところが意外なことに、タクシーの中でも、裁判所についてからも、正浩は最低限のことしか口にしない。

緊張、というのとも違う、なにか切腹前の武士のような悲壮感を漂わせている。

一方の香純は、ずっといじりっぱなしだったスマートフォンをしまってからも、ほとんど口を開かない。祖父と孫の会話もほとんどない。

昔、倫子と見に行った名画座のシートを思わせる狭い椅子に三人ならんで腰を下ろした。

職員や検察官、それに白石弁護士とその補佐などが無言のままつぎつぎと決められた席についてゆく。そしてついに、制服を着た職員に挟まれる恰好で、奥のドアから倫子が入ってきた。

新聞などの傍聴記事で見るように、スウェットの上下を着ている。優子が差し入れたものだろう。ひもやベルト、金属のついたものは禁じられるため、許される服装は限られてくるのだと聞かされていた。

家にいるときでさえあまり見たことのない、スウェット姿の倫子の背中は痛々しく感じられた。いや、服装などどうでもよくなる、もっと衝撃的なものを見せられた。前にまわした両腕に銀色の手錠がかけられている。それだけではない。手錠にからめられたロープがぐるりと腰にまで回されている。

「倫子」

義父の正浩の押し殺したようなつぶやきが耳に刺さった。

顔が熱くなるのを感じた。それがどんな感情なのかわからない。いや、分析などしようとも思わない。とにかく、大声をあげて目の前の柵を蹴り壊したいような激しい衝動が湧いた。

突っ立ったまま、手錠や腰縄をはずされているとき、倫子がちらりと賢一を見た。まるで、存在に気づいていないかのように表情を変えない。

ほどなく、裁判員がそれぞれの席につき、おごそかな雰囲気と真っ黒な法服をまとった裁判官が三名入ってきた。

「ご起立をお願いします」

がたがたと音がして法廷内の人間が全員立ち上がる。もちろん、口を開くものはいない。

「礼」

とうとう、裁判が始まった。


のっけから、倫子が証言台に立った。

最前列に座る賢一が、立ち上がって身を乗り出し、おもいきり手を伸ばせば届きそうなところに倫子の体がある。倫子のその肩に手をかけたいという強い衝動が湧いた。

まずは倫子本人に対し、本人に間違いないことを確認する人定質問のあと、検察側の起訴状朗読がなされた。

「被告人は本年二月――」

検察官のよく通る声が、水を打ったような法廷内に響く。倫子は本当に生きているのかと疑問に思えるほど身じろぎもせずに聞いている。

せいぜい三十代半ばとしか思えない検事が、乾いた言葉を連ねて、倫子の罪状を暴いていく。

「――同夜同時刻、かねてより不倫関係にあった被害者と関係を清算するにあたり、金銭面等の意見の不一致から口論となり、一旦はあらかじめ用意した外国産ウィスキーを被害者に勧めるなどして油断せしめ――同凶器によって後頭部を二度殴打し、脳挫傷及び外傷性くも膜下出血によって死に至らしめたものである。罪名及び罰条、殺人罪、刑法第一九九条」

法廷内がかすかにざわついたが、さざ波程度に過ぎずすぐに収まった。それを受けて裁判長が、まず黙秘権の告知をし、倫子本人に意見を求めた。今の起訴内容に間違いありませんか、と。

「間違いありません。そのとおりです」

倫子の声に、さきほどより大きめのざわめきが広がった。

「傍聴人のかたは静粛にお願いします。騒がしい場合は――」

裁判長の注意する声が、賢一の耳を素通りしていった。覚悟していたこととはいえ、これでもうあともどりできなくなったと実感する。

――罪状認否で罪を認めると、よほどのことがなければひっくり返すのは無理です。

白石真琴弁護士にそう言われていた。

そもそも、倫子は罪を認めているので、裁判は事実上量刑争いになるだろうとも。

その後、冒頭陳述や証拠調べを経て、いよいよ被告人質問が始まった。

裁判員裁判のためか、賢一が漠然と抱いていた裁判のイメージよりも進行が速いように感じる。まるで映画でも見ているように、少しぼうっとしているうちに、話がどんどん先へ進んでしまっている。この調子でいけば、あっという間に判決が出てしまいそうだ。それも、あまり望ましくない判決が。

やる気まんまん、といった雰囲気を隠そうともしない若き検事が、ねじ込むように倫子に質問を浴びせる。法廷内は、ところどころでメモを取る音以外聞こえず、唾を飲み込んでも響きそうな静けさに満ちている。

「その時のようすを、被告人の口から詳しく話してください」

「はい」

証言台に立った倫子は、賢一の席からでは顔をうかがうことはできないが、まっすぐ裁判長を見ているようだ。最初に検察官から「わたしの質問に答える場合でも、裁判官席のほうを向いて話してください」と注意を受け、それをきちんと守っているのだ。いかにも倫子らしいと思った。

「――さきほども言いましたが、わたしからは南田隆司さんに『もうこういう関係は終わりにしたい』と何度もお願いしていました……」

「ちょっと待ってください。それは、電話で？　あるいはメールで？」

「会った時に直接口頭で、です。でも、南田さんは納得してくれず、何度もわたしの家まで押しかけてきました。そして『どうしても関係を終わりにするというなら、夫にふたりの関係を話すまでだ。もっとも、酒田市から帰ってはこられないから、当分先のことになるかもしれないがね』と笑いました」

目を閉じ耳をふさぎたいが、ここしばらくにないほど目も耳も冴えわたっている。

「のらりくらりと言い逃れする被害者に対し、あなたはだんだん怒りが抑えられなくなってきた？」

「いえ、だんだんではなく、急にです」

「ほう、急に。それは、何かきっかけでもあったのですか」

「南田さんが、大声でののしるのに疲れて、氷をくれと言うので、わたしは冷凍庫から新しい氷を出しました。それをアイスペールに移して、南田さんの肩越しにテーブルに置いたとき、テーブルの上に置いてあった、ウィスキーの瓶に目がとまりました」

これですね、と検察官がプリントした写真を見せた。

「はい」

倫子が認めると、検察官はうなずき、裁判官たちに向かって説明した。

「証拠品の甲十一号証、商品名『ラフロイグ』、スコッチウィスキーの瓶です。――それで？」

「はい、その瞬間、これまでのいろいろなことが頭に一気に浮かんで、自分でも感情が抑えられなくなって、気がついたらウィスキーの瓶を握っていました」

「気がついたのは、殴る前？　殴ったあと？」

「殴ったあとだと思います」

「そして、もう一度殴った」

「はい」

「もう少し正確に思い出せませんか」

「ぼうっとかすんだ感じでよく思い出せません」

「なるほど。しかし、被告人自身の発言によれば、いいですか」ここで言葉を切って、裁判官席のほうに視線を向けた。「――被告人自身が、たった今も自分で証言したように、犯行時に二度殴っています。二度です。たしかに、一度目はかっとなったのかもしれません。しかし二度目は殺意を持って殴ったとはいえませんか」

「かもしれません」

「かもしれない、ですか。自分のやったことですよ。殺す意思がなければ二度は殴りませんよね」

検察官を睨みつけていた白石真琴弁護士がすっと立った。

「裁判長、異議を申し立てます。先ほどから検察側は、明確でないと証言している被告人の記憶を、無理に誘導し……」

「では、質問を変えます。被告人は先ほど『これまでのいろいろなことが頭に一気に浮かんで』と証言しました。『これまでのいろいろなこと』とはどんなことでしょうか」

それまでずっと顔を上げ、まっすぐ裁判長のほうを見ていた倫子がはじめてうなだれた。それに合わせるように、賢一も頭を垂れた。膝の間から床を見つめる。

聞こえてきたのは、検察官の声だった。

「はじめは睡眠薬で眠らされて無理矢理関係を持つことになったが、やがて常態化していった。これではいけないと思いつつ、ずるずると深みにはまっていった。やがて、被告人は妊娠していることに気づき、これを堕胎するとともに、この事実をもって被害者の南田隆司さんを脅迫しはじめた。あの夜、南田さんが被告人の家をたずねたのは、関係の清算ではなくその脅迫に対する決着をつけるためだったのではないですか」

「裁判長、異議を申し立てます」

「認めます。検察官は……」

「違うんです」

突然、法廷内に若い女の声が響き渡った。

声の主は、倫子ではない。賢一の隣に座る義父のさらに隣、香純だった。

法廷内にいるほとんどの人間の視線がこちらを向いた。裁判官も裁判員も、弁護士も検察官も、傍聴人たちも、そして証言台に立つ倫子も。

「違うんです」

香純は自分の母親の顔を見ながらもう一度叫んだが、訴えた相手は法廷内にいる裁判関係者だった。

「香純」

賢一が声をかけても、まったく反応はない。

「傍聴人のかたは静粛にしてください」

裁判長がマイクに身を乗り出すようにして注意した。

「違うんです。あの人を殴ったのは母じゃありません……」

「それ以上続けると、退廷してもらいます」

「お願いです。裁判は中止してください。だって殴ったのは……」

「警備のかたは傍聴人を退廷させてください」

裁判長の指示を待つまでもなく、ごつい体つきの法廷警備員がふたり近づいてきた。ひとりは賢一のすぐ脇の通路に立ち、もうひとりは柵越しに香純の腕をつかんだ。

「聞いてください。違うんです。だって……」

「退廷していただきます」

丁寧な口のききかただったが、有無を言わせぬ口調だった。

そのとき、香純と目が合った。

その目が何かを訴えていた。真剣だった。これまで見たどの瞬間の香純よりも、真剣な眼差《まなざ》しをしていた。去年の秋から続いていた、ふてくされた娘の目ではなかった。

「香純っ！」

警備員たちが、香純の腕を両脇からつかんで、出入り口の扉に向かっていく。香純の目が、賢一から、倫子に流れた。つられて、賢一も見る。

証言台に立ち尽くして、連れ去られる香純を見ていた倫子も、賢一を見た。目が合った。

「倫子」

柵から上半身を乗り出し、思い切り腕を伸ばす。

「倫子っ」

ほとんどの職員たちは、大騒ぎの香純に気をとられている。ただひとり、倫子にぴたりとつきそっている警備員が、賢一の行動に気づいた。

賢一の意図を理解した倫子が、賢一に近いほうの左手を伸ばした。

「被告人っ」

警備員が倫子を後ろから抱きかかえて、引き戻そうとする。それにあらがうように、倫子はせいいっぱいに上半身を曲げ、腕を伸ばした。

「倫子っ」

触れた。

ほんの一瞬、数十分の一秒かもしれない、賢一の指と倫子の指は触れ合った。

その指は、これまでに触ったことがないほど冷たく、そして火傷《やけど》しそうなほどに熱かった。薬指の、かすかに白い指輪の跡がはっきりと見えた。結婚指輪がない。こんなものまで取り上げるとは——。

「倫子っ」

「あなた」

「被告人を一時退廷させてください」

裁判長の事務的な命令が響く。

いつのまにか警備員の数が増えていた。倫子は二名に両側からがっしりと腕をつかまれ、さらに別の二名が手錠をかけ、さっきはずした腰縄を巻いていく。あまり頑丈ではない倫子の体が、されるがままにがくがくと揺れている。

「乱暴にするな」

賢一の声は無視された。

振り返り振り返りしている倫子は、そのままひきずられるようにして、法廷奥にある専用のドアから連れ出されていった。「香純を守って」、その目はそう訴えているように思えた。

　我に返る。

　半分ほどの視線が賢一に集まっている。残りの視線は、出入り口の扉、まさに今通路に出されようとしている香純に向いている。ほとんど初めて聞く娘の叫びだ。

「やめろ、触るな。はなせよ」

　言葉づかいこそ乱暴だが、香純が張り上げる声は、甲高《かんだか》く裏返って、迫力はない。体全体をくねらせて抵抗するが、屈強な警備員二名が相手ではかなうわけもない。その姿はすぐに扉の外へ消えた。そのあとを、記者風の連中がすぐに追う。

　さっきから、裁判長が何か指示しているが、言葉として耳に入ってこない。法廷内も収拾のつかない騒ぎになっている。

　守るのだ。

「香純」

　守らねばならない。

　もはや、マスコミも一般傍聴人もない。目の前にいる人間を押し分けるようにして出入り口に向かう。

「香純」

「こら、乱暴にするな」

「痛い、痛い」

「父親なんです」

もみくちゃになりながら、ようやく狭い扉から外に出た。

すでに香純は、恰好の餌食《えじき》をみつけたマスコミ陣に取り囲まれている。皮肉なことに、香純を追い出す役目だったはずの警備員たちが、行きがかり上、香純のガード役を果たすことになっていた。

「ここで、騒がないでください」

警備員の怒声が、天井に響く。

この裁判所の建物は、長く延びたメイン通路から、それぞれの法廷に繋がる枝の通路が分かれて延びる構造になっている。ほかの通路は静まりかえっているが、ただこの場所だけが怒声と人いきれに満ちている。

「あなた、もしかして被告人の娘さん？」

「ちょっとほら、乱暴に押さないで」

「さっきのはどういう意味？」

「ほかに犯人がいるってことですか」

「あんたら、乱暴するな」

「ねえ、ちょっとでいいんで、コメントください」

「どいてくれ」

まけじと怒鳴りながら割って入ろうとした賢一を見て、記者があっと声をあげた。

「被告人の夫だ」

一斉に視線が集まる。

「ほんとだ。ご主人、さっきのはどういう意味です。言わせたんですか」

「ちょっと押さないで……」

「おい、乱暴するなよ」

「わたしです」

悲鳴といってもいい香純の声に、騒ぎがぴたりと止んだ。

「わたしなんです。わたしが殺したんです。あいつの頭を、瓶で殴ったのはわたしです」

一呼吸ほどの沈黙を置いてから、さらに収拾のつかない騒ぎになった。

「あなたが殺したって、どういう意味？」

「お母さんは身代わりってこと？」

「おまえらやめろ。やめないか」

賢一は、もみくちゃにされる香純をかばいながら、記者たちに怒鳴った。

誰かの突き出した拳が、賢一の右のほお骨に命中した。

これは本当に自分の身に起きていることだろうか——。

2

記者たちにもみくちゃにされ、何人もの警備員に囲まれ、裁判所前で流しのタクシーに香純と乗るまで、頭の隅でそんなことを考えていた。

途中、義父が記者のひとりを羽交い締めにして、集団から引きはがすのを見た。そのまま相手を相撲のうっちゃりのように通路に転がす、その意外な腕力に驚いた。元来の短気な性格に加えて、娘が裁判で晒《さら》しものになっている怒りがそうさせたのかもしれない。

投げ飛ばされた記者は、口をぱくぱくさせて何か怒鳴ったが、義父はそれにかまわず、別の記者のシャツにつかみかかった。

なんとかタクシーに乗り込むことができたのは、そんな義父のおかげもあった。

「とにかく出して。とりあえず新宿方面」

シートに滑り込み早口にまずはそう告げた。殴られた右のほおがずきずきと痛む。

「高速、乗りますか」

「まかせます」

そう乱暴に答えてから香純に問い質した。

「さっきのは、どういう意味だ」

香純は、険しい顔でうつむいたまま何も答えず、ただ足元を睨みつけている。

「どういう意味なんだ」

運転手の存在はもちろん気になるが、家につくまでなど、とても待てない。

正面に国会議事堂が見えた。梅雨《つゆ》の晴れ間を利用して、蛍光色のウエアをまとったランナーが、ぞろぞろ歩道を走っている。昼休みの皇居ランを終えた霞《かすみ》が関《せき》の役人たちか。

その光景にわけもなく腹が立ち、返事をしない香純に対して、さらにきつい口調で詰問した。

「なんとか言ったらどうなんだ。このままではすまないかもしれないぞ。裁判を中断させたし、記者の前であんなことを言ったんだ。間違いなく大きく取り上げられる。警察が来るかもしれない。取り調べを受けるかもしれないんだぞ」

ただでさえ、傍聴券の入手に抽選が必要なほど、注目を浴びている裁判だ。夕方以降のテレビニュース、そして明日の新聞記事の目玉になるだろう。

「なあ、ほんとじゃないんだろう？　お母さんをかばおうと思って、つい口から出ただけだろう？　あとでお父さんが、マスコミに連絡を入れる。あれは一時的な興奮……」

「わたしがやった」

香純が、感情のこもらない声でぼそっと吐き出した。つい、ルームミラーに視線を走らせた。運転手がちらりと見たような気がした。

「上は事故渋滞みたいなんで、下行きますね」

それには答えず、香純に向かって声を抑えて問い質す。

「だから、やったとはどういう意味なんだ。何をやったんだ」

わたしが殺したんですなどという発言は、はなから信じていない。いつもそうだ。わざと賢一が怒るような嘘をつく。怒らせておいて、どうせわたしを信じないでしょ、などとうそぶく。いいかげんに、そんなことは終わりにしてくれ――。

「叱らないから、本当のことを言ってくれ。お母さんをかばったんだろう」

もう気のせいではない。運転手がミラー越しにちらちら見ている。

どうしようか迷った。

車は溜池《ためいけ》の交差点を右折し、右手には首相官邸が見えている。スムーズに流れたとしても、自宅までまだ三十分や四十分はかかるだろう。その間、事件に関する話をせずにいる自信はない。途中で降りて電車を使うほうが気が楽かもしれない。

「すみません、運転手さん。この先の……」

「だから、わたしがやったの」

香純が賢一の発言を遮った。

「瓶で、あれしたことか」つい訊き返す。

香純は下唇を噛んでこくりとうなずいた。

「二度ともか」

またうなずく。

「いいか、香純、よく聞いてくれ。これは裁判なんだ。学校のホームルームで、いじめっ子の……」

「わかってるよ、そんなこと」

ちっ、という舌打ちの音が聞こえたので、また血が上った。裁判所で、ほんの一瞬でも心が触れ合ったように感じたのは、やはり錯覚だったのか。

「ならばなぜ今まで黙っていた。お父さんだけならまだいい。いいかげんなことを言って、周囲に迷惑をかけるのはやめてくれ。お母さんの裁判のことだけで、精一杯なんだ」

「話んなんないし」

香純が賢一に向けた目には、憎しみがこもっていた。その娘の目を見て急に体がだるくなった。途中で降りて電車で帰る、という選択肢はすでになくなった。

「この先、どうしますか」

信号で止まったのを機に、運転手が訊いてきた。

結局、新宿駅西口の都庁近くで車を降りることにした。

考えてみれば、自宅に戻ればまたマスコミが押しかけてくる可能性がある。少し迷って、事件直後に宿泊したのとは別のホテルにつけてもらった。

正直なところ、金は少しでも節約したい。

今の勤務先からは、休職中の給与は七割しか支給されない。それも「基本給」が対象だ。去年出向になった時点で、支給額面はざっくりいって「七掛け」になった。そのさらに七割だから単純計算でほぼ半分になるはずだが、基本給というところがみそだ。各種の手当は除外されるから、実質は三割程度の手取りとなる。

弁護士費用もかかる。香純が公立高校へ進んだ理由のひとつは、その辺を勘案してくれたのもあるだろう。そしてそれはありがたいことだが、私立ほどではないにしろ、やはり金はかかる。

智代は、まだ要介護の認定が下りていない。利用しているデイサービスの費用はほぼ全額自腹だ。そろそろ蓄えを取り崩さないと生活してゆけない。

しかも、いつまでも優子に智代や香純の世話を甘えているわけにはいかない。

その優子とは一時感情的になりかけたが、倫子を救おうとする気持ちから出たことだと自分を納得させ、以前と同じような態度で接している。優子の賢一に対する態度もこれまでどおりだ。しかし、内心どう思っているのかまではわからない。

ホテルのフロントでたずねると、ダブルの部屋なら空いているという。ほかを当たるのも億劫《おっくう》なので、そのままチェックインした。

裁判所を飛び出したときには、毛穴から噴き出すのではないかと思うほど煮えたぎっていたアドレナリンが、今はいくらかおさまっていた。

フロントでデポジットなどの手続きを終え、それも一種のいやがらせなのかと問いたくなるほどだらだら歩く香純をせかしながら、なんとか部屋にたどりついた。

カーテンを開けると、眺めのいい部屋だった。やや傾きかけた陽光に、副都心の街並みがくっきりと見える。あらゆる建造物がコントラスト強く、長く短く影を落とした光景は、むかし倫子と美術館へ見に行ったスーパーリアリズムの絵画を見るようで、なぜか心にしみた。

まったく違った状況下であれば快適な部屋なのだろうが、香純と同じ部屋に泊まるわけにはいかない。たとえ賢一がソファで寝ると言っても、出ていってしまうに違いないからだ。それぐらいなら、香純をここに置いて、自分は安いビジネスホテルかカプセルホテルにでも泊まろうと考えた。

ふと、入廷するときにスマートフォンの電源を落としたままであることを思い出した。気乗りはしないが電源を入れた。事件直後、どこで調べたのか、マスコミ関係者から取材申し込みの電話が殺到した時期があった。片っ端から〝着信拒否〟にし、無視し続けていたら、最近ではほとんどかかってこなくなった。

洗面所から出てきた香純に、「適当に座ってくれ」と言うと、ベッドの端に腰を下ろした。

用件を切り出そうとしたとき、電話が入った。白石真琴弁護士からだ。

「藤井です。先ほどはお騒がせして……」先に謝った。

〈今、どちらですか〉

早口で訊いてきた。背後の音からして歩きながら電話しているようだ。

「新宿のホテルに入りました」

〈香純さんも一緒ですか〉

怒りを感じさせる口調ではない。

「はい、となりにいます」

〈これから向かいますので、待っていていただけますか〉

「わかりました」

ホテルの名と部屋番号を伝えた。多少強引さを感じるときもあるが、彼女は小気味いいほど話が早い。

一度長めの息を吐き、首をぐるりと回してから自分で首筋をもんだ。彼女が来るなら、娘の相手はまかせよう。

肩の荷が下りたような気分になり、賢一は窓際のひとり掛けソファに深く身を沈め、目を閉じた。

3

白石真琴弁護士はひとりでやってきた。

法廷ではもうひとり若い男の弁護士もいたが、別な案件があって裁判所で別れたという。

「倫子の裁判はどうなりました?」真っ先に訊いた。

「あのあと一時休廷しましたが、再開して論告まで済ませました。あの裁判長は進行が速いことで知られています。明日も開廷すると宣言しました。予定どおりのスケジュールで結審すると思われます」

「香純の発言については?」

「裁判員の中には動揺した人もいたはずですが、プロの裁判官は無視するはずです。傍聴人の野次はそう珍しいものでもありませんから」

つまり、よくも悪くも、今日の騒動には影響されないということだ。たしかにそんなものかもしれないと、賢一がうなずきかけたとき、白石弁護士が「ただし」とつけ足した。

「裁判の進行と、あの発言の真偽とは、別な問題であると考えます」

「おっしゃるとおりです」

「ではさっそくですが、香純さんにお話をうかがってよろしいでしょうか」

悩む暇も与えず、てきぱきと話を進める。

「もちろんです。——香純も、嘘をついたり、隠したりしないで正直にお話しするんだぞ」

聞こえているのだろうが反応はない。

香純がベッドに腰を下ろしたまま動かないので、白石弁護士がサイドデスクの下から椅子を引き出して、そばに座った。賢一は、ふたたび窓際のソファに腰を下ろした。ふたりとは少し距離を置くことになって、むしろいいかもしれない。

「それでは香純さん、よろしくね」

香純は上目遣いに弁護士を見て、警戒気味にうなずいた。

「秘匿義務は守りますから、本当のことを言ってね。そうしないと、このあと仮に警察から聴取の要請などがあった場合に、対応を間違うことにもなるので」

「やはり警察は動きますか」

黙っているつもりが、つい口を挟んでしまった。白石弁護士が賢一を見る。

「法廷は起訴状をもとに動く、特殊な、いわば閉じた世界ですが、警察は別です。やりたいと思ったことをやる組織です。香純さんの発言は、すでに一部のニュースで流れています。これだけ耳目《じもく》を集めている事件ですから、警察も動かないわけにはいかないと思います。みなさんが想像するより警察は——特に上層部の人間は、世論や評判を気にします」

「そんなものでしょうね」

落胆する賢一を、慰めるような口調になった。

「ただ、香純さんはまだ未成年で、しかも十五歳です。対応は慎重になると思います」

「わかりました」

優子は、この白石弁護士に対して「あの人、ちょっと高飛車なところがある」と言ってあまり好感をもっていないようだ。単に美人の同性だからというような、単純な問題ではないと思うが、もともとは優子の知人から紹介を受けた弁護士なのに、今では一歩引いた態度に変わってしまった。

賢一自身がその後少し調べたところによれば、父親の慎次郎は、かつて国選弁護人でありながら、有罪確実と思われた事件が冤罪であることを立証して、無罪を勝ち取ったこともあり、法曹の世界ではそこそこ名を知られた事務所のようだった。

白石弁護士が香純に質問を再開する。

「わたしは法廷にいて聞かなかったけど、取材陣に向かって『わたしが殺したんです』と言ったそうですね。それは本当のことですか」

ひと呼吸おいて、香純がうなずく。つい、口が出てしまう。

「ちゃんと声に出して答えるんだ」

弁護士が賢一を見た。

「――藤井さん。ここは、わたしにまかせてください」

「すみません」

「香純さんに、もう一度訊きます。それは本当のことですか」

「はい」

弁護士は小さくうなずき、ノートに何か書きつけた。

「それでは、あの夜何があったのか、できるだけ正確に、時間を追って話してくださ い」

香純が、ゆっくりと語った。

本人の説明によれば、あの夜香純は、やはり私立の志望校に合格した友人と、ファミレスで軽く食事をしながら、とりとめのない話をしたり、スマートフォンでゲームをしたりして、時間をつぶした。つまり、本命の入試を終えて羽を伸ばしていた。

午後七時近くなって店を出て、そこで友人とは別れ、そのまま歩いて帰った。ただいまと声をかけながらリビングをのぞくと、あの男がいた。靴は見なかったので、シューズボックスに入れたのかもしれない。テーブルに座って何か飲んでいたが、香純のほうをふりかえり、「やあ、おじゃましてます」と言った。酒の臭いがした。

「何してるんですか。お母さんは?」と訊くと、「さあ。来てみたら玄関の鍵が開いていて、誰もいなかったから待たせてもらってます」と答えた。「勝手知ったる何とかってね」と意味ありげにつけ加えた。

この男が昼間この家に何度か来ていることは知っていた。近所の話し好きなおばさんがわざわざ教えてくれたからだ。そして、何が起きているのかもうすうすわかっていた。

智代の気配もない。もしかすると、母の留守中に外へ出てしまったのかもしれないと思った。

「きみのお母さんとは古いつきあいでね。しかし、いくつになっても若いね。昔と変わらない」

隆司は香純に向かってそんなことも言った。さらに「口にしたくない下品なこと」を言って笑った。顔も目つきも話し方もいやらしかった。

それだけでなく「きみのお父さんを生かすも殺すもぼくの胸ひとつなんだよ」とも言

った。「お給料が減ったままだと、学校に通うのはきついね」と言われ、さらには「お嬢ちゃんもお母さんに似て美人だね。こんど食事にでも行こうよ」とへらへらされたとき、自分の中で何かがぷつっと切れた。

あの男がテーブルに向き直って、スマートフォンをいじりだしたので、テーブルに置いてあったウィスキーの瓶をつかみ、男の後頭部に打ち下ろした。

男はテーブルに突っ伏して、うーうーと唸っている。怖くなって、もう一度、さっきより強い力で叩いたら、静かになった。

途方にくれていると、智代がひとり帰ってきた。やはり徘徊《はいかい》していたようだ。ときどき、目を離したすきに出ていってしまうことがある。賢一が出向になってから頻度が増した。そのたびに倫子が近所をかけまわって捜す。縛りつけるわけにもいかず、完全につきっきりというわけにもいかず、日頃から倫子は悩んでいた。

智代が、テーブルに顔を押しつけるような恰好の男を見て、あまり驚いたようすもなく、「あら、血じゃないの」と言って触ろうとした。香純がそれを止めるうち、こんどは倫子が帰宅した。

「香純。いるの？　お客様かしら」

やや警戒気味の声で言いながら、リビングに現れた倫子は、スーパーの買い物袋を提げていた。そして室内の惨状を見た瞬間、絶句した。

香純が握りしめていた、血で汚れたボトルを智代がめずらしそうに見て、「これは洗わないとだめね」と言った。香純は急にがたがたと震えだし、今起きたことを母親に説明した。そのときすでに、智代はボトルを洗いはじめていた。「今はお祖母ちゃんにかまっている暇はない」倫子が言った。「このあとのことを決めておかないと」とも。

「これは、お母さんがやったことにするから。いい？」

興奮ぎみだが、比較的落ち着いて倫子は壁の時計を指さした。正確な時刻は忘れたが、七時四十分前後だったように思う。

「あなたは、この時間に家に帰ってきた。そうしたら、こうなっていた。いい？　ねえ香純、そういうことにするからね。何を訊かれても『家に帰ってきたらこうなってました』と答えなさい」

母になんども諭され、約束させられた。のちの警察の聴取では、母に言われたとおり「友人と別れたあと、すぐに家に帰りたくなくて、商店街を少しぶらぶらしてから帰った。そしたら事件が起きたあとだった」と答えた。

倫子は、自分が怪しまれるように、中途半端に血を拭き取り、わざと血をつけた服を洗濯機に入れ漂白剤を流し込み、優子に連絡し、警察に通報してから、最後に賢一宛にメールを打った。

香純の説明がほぼ終わりかけたところで、また着信があった。捜査一課の真壁刑事からだ。

少し迷ったが出た。警察の動きを知っておきたい気もする。

賢一が名乗ると、真壁が「お久しぶりです」と言った。

さっと記憶をたどったが、話すのは一カ月ぶりぐらいだろう。

「何か御用ですか」

〈裁判所での、娘さんの発言の一件です〉

この刑事も白石弁護士にまけず愛想がないが、搦《から》め手《て》からいやらしく攻めたりしないところは評価していた。

「早いですね。もうご存じなんですか。でも、警察はあんな子どものたわごとなんか信じませんよね」

〈たわごとなら、時と場所を選ぶべきでした。さかんにニュースで流れています。警察としても放置するわけにはいきません。とりあえず、どういう意味なのかお話だけでもうかがえませんか〉

「娘からですか」

〈もちろんです〉

「任意ですか」

〈はい〉

「任意ということは断ってもいいということですか」

〈理屈としてはそうなりますが、断るとかえって面倒くさいことになるかもしれません〉

「それは脅しですか」

〈どちらかといえば親切で言ってます。任意ならいやだと断って、警察がはいそうですかと引き下がるのなら、そんな制度は存続していませんから〉

「わかりました。ならば……」

気づくと、白石弁護士が身振りで保留にしろと言っている。

「少し待ってください」保留にした。

「警察ですか？」

「はい」

「代わってください。わたしが出ます」

素直に渡した。

「お電話代わりました。弁護士の白石と申します。ええ、以前にも何度かお目にかかっています。――もちろん覚えています。それより、藤井香純さんの任意の聴取の件ですが――」

プロどうしなので、話はすぐに決まった。真壁が、今から三十分ほどでこのホテルまで来るという。賢一が同意して、ラウンジではなくこの部屋で会うことになった。もちろん、白石弁護士も同席する。

4

真壁刑事を待つあいだ、今後のことを簡単に打ち合わせた。

香純に聞こえないところで話したかったが、目を離すといなくなる可能性がある。しかたないので、スマートフォンをいじりはじめた香純をベッドにおいて、窓際の小さなソファに向かいあった。

「娘は本当のことを言ってると思いますか」

「わたしの意見を言う前に、藤井さんはどう思われますか。なんといってもご家族ですから」

香純のほうを見た。イヤホンを耳に突っ込んで音楽を聴くか動画でも見ているらしい。聞いていないふりをしているだけかもしれないが、今さら何を言ってもこれ以上状況は悪くならないだろう。

「恥ずかしながら、ここ最近、家族だと胸を張れるほど、コミュニケーションがとれていません。この一年間に娘と会話した時間の合計は、全部で一時間もないと思います」

「うちも父と娘のふたり暮らしですから、似たようなものです。意見が衝突すると三日ぐらい口をききません」

驚いた。彼女が無駄口をきき、しかもそのことに苦笑するところなどはじめて見た。少し気が軽くなった。

「親が言うのもなんですが、あいつは妙に腹が据わっているというか、大人を前にしてもびびったり萎縮《いしゅく》したりしないんです。気に入らないと一切口をきかなかったり、顔色を変えずに嘘をついたりします」

白石弁護士は、まじめな表情に戻って「なるほど」とうなずいた。

「たしかに、ポーカーフェイスなところはありますね。しかし、すべてを、急に思いついた嘘と決めつけてしまうのも危険かと思います。わたしが話を聞いた印象では、合理的な話し運びだと感じました。むしろ倫子さんの自白より、信憑性《しんぴょうせい》がありそうです」

「じゃあ、まさかほんとに香純が」

久しぶりに肌が粟立《あわだ》つ思いをした。

いよいよ裁判が始まったこの期《ご》に及んでも、倫子の釈放をまだ完全にあきらめたわけではなかった。しかし、身代わりが娘だというのでは、状況はむしろ悪くなったも同じだ。

「かといって、すべて真実とも思えません」弁護士がつけ加えた。

「先生、仮に、香純がやったというようなことになれば、倫子の裁判はどうなりますか」

共犯ならともかく、ひとつの事件で別なふたりの犯人を告発することはできないはずだ。

「香純さんは、まだ逮捕も立件もされていません。原則として、裁判はこのまま進行するはずです。裁判員裁判は速いですから、なりゆきにまかせていると来週にも結審してしまいます」

「つまり、判決が下る？」

白石がうなずく。

「そうなると、ますます面倒になります」

「どうしたらいいでしょう」

「ひとつには、審理停止を求める手があります。このケースでは……」

来訪者を知らせるチャイムが鳴った。真壁が来たらしい。

ドアをあけて真壁を招きいれた。

窓際のひとり掛けソファを二脚とも運び、ベッドを囲むように置いた。

「じゃあ、座りましょうか」

　賢一の声にうなずき、それぞれ腰を下ろした。さすがに香純もスマートフォンを置いて、ベッドの上で軽く足を曲げて座っている。

「最初に事情を説明します。〝上〟のほうで話をつけてもらって、しばらくこの件は、わたしが捜査の指揮をとらせてもらうことになりました」

　いきなり真壁がそう切り出した。

「どういうことですか」賢一が訊き返す。

「この事件はすでに裁判が始まっています。捜査を担当した所轄署にしてみれば、いまさら根柢《こんてい》からひっくりかえしたくない。真剣に捜査をするとは思えない」

　つい、話の腰を折った。

「そんなこと言っていいんですか」

　考えようによってはとんでもない発言だ。しかし、真壁はただ軽くうなずいただけで、先を続けた。

「それで、わたしが上司にかけあって、若宮署の若手刑事とふたりだけ、専任にしてもらいました。仮に、再捜査の必要性が見えたりすれば、また指揮権が移るかもしれません」

　やはり、本人が言うように「本流」からは外れているらしい。いろいろな意味で、信頼ができるのかと今さら心配になったが、白石弁護士は納得したようにうなずいている。正直な物言いをする真壁を信頼したのかもしれない。それに、「誤認逮捕」だとか「自白強要」とかいった話に広げるつもりもないようだ。これまでの経緯を考えると、賢一もそのほうが望ましいと思った。

つぎに白石が説明を始めた。たった今、香純から聞いたばかりの内容を順序だてて整理し、事実と想像をきちんと区分けして話すと、十分とかからずに終わってしまった。

その間、真壁はときおりメモを取るだけで口は挟まずに聞いていた。

「あくまで、一時の興奮状態における発言であって、信憑性は薄いと当職は見ています」

白石が淡々と言う。

「わかっています。──それで、この先、弁護士さんとしてはどうするつもりですか」

真壁も、感情を排した声で答え、質問した。

「基本的にはノーコメントにします。現在進行中の公判に全力をそそぐだけです。ただ、警察が何か、たとえば実は公表していなかった証拠品でもあって、香純さんの犯行として立件するなら、当職が弁護します」

真壁がにやっと笑った。

「なるほど、警察に下駄《げた》を預けるわけですか。先攻後攻でいえば、あとぜめ。賢いやりかたですね。——そして、下駄を預けるふりをして、別な下駄であちこち動き回る」

「まあ、想像はご自由にどうぞ」

「きみは、ほんとうに南田隆司氏を殴ったのかな」

いきなり真壁が香純に質問した。香純がうなずきかけると同時に、白石の声が飛んだ。

「待って」

その声に驚いて、香純の動きがとまった。賢一はもちろん、真壁も弁護士を見た。

未成年だとか、令状の有無などをたてに、聞き取りを拒むのかと思ったが、そうではないらしい。香純に向かって、諭すように言った。

「嘘をつけとは言わない。でも、言いたくないことは言わなくていいし、想像や思い込みでは話さないほうがいいですからね」

香純がめずらしく素直にうなずいて口を開いた。

「わたしがやりました。だから、お母さんを釈放してあげてください」

最後のほうは鼻にかかった声になっていた。言い終えると、シーツを持ち上げて顔に押し当てた。

「なるほど」

考え込んだ真壁に、白石弁護士が切り込んだ。

「無駄を承知で訊きますが、警察は、いえあなたは何か隠し球を持ってるの？」

か」


「意味がよくわかりませんが」真壁がとぼけた。

「真壁さんの立場は多少知っています。本庁の特務班ということで、所轄とは距離がありますよね。真相を究明するという同じ目的に向かって、可能な範囲で協力しませんか」

「ならばこれもご存じだと思いますが、少なくとも最近では、自分はほとんど蚊帳《かや》の外でした。自分らの存在は、捜査本部は立たないが本庁も多少関心はあるよ、というポーズみたいなものですから。たとえは悪いが、競馬でいえば、抑えの穴馬券みたいなものです。それが、最終コーナーを回ったら先頭集団にまぎれこんでいる」

自分のたとえが面白かったのか、口もとにかすかな笑みを浮かべながら、胸ポケットから携帯電話を取り出した。

「会っていただきたい方がいます。実は、ラウンジで待ってもらっています」

ボタンを操作し始めた。

「ちょっと待って」

白石の制止を聞かず、真壁は耳に当てた。

「あ、おれだ。来られるか。――じゃ、待ってる」

「そんな、勝手に進めないで」

白石弁護士の抗議を無視して、真壁は賢一に話しかけた。

「誰が来たのかを、先に確認していただいて結構です。もし気がのらなければ、お引き取り願うことにしましょう」

五分ほどでチャイムが鳴った。賢一はのぞき窓で確認するなり、あわててドアを開けた。

「母さん」さすがに驚いた。「――何やってるんだ、こんなところで」

智代につきそうようにふたりの人物が立っている。ひとりは二十代後半くらいの男で、これが真壁の相方という刑事かもしれない。もうひとりはよく知った顔だった。

「どうしたんだ、優子ちゃんまで」

5

「さて」真壁刑事が無感動に言って、室内を見回した。

「期せずして、家族会議のようになってしまいましたね。本題に入る前に、相方を紹介します」

智代につきそって入ってきた若い男は、やはり刑事だった。

「以前、ある事件で一緒に働いたことがあります。若宮署に配属になっていたので、助力を願うことにしました」

真壁の紹介を受けて、本人も挨拶した。

「宮下《みやした》と申します。よろしくお願いします」

ひょろっとして一見頼りなさそうだが、目に帯びた光には鋭い印象を受けた。真壁が室内を見回す。

「人数が増えたので、詰めて座りましょうか。見下ろす形で失礼ですが、自分と宮下は立ったままで失礼します」

香純がベッドの奥に座り、隣に智代、その手前に優子が座った。白石弁護士は変わらずにサイドデスクの椅子、賢一は座る気分でもないので立っていた。

智代が香純に向かって、お昼ごはんはちゃんと食べたの、などと訊いた。香純は赤い目で、うん食べたよ、と真面目に答えている。

「実は、香純さんが裁判所で爆弾発言をしていた頃、所轄の若宮署で智代さんのお話を聞き終えたところでした。最初にお断りしておきますが、我々が呼びつけたわけではありませんよ。智代さんのほうから話があるとかで、滝本優子さんがつきそいでお見えになったんです」

優子が賢一を見て、めずらしく言い訳がましい口調で言った。

「ごめんなさい、裁判中だと思って連絡しなかったの」

「いや、よくわからないけど、また何か迷惑をかけたのかな」

「お義母さんが急に、どうしても警察で話したいことがあるって言いだして、きかなくて」

今日の裁判を、賢一はもちろんだが、香純も傍聴するというので、不測のことがあってはいけないと、優子が会社を休んで面倒をみてくれていたのだ。

「どういうことだい」

賢一が母にたずねた。しかし智代は背筋を伸ばし、窓のほうを見ている。

「ここは何階かしら」と誰にともなく問う。

「二十一階だよ。それより母さん、どういうことなんだ」

真壁が割って入った。

「正直に裏の事情をお話しします。実は応対した若宮署では扱いに困って、多少の顔見知りでもある宮下経由で、再びわたしに話を振ってきたんです。それで、急遽《きゅうきょ》若宮署まで行き、お話をうかがった次第です」

問題がさらにややこしくなるのではないかと不安になる一方で、わずかな期待も抱いた。もしかすると、筋道の通った会話が成立したのかもしれない。

じつはここ最近、母の症状が少しよくなってきているのではないかと感じていた。記憶や現状認識が現在と過去を行ったり来たりすることは変わりないが、話すことに一貫性が出てきた。たまに、現在の賢一を現在の息子だと理解して会話することもある。

医学的な裏付けがあるかどうかわからないが、ひょっとすると、息子が毎日世話を焼くことで症状が改善されることもあるのかもしれないと思っていた矢先だった。だとすれば、目撃した真相を語れるようになる可能性もあるはずだ。

「先生」

ただその一方で、今でも真壁を小学校の先生だと思い込んでいる。

「なんでしょう」

「わたし、あまりお話が上手じゃないし、ときどき思い出せなくなるので、先生にお話ししたことを、賢一にも教えてやっていただけませんか」

最後のほうは賢一に視線を向けた。

「母さん、今は、おれだってわかるのか」

「何言ってるのよ、変な子ね」

真壁が、わかりました、とうなずき、軽く咳払いした。

「智代さんは、あの夜、南田隆司を殴って殺したのは自分だと言うんです」

真壁があっさり言ってのけたことに、空気がしんとなった。誰も口を開かないので、そのまま真壁が続けた。

「ふと気づくと、家の中に誰もいない。外の空気が吸いたくなり、少し歩きまわったら気が済んだので、家に帰った。すると、南田氏が香純ちゃんに迫ろうとしていた。つまり、肉体的に、という意味です。その前からなんどか家に来てぶしつけな態度を取っていた南田氏に対して、智代さんは腹立たしく思っていた。これは孫の危機だと思い、その場にあった何かの瓶で南田氏の後頭部を殴った。南田氏は頭をかかえて椅子に座った。そこへとどめのもう一発を打ち下ろした」

「そんな、まさか——いや、そもそも、今頃になって思い出すわけがない」

まず賢一が反論した。母をかばうというより、信じられないという思いからだ。

「それが、そのときは意識がはっきりしていて、忘れないようにメモをとったと言うんです。証拠品として預かったのでここにはありませんが、写真をお見せします」

真壁が顔を振って合図をすると、宮下刑事がタブレットＰＣの画面を見せた。

賢一と白石弁護士がのぞき込んだ。

《わたしがあのおとこをなぐってしなせました気もちはしっかりしています》

そして日付と自分の名が書いてある。下手だが智代の字に違いなさそうだ。

「しかし、こんなものはあとから……」

「その端についている茶色いしみは、血痕です。今、鑑識にまわしています。もし、南田氏の血液であれば、少しややこしいことになります」そこでひと呼吸おき、全員を見回した。「これで、自分が犯人だと主張する人が、三人になりました」

賢一は、まばたきを何度か繰り返したあとで、自分の口が半開きになっていることに気づき、あわてて咳払いをしてごまかした。

「意外」などという生易《なまやさ》しい感覚ではない。

倫子が殺人事件の被告人になっているという事実ですら、いまだに完全には受け入れきれずにいる。こともあろうにその審理中に、娘の香純が法廷で騒ぎ、退廷させられたあげく、記者たちを相手に「自分がやった」などとわめいた。加えて、今年が西暦何年か正しく言えるかどうかすら疑わしい母の智代までが、似たようなことを言いだしたというのだ。

いったい、何がどうなっている——。

6

室内にいるほかの顔ぶれを見渡した。

いつも冷静な表情を崩さない白石真琴弁護士も、さすがにすぐには言葉が見つからないようだ。眉根を寄せて何か真剣に考えている。義妹の優子は、疲労と悲しさのいりまじったような表情だが、驚いたようすはない。この話を聞かされたから警察に行ったのだろう。智代は背筋を伸ばし、あいかわらず外の景色が気になるのか、窓のほうに視線を向けたままだ。

香純は——驚いた顔はしている。しかしそれは、事実を知らされたというよりも「どうして話したの」という表情に思えた。

真壁刑事が、沈黙を破った。

「ただ、殴ったあとの詳しい事実関係は聞き出せないんです。『わたしが殴った』と繰り返すばかりで——」

誰も答えないので、真壁が続ける。

「それでわれわれも、この問題をどう処理するべきか、困っていたというわけです」

賢一は、まずは自分が何か言わねばと思った。

「倫子はなんと言ってますか」

「送検した時点で、主導権は検察に移っています。ましてもう公判が始まっています。警察といえど、そうそう簡単に取り調べるわけにはいきません」

「母はご承知のとおり、認知症です。現に真壁さんのことを、ずっと『先生』と呼んでいます。白石先生にうかがうまでもなく、まともにとりあげるべきではないと思いますが」

賢一はほんの数分前まで、智代の症状について、ひところより回復してきているのではないかと喜んでいた。それなのに否定的なことを言い、後ろめたい気分で智代の表情をうかがうと、いまにも「みなさん、お夕飯は召しあがったの」などと言いだしそうに見えた。

真壁が冷静な口調で答えた。

「先ほどお見せした、当日智代さんが書いたと主張しているメモが鍵を握っていると思います。もし、付着した血液が被害者のものであれば、そして筆跡が智代さん本人のものであれば、これは立派な証拠になります。論点が、一気に犯行当時の責任能力の有無に移る可能性もあります」

白石弁護士は、賢一に小さくうなずいてから、真壁に鋭い視線を向けた。

「まさか、身柄を拘束するつもりはありませんね。逃亡の恐れがないことは、わたしが保証します」

「当職」から「わたし」に変わった。そのほうが人間味があっていいと、賢一は場違いなことを考えた。

真壁が苦笑した。

「われわれも鬼ではありませんからね。それに、どう見ても智代さんは逃亡しそうにはありませんし。ただ、真相究明には積極的にご協力いただきたい」

「出頭して聴取に応じろと？」

「まあ、状況に応じてというところですか。いずれにしても、早い時期に署のほうに来ていただくことになると思います」

白石弁護士を見ると、しかたないという意味だろう、小さくうなずき返して、ノートに何か書きつけた。

真壁が続ける。

「香純さんに訊きたいことがあります。ああ、その前に、さっきこちらの白石弁護士がおっしゃったように、言いたくないことは言わなくていいですよ。そのかわり、嘘もつかないでもらえるとありがたい」

香純に目をやると、驚いたことに神妙な顔をしてうなずいた。

少なくとも、法廷でいきなり騒ぎだしてからこのホテルに入るまで、賢一に見せていたふてくされたような態度は消えている。

「お父さんも、先生も、よろしいですね」

白石弁護士と賢一が、ほぼ同時にうなずいた。

宮下という若いほうの刑事が、空いていた窓際のひとり掛けソファをかかえてきて、真壁の後ろに置いた。真壁はそれに軽く会釈で応《こた》え、ではさっそくと、香純の前に座った。

「わたしの質問は、ずばりひとつです。本当は何があったのか。誰が南田隆司氏の頭を殴ったのか、ということです」

7

香純が喉に何かつまったように目を見開いた。そして、救いを求めるように優子を見た。

「もういいです」

声をあげたのは、その優子だ。ほとんどの視線が彼女に集まった。

「香純ちゃんを責めないで。わたしが、悪いんです」

「どういうことでしょう」

あまり驚いたようすもなく、真壁刑事が訊き返す。

「香純ちゃんはやっていません。お姉ちゃんでもない――」

そこで顔をあげて、香純を見た。

「ごめんね、みんなの気持ちを無駄にして。でも、いつまでも嘘はつきとおせない」

そう言ってから真壁刑事に向き直った。

「本人が言うとおり、そしてメモに書いてあるとおり、あの男を殴ったのは、智代さんです」

ひゅうという、すきま風のような音が賢一の喉を抜けていった。

「まさか。——それじゃ優子ちゃん、知ってたのか」

優子が真っ赤に充血した目で、うん、と答えた。

「じゃあ、倫子は、どうして？」

「身代わりになったの」

「身代わりって、なんでそんなこと」

真壁が、何か言いたそうなそぶりを見せたが、その前に優子が説明をはじめた。

「最初から全部話します。あの日、わたしはちょっと用事があるという姉に頼まれて、智代さんをデイサービスセンターの『太陽の家』から連れて帰りました。お茶でも淹れようと、キッチンでちょっと洗い物をしていたら、その間に来客があったらしくて、知らないあいだに智代さんが応対したんです。そして、中に入れてしまいました。それが、あの男でした。そのあと……」

真壁が、ちょっと、と手をあげた。

「話の腰を折ってすみませんが、『あの男』とは南田隆司氏のことですか」

優子は、汚らわしいものでも見たような顔でうなずいた。

「ええそうです」

「そのとき、倫子被告人は？」

「家にはいないようでした。——そのあとの本題に関係ないやりとりは今は省きます。

とにかく、わたしもあの男と面識がありました。姉の家で何度か会ったことがあるからです。実は、わたしが二階にいるのに気づかずに、あの男がデリカシーのない声で、姉に横柄な口をきくのを耳にしたこともあります」

「どんな内容ですか」

「全部を聞いたわけではありませんけど、『専務派がまだ隠していること』だとか、『もう少し協力的な態度で』みたいな言葉が聞こえました。あとで姉に『大丈夫なの？』とたずねましたが、『なんでもないのよ』と言うだけで、詳しくは教えてくれませんでした。わたしはなんとなく心配になって、というか、今だから言いますけど、まずいことが起きそうな気がして、口実を設けて姉の家に頻繁に行くようにしました。でも、とうとう、わたしのいないときに睡眠薬を使って――」

言葉を切ったのは、香純を気遣ってのことだろう。それを察したらしく、香純がぼそりとつぶやいた。

「わたし、知ってるから大丈夫」

優子がすまなそうにうなずいて続ける。

「ある時期から姉の態度が急に変わったので、しつこく追及すると、本当のことを教えてくれました。あの男は、一度姉とそういう関係になってからは、むしろそっちが目的になったようです。つまり、『専務派を排除する工作』とかに関係なく。――それからは逆に、わたしは姉の家に足を運ぶことが減りました。なんとなく、きたな――なんていうか、正常ではない感じがして」

「それがあの夜、倫子さんがたまたま不在のときに、智代さんとあなたが南田氏に遭遇した」

真壁の問いに、優子ははいと答えた。

「とにかくわたしは、あの男がいるのを見て、すぐにでも帰りたかったんですけど、姉がいないのに、智代さんをひとりにはできないですよね。だから、姉のいるときに出直してくれるよう説得したのですが、だめでした。

そのうち、帰るどころか、あいつは逆にわたしに迫ってきました。けがらわしくて口にしたくないですけど、なんとか比べ、みたいなことを言ってました。もちろん、姉とわたしのことでしょう。最初は口だけだったのが、酔っぱらっていたせいか、自分の言葉に興奮したみたいで、立ち上がってわたしをリビングの壁ぎわに追い詰めました。そして、体を触り出して――わたし、目を閉じていたら、あいつが急に『ぐっ』と声を出したので、見ると顔をしかめて頭を押さえているんです。すぐ後ろに智代さんが立っていたので、何が起きたのかすぐにわかりました。

南田は『何をする』とか言って、智代さんからボトルを奪い返そうとしました。わたしも割って入って、三人で少しもみあいになりました。ところが、南田が急に頭を抱えて、また椅子にへたり込んでしまったんです」

「少し遅れて痛みが襲ってきた、ということでしょうか」

若い宮下刑事が、はじめて発言らしい発言をした。優子がうなずく。

「そんな感じでした。あんな男ですが、一応は大丈夫かと心配になって、顔を覗き込んだとき、智代さんがもう一回、瓶を振り下ろしました。止めるひまもありませんでした。グシャッというういやな音がして、今度はまともに命中した感じでした。ほんとうに、あっというまのできごとでした」

いつもの優子よりもやや早口で一気にそこまでしゃべり、肩を上下させて息をした。

それぞれの胸のうちで、それぞれの考えをまとめているようで、しばらく誰も口を開かなかった。刑事たちも、ここまで筋道の通った話は初耳だったようだ。

ずっとメモをとりながら聞いていた白石弁護士が口を開いた。

「それがどうして、倫子さんは自分がやったと？」

「それはもちろん、智代さんをかばうためです」

「その後のことも、具体的に教えてもらえないだろうか」

賢一の頼みを、宮下刑事が制した。

「その先は、ここではちょっと。——その、微妙な問題も含んでいますから」

真壁が、宮下の肩に手をおいて言った。

「まあ、いいよ。ご家族も知りたいだろう。真相を」

優子がややうつむいて、その場の光景を思い出すようにして話した。

「智代さんが二度目に殴ったあと、南田はまったく動かなくなりました。いっぺんにものすごくいろいろな考えが浮かんで、恥ずかしいですが、わたしはパニックになりました。でも、なにはともあれと思い直して、救急車を呼ぼうとしたとき、姉が帰ってきましたが、わたしよりは冷静でした。スーパーに日用品などを買いに行っていたみたいです。かなり驚いてはいました。取り乱しているわたしを落ち着かせて、あいつの様子を見て『たぶん、もう手遅れ』と言いました」

「話したんですね。事実を」

白石弁護士が訊いた。

「はい」

「それで、真相を聞いた被告人が『自分がやったことにする』と言った？」真壁刑事だ。

「はい。わたしは、真実を話したほうがいいと言いましたが、『そもそもこうなったのは、自分の責任だから』って。それに、病気のお義母さんが取り調べられたりしたら、可哀想だからって。――香純ちゃんが帰ってきたのは、そう話していた途中です」

そこまで話すと、優子はハンカチに顔を押し付けた。香純がはなをすする音も聞こえている。

「驚いたな」ぼそっと漏らしたのは宮下刑事だ。

「筋が通ってる」真壁刑事もうなずいた。

宮下が香純にたずねる。

「つまり、香純ちゃんが裁判を妨害したのは、身代わりの身代わりになろうとしたってこと？」

香純が無言のままうなずく。

「驚いたな」宮下がもう一度同じことを言った。

「裁判はどうなりますか」

ようやく賢一の口から出た疑問に、白石弁護士が答えた。

「今聞いたばかりで、どこまで真実なのかの裏付けもありません。信憑性がある話だとは思いますが、検察がどう判断するかにかかってくると思います」

最後のほうは、真壁刑事の顔を見ていた。真壁がそれを受けて言う。

「わたしたちにできるのは、少しでも早く真実をつきとめることです。繰り返しますが『真実』を、です。そのためにも、今後あらためてお話をうかがわせていただくことになると思います。もちろん、智代さんも含めて」

このまま全員で警察署に移動するわけにもいかないからと真壁が言い、本人同意の上、まずは優子が聴取に同行することになった。智代を除けば、もっともよく事実を知る人間だからだ。

優子は、日頃のはつらつとした雰囲気はすっかり影を潜めて、ただうなだれて刑事たちに連れていかれようとしている。ふいに思い出したように、そういえば賢一さん、と声をかけてきた。

「父にはわたしから連絡しておきます。賢一さんからは、コンタクトをとらないほうがいいと思います」

すっかり忘れていたが、裁判所で荒れ狂っていた義父の滝本正浩は今どうしているのだろう。興奮が収まっているとは思えない。優子までが深くかかわっていたと知ったときの反応を考えると、想像するのも憂鬱だ。

おまかせする、という気持ちを込めて、うなずいた。

優子をうながしてドアのほうへ向かいかけた真壁に、ふと思いついたことがあって、声をかけた。

「刑事さん」

いつからか名前で呼ぶようになった真壁のことを、また職業で呼んでいた。

「なんでしょう」立ち止まり、ふり返る。

「仮に、仮にですよ。優子ちゃん――滝本優子さんの言ったことが真相だとして、つまり、母があんなことをしたのだとして、母は刑務所に入ることになりますか。医療刑務所とかも含めてです」

「なんども申し上げるように……」

「これもまた仮の話ですが、妻がこれまでずっと嘘をついていたとしたら、なんらかの罪に問われますか。現場にいながらいままで真実を話さなかった滝本さんは？　裁判を妨害した香純はどうでしょう？」

真壁が、あっはん、とわざとらしい咳払いをした。

「失礼ですが、藤井さんはさきほどから、結果のことばかり気にされている。今、最優先しなければならないことは、よじれてしまった糸を解きほぐすことです。罪状だとか、処罰だとかいうのは、そのあとの話では？」

顔が赤くなるのを感じた。たしかに、そのとおりだ。

刑事二名に連れられて、優子が出ていった。

8

あとには、賢一のほかに、香純、智代、そして白石弁護士が残った。

「さきほどの件ですが」白石弁護士が口を開いた。

「もし本当に智代さんが手を下したのだとしても、すぐに収監ということはないと思います。当時の責任能力が問題になるでしょう。それから香純さんの件は、ほとんど問題になりません。説諭《せつゆ》ぐらいはあるかもしれませんが、記録に残るような処罰はないと思います。倫子さんは、さすがにおとがめなしというわけにはいかないでしょうね。優子さんについては、起訴されるかどうか微妙なところだと思います。重大な真相を知っていながら、黙っていたわけですから」

「わかりました」そう答えるしかない。

「わたしは、ひとまず事務所に戻ります」

そう言って、白石弁護士は立ち上がった。

「――所長に経緯を報告しないとなりませんし、今後の対応策も練っておかないとなりませんから。何かあれば夜中でもかまいません。わたしの携帯に連絡をください」

「いろいろ、ありがとうございます。今後もよろしくお願いします」

そしてようやく、家族三人に戻った。

智代はちゃっかりテレビをつけて、ソファに座って画面に見入っている。賢一はその手からリモコンをとりあげて、スイッチを切った。

「あら、見てるのに」

「テレビなんて見てる場合じゃないだろう」

「そういえば、ご飯がまだね。あらやだわたし、お風呂もまだだったわ」

「いいから、黙って座っててくれよ」

賢一がいらついた声を出すと、智代は少しだけすねたような表情を浮かべたが、すぐに香純に「帰りに、柔軟剤を買うのを忘れないで」などと言いだした。

やはり、彼女から筋の通った話を聞き出すなど無理なのだ。

たしかに、ここ最近、ごく短い時間だが、霧が晴れた高原のように聡明《そうめい》さを取り戻すことがあった。それだけで、「良くなっている」などとぬか喜びしていたが、やはり本質のところは、何も変わっていないのだ。

今日、自分から「あれをやったのは自分だ」と思い出し、「だから警察に話しに行く」と言いだしたことだけでも奇跡的だ。

長いため息が出た。

娘の前で気弱なところを見せたくはなかったが、こうも事態が急変しては、神経がついていけない。香純も、さっきまでの勢いは消え、ぼそぼそと智代の相手をしているだけだ。

このあと、どうするか——。

とてもではないが、家には戻れないだろうという気がする。香純の発言だけでも注目を浴びたのに、それに加えて智代が犯人である可能性があると、すでにマスコミ関係者に漏れているかもしれない。

自宅付近の狭い路上でも待ち伏せされたら、挟み撃ちになって、にっちもさっちもいかないことになる。

結局、このホテルにもう一部屋取ることにした。これは自分でも妙案だと思ったのだが、智代と香純を一緒の部屋に泊まらせるのだ。そうすれば、智代をおきざりにして、香純がどこかへ消えることもないだろう。

ホテル内にある中華レストランで、久しぶりにきちんとした夕食をとった。倫子が送検されてからというもの、ほとんどが出来合いの惣菜か買ってきた弁当だった。

しかし、テーブルで三人向かい合っても、まったくというほど会話がない。

メニューはそこそこの値段であるし、おそらくは美味いのだろうが、賢一の口にはあまり味が感じられなかった。ただ、智代がなんとなく楽しそうにしていることが、唯一の救いだった。


眠れそうもないので、ホテルに隣接したビルの一階にあるコンビニで、酒を買い込んで来た。

優子から連絡はこない。まさか逮捕されたのだろうか。いや、そこまでのことはないと思いたい。

倫子からあの不吉なメールを受け取った夜、慣れない夜行バスに揺られながら、まず思ったのは「これは何かの間違いか、悪い冗談ではないのか」ということだった。これが長い長い悪夢だったら。何もかもが間違いであったなら。そう思わない日はない。

「間違い、か」

ぼそっと声に出してみた。

その自分の声に、何かが引っかかった。

間違い、間違い、間違い――。

とっくに頭から追い払った単語を、何度も繰り返してみる。

「悪い冗談」

それもまた繰り返した。

閉じ込められた真っ暗な部屋のドアが開きそうな気がしたが、探しているうちに眠りに落ちた。

「しまった、寝すぎた」

スマートフォンをつかんだ。アラームが鳴っている。午前八時半だ。

まさかそんなには寝ないだろうと思いながらも、念のためにセットしておいた時刻になっている。

ベッドに半身を起こし、今日、これからしなければならないことを考えた。とたんに気分が塞《ふさ》いで、もう一度寝てしまいたくなった。

また鳴った。

「さっき止めただろう」

悪態をつきながらよく見れば、着信だ。しかも香純からだ。

「もしもし」

〈ちょっと話したいことがあるんだけど〉

不愛想なことに変わりはないが、いつもの棘は消えている。

「どんなことだ。こっちの部屋に来るか。それともお父さんがそっちに行くか」

〈もう部屋の前にいる〉

あわてて立ち上がり、顔をこすって髪を押さえた。ホテル備え付けのパジャマのままだが、しかたない。

ドアをあけると、香純と智代が立っていた。ふたりとも、朝からシャワーでも浴びたのか、すっきりした雰囲気だ。

「お祖母ちゃんをひとりにしちゃいけないと思って」

「ああ、そうだな。――散らかってるけど、まあ入って」

ふたりを部屋に招き入れた。

ビジネス用のサイドデスクや、窓際のローテーブルの上には、つまみにした乾きものや飲み散らかしたビールの空き缶、オンザロックの氷が溶けたグラスなどが出しっぱなしだ。

「何か食べるか、飲むか」

「いらない」

香純はベッドのはしに腰を下ろした。智代はひとり掛けソファに腰を下ろして、さっそくテレビのスイッチを入れた。

「好きなアナウンサーが出てるから、見せてあげて」

香純が智代を目で示して、弁解するように説明した。見れば、朝のワイドショーのような番組が映っていて、賢一もよく知っている、おっとりした話し方をする男性アナウンサーが何かしゃべっている。

会話の邪魔になる音量ではないので、そのまま放っておくことにした。うろうろされるよりはましだ。

「で、話ってなんだ」

「わたし、やっぱり違うと思う」

「どういう意味だ？」

「あの男を殴ったの、お祖母ちゃんじゃないと思う」

た。


「だから、どういう意味だ」

あまりいらいらをぶつけては話が中断すると思ったが、結論を知りたい気持ちが勝った。

香純は少しだけ表情を強張らせたが、素直に答えた。

「わたしが帰ってきたとき、お祖母ちゃんは、ぐるぐる回る洗濯機を見ていた。あんなメモなんて書いてなかった」

血のしみがついているという、「自白メモ」のことだろう。

「じゃあ、誰が書いた？　あれはお祖母ちゃんの字だぞ」

「あのとき書いたんじゃないってこと」

「じゃあ、いつ？」

「事件のあと」

「血がついていたのはどうなる」

そう問いかけたが、血がついたメモ用紙に、あとから書くこともできる、その可能性に気づいてはいた。

香純はすぐには答えない。

「じゃあ、誰が書かせたんだ」

消去法でいけばひとりしかいない。倫子は事件直後に逮捕されている。そこまで工作する時間はなかっただろう。

「そんなことはわからない。でも、殴ったのはお祖母ちゃんじゃないと思う」

「メモを直後に書いてないからといって、殴っていないことにはならないぞ」

香純は賢一の質問を無視して、目をこすりながら説明しはじめた。

「あの男が、わたしにいやらしいことを言ったことがあった。あの男、やばいよ。自分は何しても許されると思ってる。だからあの夜、お母さんはわたしがお母さんと同じ目に遭う前に、決着をつけたんだと思う」

「じゃあ、やっぱりお母さんがやったのか」

香純がうなずく。

あれだけ騒いで、結局は一周してもとに戻った。最後に残った体力さえ、抜けていきそうだ。

「そういう事情だから、おまえは身代わりになろうとしたのか」

しきりに目をこすりながら、うなずく。なんと浅はかな考えだと思ったが、責める気持ちにはなれない。

「わたしあの日、昼間に一度『太陽の家』に遊びに行った。そうしたら、お祖母ちゃんが右手の手首に包帯を巻いて、左手でカレーを食べてた。どうしたのか職員の人に訊いたら『今日転んだときに手をついて、痛くて右手でスプーンが持てないって不機嫌なんです』って。何時間かは経ってたけど、昼間はスプーンも持てなかったのに、その夜にボトルで殴ったり、メモを書いたりできないと思う」

このところ、軽くなることのない胃のあたりが、さらに重くなった。

「どうしてそんな大事なことを、ゆうべ言わなかったんだ」

「だって、どっちにしても、お母さんかお祖母ちゃんが犯人になるんだよ。わたしにそんなこと決められない。――お世話になっていて悪いけど、優子さんはすごく合理的に考える。だから、お母さんが殺人罪になると罪が重くなるけど、お祖母ちゃんなら無罪になる可能性もある。きっとそう考えたんだと思う。だから、わたしはどうしていいかわからなくて、昨日は何も言わなかったけど、でもやっぱりそれじゃあ、お祖母ちゃんが可哀想だよ」

「わかった」声がかすれていた。

「だけど、優子叔母さんは包帯のことは知らなかったみたいだぞ」

「夜は巻いてなかったから。お祖母ちゃんが、むずむずするからって、自分で取っちゃったみたい」

もはやため息しか出ない。このどうどう巡りの暗闇は、どこまで続くのか。

「わたし、嘘はついていないわよ」

声がしたほうを見ると、智代が顔だけをこちらに向けていた。

「わかったよ」

「ほんとなの。わたしがあのウィスキーの瓶を持ってね……」

「だから、もうわかった」

賢一が強い調子で言うと、智代はまた画面に視線を戻した。優子に言い聞かされて、その気になってしまったのかもしれない。

「悪いが、もう少しお祖母ちゃんを見ていてくれないか」

「うん」

「ルームサービスをとってもいいし、下のレストランで何か食べてもいい。となりのビルにコンビニがあったから、お祖母ちゃんと一緒に行って、そこで何か買ってきてもいい」

とりあえず、と言って、財布から一万円札三枚を抜いて香純に渡した。

室外に出て電話をしようかと思って、窓の外に申し訳程度のバルコニーがあることに気づいた。履物が見あたらないので裸足のまま外に出た。昨日とはうってかわって、今にも降りだしそうなどんよりと重い空だ。

優子に電話をかけようとしたが、ボタンを押す寸前で指が止まってしまう。

どういう態度に出ればいいのか決めかねている。

もしも香純の推理どおりだとしたら、優子は姉の味方ではあっても、藤井家の味方ではない。

倫子とどこまで打ち合わせていたかわからない。しかし、責任能力の欠如を理由に、大幅に減刑もしくは無罪にすらなる可能性のある、智代に罪をかぶせようという発想は、たしかに優子ならあり得なくはない。

辛辣な見方をすれば、単に姉をかばおうとしたというより、自分に血のつながった人間から犯罪者を出したくなかったのではないか。

ひょっとすると、正浩の入れ知恵か――。

いや、さすがにそこまではないだろう。

倫子の不倫を知っていながら見て見ぬふりをしたことについて、優子を多少恨んだ時期があった。姉の秘密を守ったという見方ももちろんできるが、もしかすると、賢一たち夫婦の破綻《はたん》をどこかで望んでいたのではないか。そんな気がしたからだ。

彼女が以前口にした「お姉ちゃんは優等生で、可愛がってもらった」「わたしはもらわれっ子だと思っていた」という発言が思い出される。倫子は高校生のときに、父親の転勤に合わせて、両親と一緒にアメリカで生活した。しかし、優子は日本に残って親戚の家から中学校に通ったと聞いた。

受験のことやいろいろ事情もあっただろうが、なにしろ中学生だ。「のけものにされた」というひがみに似た気持ちを抱いても不思議ではない。そのことは本人も認めている。

倫子はあまり実家でのことは語ろうとしない。そのほかにも、賢一が知らない家庭内や姉妹間の軋轢があったのかもしれない。

ひとりっ子の賢一には想像するしかないが、きょうだいの中でも特に姉妹というのは、複雑な愛憎の感情が絡み合った関係なのだと聞いたことがある。

わざと不倫を看過して、藤井家の崩壊を望んだのか――。

自分が迷い込んだこの疑心の深い森は、いったいどこまで続くのか。方角もわからず手探りで歩いている。しかも、目をあけていられないほど激しく雨粒が落ちてくる。体はすでにぐしょ濡れだ。

結局電話をかけるのはやめた。

真相に近づいた気はするが、少しも気分は晴れなかった。

部屋に戻ろうと、窓に手をかけたとき、着信があった。真壁からだ。

いよいよきたか――。

「母の聴取ですか」先に訊いた。

〈いえ、違います。別の用件です。いま、下のラウンジにいます。お時間をいただけませんか〉

9

ホテルロビーの一角にあるラウンジで、真壁と向かいあった。

「それで、母でなくわたしに用件というのは？」

真壁が、熱いのを我慢するような表情でコーヒーに口をつけてから切りだした。

「昨日の証言——智代さんの犯行だったという点について、何か思い当たる節や逆に矛盾を感じるところはありますか」

すぐには答えられない。目を見られないよう、考えるふりをして、カップの中をのぞいた。話題を変えてくれないかと淡い期待を抱いたが、真壁はいつまでも無言で待っている。

「あのメモの血痕の鑑定結果は出たのでしょうか」

「まだですが、われわれは被害者のものだと思っています。智代さんなら偽造などしないでしょうし、仮にほかの人間がかかわっているなら、血液鑑定のことぐらいは考慮に入れるはずだからです。——ところで、捜査員の中にあの夜の場景をよく覚えている人間がいましてね。そのものが言うには、智代さんは白いシャツを着ていて、胸のあたりにポツンとしみがついていたそうです。『もしや血痕か』と思ってよく見たら、どうやらカレーのしみだった。そのほかに汚れはついていなかったと。記録を調べましたが、あのとき洗濯していたものの中に、智代さんのシャツはない。ふつう、致命傷を与えるほど頭を殴れば、返り血を浴びるものなんですが。藤井さん、何かご存じありませんか」

観念した。言い逃れる道はあるのかもしれないが、もう嘘は重ねたくない。

「実は――」

香純から聞いたことを、正直に話した。真壁はあまり驚いた顔もせず耳を傾けていたが、最後にこう言った。

「そんなことではないかと思いました」

コーヒーをすすって、苦笑している。賢一は驚きをそのまま口にした。

「昨日の時点で、嘘だと見抜いていたんですか」

「まあ、こちらも仕事ですから、いろいろとね。――それより、家族でかばい合う気持ちはわからなくもないですが、あなたがたには、ずいぶんひっかきまわされますよ」

普通ならば、怒って脅し文句のひとつぐらいはぶつけるところだ。二度と嘘の証言などするなだとか、こんどこんなことをしたらただではおかないとか。

しかし、真壁は意外なことを訊いてきた。

「藤井さんは、事件が起きるまで、奥さんを信じていましたか」

思わず「は？」と答えた。真壁は意味ありげに笑っている。

「もちろん」と口にしてから少しの間をおいて、自分でもわからない理由で繰り返した。

「もちろん、信じています」

「そうですか」

真壁は無感動に答え、伝票をつかんでその印字に嘆息した。

「ホテルは高いな。コーヒー一杯で、わたしの普段の昼食二回分ですよ」

そのまま帰ろうとするので、さっきの質問はどういう意味ですか、と声をかけた。振り返った真壁が答えた。

「自分のことを棚に上げて言わせていただきますが、愛するということは、何があっても信じることではないでしょうか。そして、わが身に代えてもかばうことではないでしょうか」

いきなり何を言いだすのか。

「どういう意味ですか」

「昨日も言いましたが、裁判結果を気にする前に、まずは真相究明が先決と、わたしなら考えたいです」

くるりと背中を向け、去って行く後ろ姿がこうつけ加えているように思えた。

――ご家族の中で、もっとも愛が欠落していたのはあなたじゃないでしょうか。

賢一は、ラウンジのソファに身を預け、真壁が残した言葉を胸の内で繰り返してみた。

「――何があっても信じることではないでしょうか。そして、わが身に代えてもかばうことではないでしょうか」

昨日、法廷で香純が騒ぎだしたのがまるで合図だったかのように、皆が好き勝手なことを言い始めた。聞かされる情報が二転三転し、消化どころか、まともに咀嚼《そしやく》もできていない。わかったようなつもりでいて、とんでもないことを見落としているのではないか。

倫子は香純の身と自分の誇りのために南田隆司を殴り、香純はそんな母をかばうため――あまりに稚拙な手段だが――裁判を中断させようとした。賢一に対して、必ずしも温かいとはいえない態度だった倫子や香純たちの、別の顔を見た気がする。あるいは、これまで賢一が気づかなかっただけなのか――。

真壁は、賢一の家族に対する、そんな気持ちの薄さをなじったのだろうか。

いや、あの男が本当に言いたかったことは、もっと違う何かではないか。事件の本質に触れたいのだが、刑事という職域から逸脱しないために、謎かけのような発言になった。そんな気がしてならない。

昨日の〝家族会議〟あたりから感じている違和感、その理由に繋がりそうな気がする。

両のこめかみを指先でもみながら、これまでに起きたことを脈絡もなく思い返した。すべての始まりだったあの夜のメール、香純のますますひどくなった反抗的態度と、目的はともあれ結果的にずいぶん助けられた優子の協力、妙にさめて諦観《ていかん》したようにさえ感じられる倫子の言動、相変わらず別の世界に暮らす智代、賢一に対する温度がさまざまな会社の人間、押し寄せるマスコミ——。

めまぐるしいできごとの中で、自分につきつけられた、もっとも衝撃的な事実は、やはりなんといっても倫子の妊娠と堕胎だ。

いくら嘆いても過去を変えることはできない。しかし、知らされてからすでに四カ月が過ぎようとしているのに、いまだに拒絶反応が起きる。考えただけで嘔吐《おうと》しそうになる。

自分は考えが古いのだろうか。心が狭いのか。先へ進むためには、そろそろ感情的な決着をつけるべきかもしれない。

スマートフォンを出して、妊娠にまつわる語句を、特に、「想像妊娠」だとか「誤診」などの逃げ道になる単語を、次々と検索していった。しかし、救いになりそうな記述が見つかるどころか、《妻が浮気相手の子を妊娠しました》などという投稿をうっかり開いて、過呼吸を起こしそうになった。

爪でかさぶたをはがしているような気分になり、もうやめようと思いかけたとき、ふと『母子手帳』に関する記述が目にとまった。そういえば、香純ができたとき、賢一も母子手帳を見せられた。倫子がエコー写真と手帳をテーブルに開いて、何週目がどうだとか話してくれたが、たしか会社でトラブルが続いた時期で、上の空で返事をしていた。

ふっと首筋あたりが粟立つようなことに思い至った。

賢一以外の相手で妊娠したのは、はたして今回が初めてだったのか。絶対にあり得ないと言い切る自信があるか。現に今回のことも、香純から聞かされるまで、気づきもしなかったではないか。妊娠から堕胎までの流れが、やけにスムーズ——表現を変えれば手馴《てな》れてはいないか。

あわてて、母子手帳の交付手続きや、妊娠後の処置——堕胎も含めて——を調べはじめ、そこでまた我に返った。真壁に言われたばかりの言葉を思い出したのだ。

「何があっても信じることではないでしょうか」

たしかにそれは正論だが、この状況でどう信じろというのか。もし、真壁が同じ立場になったら、それでも「信じる」と言えるのか。

そもそも、隆司とデートをしたことがあると告白したのでさえ、結婚して三年も経ってからだ。

あのときは、つい笑って済ませたが、内心はやはり傷ついていた。今、その気持ちはさらに強くなっている。

《望まない妊娠》という単語も目に留まった。当然のように記事を読む。しかしそれは堕胎について書かれたものではなかった。

望まれなかった子を、子を望んで恵まれない夫婦に斡旋《あっせん》することの、是非を問う内容だった。

今の自分には関係ないと思い、そこから去ろうとしたとき、何かが引っかかった。

「望まない妊娠、望まない子」

口に出してみる。望まない妊娠、望まない子、なんども繰り返す。やがて、何が引っかかったのかわかった。

『もらわれっ子症候群』だ。

しかし、なぜ今そんなことを思い出すのか。

もらわれっ子だという妄想、反抗、怒り、擁護そして身代わり——。

身代わりといえば、今回の事件は、裁判が始まってから、いくつもの身代わり説がでて、混乱を招いた。結局は騒ぎが起きただけで、もとに戻ってしまったが。

だが、本当に身代わりはなかったと言い切れるか。あれこれ聞かされた今となっても、少しもすっきりしない、この気持ちは、やはり納得がいっていないからだ。

何かがおかしい。誰かが嘘をついている。それは誰かをかばっているのか、自己の保身のためか。身代わりなんて現実にありえるのか——。

身代わり、身代わり、身代わり。

そういえば、賢一が産婦人科医院へ事情を訊きに行って門前払いのような扱いを受けたとき、真壁もいた。賢一のあとをつけたのだろうと思ったが、あとから「ちょっと確かめたいことがあって行った」というようなことを語っていた。自分と似たことを考えるのだなと思った。

賢一が確かめたかったのは、倫子と同姓同名の他人ではないのか、誰かの書類と入れ替わったのではないのか、という点だった。しかし、その疑惑はあっさり否定された。だが、もしも、間違いではないのに違っていたら？　正しいのに違っている——言葉が矛盾しているだろうか。いや、そんなことだってありうる。中学生の賢一は、マドンナの財布をバッグから抜き出したが、現金は盗んではいない。手は汚したが罪は犯していない。ぼくがやったけどぼくじゃない——。

そのとき、あるとんでもない考えに思い至った。

ばかな、そんなことありえない、そう自分に言い聞かせようとしたが、一度湧きあがった疑念は消えない。またネットに戻り、関係する記述をいくつか読み返してみた。どこにも賢一の思いつきを否定する根拠は見当たらない。

可能性がゼロではないと思うと、じっとしていられなくなった。一度部屋に戻って軽く身支度を整え、香純に智代の世話を頼み、ホテルを出た。デパートで、賢一も名を知っている洋菓子メーカーの一番高い詰め合わせを買った。

ＪＲ山手線《やまのてせん》に乗り新大久保駅で降りた。一度だけ訪れたことのある医院を目指す。

歩いて数分、覚えのあるピンク色の看板が見えてきた。

《くすのき産婦人科医院》

動悸が激しくなる。看板の診療時間案内を確かめた。午後の診療が始まるまで、あと十五分だ。

今の、この谷間の時間帯なら、話を聞いてもらえるかもしれない。五分、三分、いや一分でいい。唾を飲み込んでドアをあけ、受付の女性に来訪の意図を告げた。

すぐに、前回賢一を追い返した、例の年配の女性看護師が出てきた。真壁刑事の話では、院長の妻で看護師長兼事務長らしい。ネームプレートを見るとたしかに『楠《くすのき》』と丸い文字で印字してある。

「なんでしょう」あいかわらず口調がきつい。

これ、よろしければみなさんで、と洋菓子の入った袋を手渡した。間を置かず平身低頭して、ひとつだけ確認していただきたいことがあります、一瞬で済みます、と前置きしてから、拒否される前に切り出した。

「最近弁護士が代わったんですが、根回しとかが嫌いな方で、『参考人として招致すればいい』ときついことを言ってるんです。ええ、この病院の関係者をです。——行かない？　それが、刑事裁判となると強制力があるらしいんですよ。ご迷惑だからと、わたしは止めているんですが。――今ここで確認していただければ、わたしのほうでうまくとりなしてみます……」

根拠も何もない、完全な思いつき、いわゆる方便だ。以前の賢一なら絶対に口にしなかっただろう。もしかすると、置き薬の訪問販売で知らずに身についたのかもしれない。

「わかりました」

楠看護師長が、機嫌の悪さを隠さない口調で言った。

「さっさと用件を言ってください」

「もう一度、妻の写真を確認していただきたいんです」

「写真を？」

はい、と答えて、あらかじめ表示させておいたスマートフォンの画面を見せた。

「妻です。去年の九月に、妊娠した赤ん坊の処置をお願いしたのは、彼女に間違いありませんか」

楠は、眼鏡をずりあげて顔を近づけた。数秒睨んでから、きつい目を賢一に向けた。

「こ、この人に間違いない、ないわ」

楠は、「ねえ」と受付の女性に同意を求めた。そばでやりとりを聞いていた彼女は、待っていましたとばかりにのぞきこんだ。

「そうです。この人です。テレビで見た能面みたいな写真はあんまり似てなかったけど、こっちのほうがちゃんと撮れてる。なんだかきれいだけど愛想のない人でした」

ついでに、当時の診察申込書を見せてもらえないかという願いは、さすがに断られた。

「あなた、さっきの参考人云々の話は本当なの？　午前中に、警察の人が同じことを訊きに来たわよ」

ますます機嫌の悪そうな目で睨まれた。


靴を履くのももどかしく、急いで医院を出て、路上で真壁に電話をかけた。

〈そちらから電話をいただくのはめずらしいですね〉

「今、くすのき産婦人科医院の、例の看護師長に会ってきました」

〈どうしてまた急に？〉

「実は知りたいことがいくつかありまして」

警察が——おそらくは真壁かその相方がすでに来たらしいことには触れずに続ける。

「でも、一般人のわたしには、これ以上調べる術《すべ》がありません。困りました」

〈具体的には？〉

要点を簡潔に説明すると、ふっと電話の向こうで息が漏れたような音がした。笑ったのかもしれない。

「何かおかしいですか」

〈いえ、急に行動的になられたなと思って。――実は、その点はもう調べました。遅まきながら〉

やはりそうだった。ひと足先に来たのは真壁だったのだ。

「それで？」

〈残念ですが、何度も言うように、捜査内容を明かすわけにはいきません。ただこれまでのご協力に感謝して、今の一件は『見落としていたのはうかつだった』と正直に申し上げます〉

それだけ聞けば充分だ。礼を言って切った。

次に、白石弁護士に電話をかけ、急ぎ倫子に接見に行ってもらえないかと頼んだ。

〈どういうことですか〉

「本当は電話で話すようなことではないのですが」

用件を説明すると、数秒間の沈黙があった。もしもし、と言いかけたとき弁護士の声が聞こえた。

〈一件先約があったのですが、ほかの先生に頼んで、至急倫子さんに会ってきます〉

通話を終えた賢一は、通行人の目もはばからず電柱にもたれかかった。しばらく息を整えると、なんとかめまいに似た混乱が去った。そのまま駅へは向かわず、西に向けて歩き出した。

一度、防災訓練の一環で、新宿駅から自宅まで歩いたことがある。距離にして八キロちょっと、途中休憩を入れて二時間少しだった。歩いているあいだは、不平ばかりが口をついて出たが、歩き終えたとき、不思議な充足感があった。

ここ新大久保駅からならば、もっと近い。

歩きながらゆっくり考えをまとめるにはちょうどいい距離だ。

その前にスマートフォンを操って、自宅及び近隣地区の、ゴミの回収日を調べた。

10

革靴だったので、何カ所か擦れて皮がむけた。ふくらはぎのあたりも強張っている。しかし、疲労感は不思議なほどなかった。

目的の建物に到着したのを見計らったかのように、白石弁護士から電話がかかってきた。

祈るような気持ちで電話に出た。

「藤井です」

〈接見してきました〉気のせいか弁護士のほうも早口だ。

「どうでしたか」

〈驚いてはいましたが、はっきりと認めてはいません〉

白石弁護士はすぐに、でも、とつけ加えた。

〈わたしが受けた印象では、藤井さんの推理どおりだと思います。協力して解明しましょう〉

礼を言い、電話を切った。急に立っていられないほどの脱力感に襲われた。しかしそれは、二時間歩いたからではない。

その場でさらに二時間近く待った。不審げな目を向ける近所の住人もちらほら出てきた。警察に通報するならしてくれ、こっちは捜査一課に目をつけられているんだぞという、一種開き直りの気分になっていた。

ようやく、目当ての人物が帰ってきた。

「お義兄さん」

さすがに疲労の色を浮かべた優子が、驚いて目を見開いた。


優子は最初、あまり気乗りがしないようすだったが、賢一がすぐに済むからと言うと、しぶしぶという態度で部屋に入れてくれた。

優子がコーヒーを淹れてくれているあいだに、優子に預けておいた荷物をクローゼットの奥から引っ張り出した。大きめの、しかし安物のスポーツバッグに入っているそれを優子に預けたことは、香純はもちろん倫子も知らない。

「さあ、どうぞ」

ローテーブルの前に戻り、優子が淹れてくれたコーヒーに口をつけた。いい豆を使っているようで、香りも味も濃いのにしつこくない。

テーブルの向かいに座って、賢一の用件を待っている優子に、まずはコーヒーをほめてから切り出した。

「殺された南田隆司常務の兄で、信一郎という人物がいるのは知ってるね。例の白いジャガーに乗ったダンディな人だ」

優子は「急に何を言いだすのか」という目を向けたが、それには応えず続ける。

「あの人、もともとは専務だったけど、現時点では北米総支社代表取締役だ。それでも、ぼくはいまだに『専務』と呼んでしまう。ぼくだけじゃない、同じように『専務』と呼ぶ社員はほかにもいた。あまり深い意味はない。人は、なかなか特定の人物に対する呼び方を変えることができない。昨日、ぼくは優子ちゃんの話を聞いていて違和感を抱いた。そしてそれが何なのか、考えた」

「悪いんだけど」優子がめずらしく、うんざりしたような表情を浮かべた。

「――昨日遅くまで警察で根掘り葉掘り訊かれて、ちょっと疲れてるの。本題に入ってくれる」

「ごめん。どういう順に話せばいいのかわからなくて。――きみは昨日、隆司氏のことを、はじめは『あの男』と呼んでいた。それが『あいつ』に変わって、とうとう『南田』と呼び捨てになった。普通、逆じゃないかと思う。もしぼくが、『知ってはいても個人的にあまり親しくない人』を呼ぶとしたら、まずは名前、感情が昂《たかぶ》ってから『あいつ』とか『やつ』とかに変わると思う。しかも、最後のほうにはごちゃまぜになっていたよね。いつも冷静な優子ちゃんにしては変だなと思った。もしかすると、ふたりの関係の深さを隠そうとして、呼び方に苦労したんじゃないかって。つまり、ぼくらが知っている以上に、隆司氏と親しかったのではないかと考えたんだ。そこで、ある仮説を立ててみた。そうすると、これまで腑《ふ》に落ちなかったあれこれが、納得できた」

「それが本題なの？　何度も言うけど、わたし今夜は早めに寝たいんだけど……」

「わかった。結論を言う。今日、ぼくはくすのき産婦人科医院へ行ってきた」

切り札を見せたつもりだったが、優子の表情は変わらない。

「それでね、未練がましくも、本当に倫子が妊娠したのかどうかを、もう一度たしかめようと思った。どうしても受け入れがたくてね」

「またそれ？」

「それがね、またじゃないんだよ。今まではずっと、倫子が『本当に妊娠したのか』を気にしていた。今回は違うんだ。『本当に倫子が』妊娠したのか、なんだよ」

「なにそれ」

「とにかく、あの医院の怖い看護師さんに頼み込んで、イエスかノーかだけ答えてくれといって、写真を見せた。そうしたら、はっきり『この人だ』って答えてくれたよ。受付の人も同じだった。結構美人に撮れてるだろう？」

そう言って、スマートフォンの画面を見せた。今まで撮りためた写真の中から、もっともはっきりと写っている一枚の、さらに顔の部分だけ拡大したものだ。まるでタレントのように華がある。

「どうせ、いいかげんなことを言う人たちでしょ」

「たしかにね。警察は最初、倫子の写真を見せたはずだ。逮捕後に撮った、夫のぼくが見ても本人かどうか疑わしいような写真を。そして聞き込みでは『この人が来ましたね』と決めてかかって訊く。そりゃ『はい来ました』と答えるよ。なんだかんだ言っても、きみたちは姉妹だから、顔の印象は似ているからね」

ここまで話しても、優子は黙っている。

「公的機関の窓口の脇の甘さがときどき問題になるけど、この抜け穴に気づいたときは、さすがに驚いたよ。何かにつけ『個人情報、個人情報』と念仏みたいに唱えるし、IDとパスワードでがんじがらめのこの日本で、まさかこんなことができるとはね。つまり協力者を得るか口封じさえ可能なら、他人になりすまして堕胎ができるんだ。去年、妊娠したのも、堕胎手術をしたのも、倫子ではなかった。あれは、きみだったんだね」

11

「いらなくなったパソコン、テレビ、冷蔵庫、そのほか——」

急に会話に割り込んできた、廃品回収車ののんびりした声が、遠ざかるのを待った。

「人間てやっぱり感情の生き物だと思う。あれが倫子の身に起きたのではなかったかもしれないと思ったら、一瞬、ほかのことはどうでもいいような気分にさえなった。でも、相変わらず倫子は殺人事件の被告人だし、認知症の母が身代わりになる可能性もある」

優子が反応しないので、賢一は香純に聞いた智代の右手首の怪我のことを話した。

「ぼくは、きみが倫子をかばおうとして、母に罪をかぶせようとしているのだと思った。ひどい話だとは思うが、理解できなくもない。だけど、実はぜんぜん違う狙いがあったんだね。まったく逆の感情が。——合意の上だったのか、力ずくだったのか、それとも何度か聞かされたように睡眠薬を使われたのか、それはわからない。ひょっとすると、状況を利用しただけで相手は南田隆司ではなかったのかもしれない。とにかく、去年の夏の終わり頃、きみは自分が妊娠しているかもしれないと気づいた。そして、妊娠しているなら早急に処置しようと考えた。そこで、倫子の目を盗んで彼女の保険証を持ち出し、倫子の名で診察を受けた。

——どうして今まで大きな社会問題にならなかったのか不思議なんだけど、病院っていうところは、保険証さえ持ってくれれば、そして見た目の年齢がだいたい合っていれば、他人になりすまして受診できる。その手を使った保険金詐欺もできそうだ。とにかく、きみは藤井倫子として受診し、妊娠を告げられた。そして、堕胎手術まで受けた。同意書が必要だけど、あんなものはいくらでもごまかせる。まさに、『身代わり』だよ。身代わりになったのは、いやなりすましたのは、きみのほうだったんだ。そして、おそらくすべてが終わってから倫子に打ち明けた」

冷静に話すつもりが、やはり気持ちが昂って早口になった。しかし、優子は無反応のままだ。

「たぶん、あの真壁という刑事も気づいている。今はその裏付けになる証拠固めをしているところだと思う」

「証拠なんてあるの？　写真を見せるたびに『はい、この人です』なんて証言する、いいかげんな看護師のほかに」

「当時の診察申込書が残っていれば、指紋も出るだろうし、何よりＤＮＡがある」

「ＤＮＡ？」

「言っただろう。胎児の一部でも保存していればDNAが調べられるって」

「そんなものあるわけない」

「ところがあるんだよ。あの看護師長は、信教上の理由で堕胎を憎んでいる。そして、それに手を貸している自分に罪の意識を持っている。堕胎した胎児の一部を――ほとんどはへその緒らしいけど、こっそり保存して、供養しているんだ。意味はわかるよね。世間では、もっぱら父親の認定にDNA鑑定を使うけど、もちろん母親も特定できる」

ようやく優子の口から出た声は、わずかにかすれていた。

「それで?」

「『自首』の定義について調べてみた。警察がはっきり被疑者であると認識する前に自ら名乗り出ることらしい。今ならまだぎりぎりそれに相当するんじゃないか。罪が軽くなる可能性がある。なんだったら、一緒に……」

「妊娠の相手は南田隆司、性行為は合意の上」吐き捨てるように言う。「これでいい?」

この騒動を締めくくる告白にしては、あまりにあっさりしていた。

「教えてくれ、動機はなんだ。いったいどうして……」

「あなたに言って理解できるかな。――憎かったからよ」そう言って片方の眉を上げた。

「南田隆司が?」

「違うわよ」ふんと鼻を鳴らして笑う。

「香純ちゃんの言うとおり、中年男の鈍感さは、それだけで犯罪ね」

そう前置きすると、優子はまるで台本を朗読するかのように淡々と語った。

「この前も、そう言ったでしょ。姉が憎かったのよ。何もかもぶち壊してやりたいぐらい。わたしがこの世で一番嫌いな、偽善の権化《ごんげ》みたいな女だったから」

そう話しだした優子は、顔つきまで変わりつつあった。

「物ごころがついたときには、わたしはすでに姉を憎んでいた。理由も話したわよね。それこそ『身代わり』よ。わたしが何か悪いことや失敗をすると、きまって姉が『自分がやった』ってわたしをかばった。腹が立つでしょう」

優子が同意を求めたが、返事はしなかった。

「いまでも覚えている事件がある。わたしが小学校一年生のときのこと。うちは公舎の団地で狭かった。姉とわたしは二段ベッドに寝ていた。姉が上、わたしが下。わたしはそれがうらやましくて、あるとき先に上の段に寝た。姉は起こしたりはしなかった。そして、その夜わたしはおねしょをした。泣きながら姉に詫びると、姉は自分がしたと母親に報告した。母親はわたしには何も言わなかったけど、真相に気づいたはず。その日の夜からわたしに『寝る前にあんまり水分を摂《と》ったらだめよ』なんて言いだしたから。

このときの屈辱感がわかる？　それだけじゃない。日常の、わたしのあらゆる失敗が、建前上は姉のせいになる。そして両親も、姉がかばっていると気づいている。しまいには、本当に姉がやったことまで、『どうせ優子がやったんだろう』ってなる。逆転現象ね。腹が立ったから、両親が結婚式のときに上司に貰《もら》ったとかで大切にしていた、マイセンの置物を割ったこともある。そしたら、やっぱり姉が『自分が割った』と名乗り出た。この前言った、ガラスのときと同じ。最初は烈火のごとく怒っていた父が、急に『怪我がなければそれでいい』とか言いだした。——これ以上、事例を並べる必要はないでしょ。不愉快だから」

優子はそこで一拍おいて、コーヒーで喉を湿した。

「わたしは憎んだ。殺したいほど憎んだ。姉も母も父のこともね。そして、その気持ちは今でも一ミリも変わっていない。実を言えば、『もらわれっ子』だと、まだ信じてる。顔つきが似ているのはたまたま。一緒に暮らせば似てくるって言うでしょ。それはともかく、小学校の授業参観も中学校の三者面談も、わたしのときは、基本的には母親が受け持ってた。でもね、姉の場合は、仕事の都合がつく限り父も同席するのよ。わたしのときは、父の同席なんて一度もなかった。日本にいなかったというのは言いわけにならない。わたしが中学三年のときには、あいつら、もう日本に帰ってきてたんだから。

——そのくせ、わたしが友達のお金を盗ったって疑われて、親が呼び出されたことがあって、そんなときに限ってあの親父がやってきて、わたしの言いぶんをひと言も聞かずに、いきなり教師の面前でほおを平手打ちした。天地神明に誓ってわたしは盗ってない。教師も、まあまあお父さんとか言いながら、調子に乗って『お姉ちゃんの倫子ちゃんは優等生で有名だったぞ』なんて言った。わたしの意見なんて聞こうともしない。ふてくされれば、素行も悪くなる。あとは、関係悪化のスパイラルよ。学校を休むと、ごくつぶし呼ばわりされて家から蹴り出された。比喩《ひゆ》じゃない、ほんとに蹴り出された。——それ以来、わたしは、誰かの人間性を好きになったことも信用したこともない」

優子に関して、結婚の相手はおろか、長くつき合っている特定の男性がいるという話すら聞いたことがなかった。男の好みにうるさいなどという問題ではなく、そんな背景があったからかもしれない。

「隆司と関係を持ちはじめたのは、軽い気持ちからだった。わたしも今さら男と寝るのに口実が必要な歳でもないし。しいて言えば好奇心かな、金だけは持ってそうだったから。

——いや、それは違う。あの男が姉を狙っていたからよ。あの男は最初のころこそ『信一郎がどうの』とか言ってたけど、わたしにはわかった。それは口実。姉を見る目が違うもの。それで、わたしが脇からちょっかいを出したら、すぐに食いついてきた。代替品、としてね。まあ、わたしがそういうそぶりを見せても、落ちそうな気配すらなかったのは賢一さんぐらいよ。どういう神経してるのか知らないけど。だから、姉はあなたを選んだんだと思うけどね。

──とにかく、寝るからには、あいつを利用してやろうと思った。あちこちに顔はきくし地位も金もあるからね。計算違いだったのは、妊娠したこと。一度だけ『まずいかな』って思ったときがあったけど、その一球が見事に命中。人生なんてそんなものよね」

「どうして、倫子の名で……」

ふん、とばかにしたように笑う。

「だ、か、ら、憎かったのよ。姉やあの両親が。どうしたいなんていう、形のある決着なんて望んでいない。現況をぶちこわしたかっただけ。

──わたしは、ずっとずっと自分だけがのけものだと思っていた。だから字が書けるようになったときから、一日も欠かさず家族の嫌いなところを日記みたいに書いてきた。今もその気持ちは変わらない。姉の幸せの土台になっている、あなたやあのくそ生意気な小娘や現実逃避してる婆《ばあ》さんも、全員がね。最初に、姉になりすまして受診したときは、まだ軽い嫌がらせぐらいの気持ちだった。どのみち、産むつもりはなかったしね。で、妊娠がはっきりしたら、だんだん気持ちが固まって、そのまま姉の名で赤ん坊を処置してやろうと決めた。どうせ体に傷を残すなら、みんなの心をぐずぐずにしてやろうと思ったわけ。名前が入った書類の控えを、姉を溺愛《できあい》している父親に送ってやるのも面白そうだし。

──手術が終わって、その日のうちに青い顔で姉に報告したら、すごく驚いてた。で、結局はやっぱり心配と説教。なりすまし診察の件は、ばれて問題にならない限りはそのままでいいからとさえ言った。あなたはこれから結婚する身だから、万が一過去を調べられたりしたら、破談になるかもしれないって。古臭いこと言ってさ。だから、あの生意気な娘に嘘を教えてやった。『あなたのお母さん、実はね――』って。普段大人ぶってるくせに、ショック受けて一週間ぐらい寝込んでた。あんなにさっぱりした気分になったことはない」

病院で証言を得て、真相に近づきつつあると思っても、まだどこかこの優子を憎めずにいた。のっぴきならない事情があったのかもしれない、痛ましい心の傷を抱えていたのかもしれない、などと好意的に考え、怒りと憎しみを切り離そうとさえしていた。

しかし今は、はっきりと自覚できる。

憎い――。

家族をひっかきまわしたこともちろんだが、香純は当時まだ中学三年生だった。彼女まで巻き込む必要はなかった。憎しみだけではない、顔はこれほど美しいのに、心がここまで醜い人間がいるのかと恐れさえ感じた。

あのころ、香純から通告された、身に覚えのない絶交宣言の理由がようやくわかった。優子の話を信じ、母親を問い詰めることもできず、怒りの矛先を、本来は家庭を守るべき存在である、ふがいない父親に向けたのだろう。

「そこまでやって気が済んだか」

「だから、わからないかなあ。気が済むとか済まないとかの問題じゃないのよね。保護者面されるたびに、憎しみは増していくの。ここで終わりってないのよ」

「南田隆司を殺した理由は？」

「計画してたわけじゃない。堕胎のあと、あの男は『見舞金』とか言って百万ばかりくれた。わたしは、とりあえずそれ以上は騒がなかった。気が済んだわけじゃなく、ただ時機を狙っていたのよ。ネタは売り急がないで、高値で売ろうと思ってね。そしたら、あなたが出向から戻ってくるかもしれないって、姉が嬉しそうに言うわけよ。で、急にまた不快感が湧きあがった。いろいろぶちこわしてやろうと思って、兄貴の信一郎に連絡を取った」

「専務に？」

「『元』専務にね。去年の秋には、すでに情報をつかんでいたみたいで、一、二度姉に面会を求めてきたけど、姉は話を適当にごまかしたみたい」

　倫子が専務のジャガーに乗るところを目撃されたのはその頃のことだろう。

「帰国するにあたって、隆司をやり込める材料を探していたらしくて、わたしが連絡するとすぐ食いついた。だから、隆司に薬で眠らされて妊娠させられちゃいましたって、あることないこと教えてやった。とにかく、目的なんてない。ただ、事態をぐちゃぐちゃにして、収拾つかなくしてやろうと思った。そしたら信一郎は大喜びですぐにカードを切ったらしくて、隆司が怒り狂って乗り込んできたわけ。わたしのマンションは教えてなかったから、あんたたちの家に上がり込んだ。それで酒を飲んでいたところまでは、昨日話したとおり」

「それで、きみと会うなり食ってかかった」

「そういうこと。汚い言葉でののしった。すべただとかばいただとか、そんな古臭いこと言ってた。そしたらさ――」

　拳を口もとに当てているから、どうしたのかと見れば、笑っているようだ。

「あの智代婆さんがさ、顔色変えて怒ってるの。あんなになっても、汚い言葉が嫌いみたいなのよ。でね、そこに置いてあったボトルを握ってあの男の頭をコツンてやったわけ。軽くコツンってね。だから、あの婆さんが最初に殴ったっていうのはホント。手首に怪我をしているのは知らなかったけど、あれじゃたんこぶすらできてないわ。そしたらさ、あの男がますます頭に血を上らせて、婆さんにつかみかかった。それを見て、今度はわたしがボトルをつかんで殴った。今度は本気で。一発目であいつがテーブルに座り込んで頭をかかえたから、その手をどかしてとどめを刺した。つまり、あいつは本当は三回殴られた。以上」

「そこへ、倫子が帰ってきた」

「そういうこと。それで『わたしが襲われそうになったら、お義母さんが殴った』って説明した。『そうよね』って同意を求めたら、あの婆さん自慢げに胸張って『そうよ』ってうなずいてた。嘘ではないからね」

「倫子は丸々信じたのか?」

「さあね。本人に訊いてみれば。とりあえずは、そういうことだと思おうとしたみたいね。それで、自分が罪をかぶると言いだした。堕胎したのも自分の名前になっているから、『恨んでいた』って言えば警察も信じるだろうって。で、話がまとまったあたりにあのはねっかえり娘が帰ってきたってわけ」

「倫子はどうして――」

さすがに、身内のためとはいえ殺人の罪をかぶるのは度を越えてはいないか。

「もしかすると、真相に気づいていたかもしれない。まあ、義理の母がやったにしろ、妹がやったにしろ、自分に責任があると思ったんじゃないの。こっちはその優等生的発想が憎いのにさ」

「きみはあの夜、倫子と携帯で話してるな。あれはアリバイ作りか」

「姉が『優子もこの場にいなかったことにしたほうがいい。関係者が少ないほうがほころびが出ないから』と言って、わたしを一度このマンションに帰らせたのよ。発信記録を調べられるかもしれないからって」

「洗濯や、ボトルを洗ったのは？」

「わたしの知恵。香純が帰宅する前だったけど、姉の服に返り血っぽく血痕をつけたのも、それをわざと漂白剤を入れて洗濯するように言ったのもわたし。その一方で、わたし自身は帰り支度をしてコートを着てたから、帰ってきた香純は気づかなかったみたいね。その日のうちに、警察がわたしの家まで捜索するとは思えないから、血のついた服は慌てずに細かく裂いて、翌朝の燃えるゴミに出した。回収車が来るぎりぎりまで待って」

　事件のあった翌朝が、『可燃ゴミ』の回収日だったことは、ここへ来る前に調べた。

「あの朝、きみが少し遅れて来たのはそのせいだな」

「そういうこと。ボトルは、わたしの指紋が残っているから、姉に洗ってもらった。あとは何かな――そうそう、アリバイ作りの電話をしたときに『現実味を出すために、賢一さんに動揺したメールでも送ったほうがいい』ってアドバイスした。そんなところね」

「きみは心が歪んでいる」

　言いたいことはいくらでもあったが、口から出たのはそんな陳腐な言葉だった。

「そうかもね。でも、歪んでない人なんているの？」

「正直なところを言うと、誰が南田隆司を殺したのかなんてどうでもいい。だが、自分の家族がいわれなき罪を着せられようとしているなら、全力でそれを阻止しなければならない。ぼくは今まで、家族を守るなどと言っても口先だけだった。心の中ではどうせ疎外されているんだとひがみ、距離を置き、斜に構えていた。そうだ、ある意味きみと同じだよ。それをあの真壁刑事が見抜いた。倫子を、家族を、自分が信じなくて誰が信じるのか、あの刑事はそれを教えてくれた」

「はいはい」

そう言うなり優子は目を伏せ、ビートのきいた曲に合わせるように、小刻みに顔を上下に振りはじめた。反省とか後悔といった雰囲気はかけらもない。

「それで、わたしにどうしろと？」

「自首しろと強制することはできない。しかしぼくは、この話を警察にも弁護士にもするつもりだ。それに、さっきも言ったがあの真壁という刑事も真相に気づいたと思う」

「あなたが言ったの？」

「いや、前から疑っていた可能性はある。しかし、決定的だったのは、昨日の母が自首した一件じゃないか。考えてみれば、母は嘘をつかないが、言うことはその場限りだ。『警察へ行って真相を話す』『メモを見せる』なんていう思いつきはすぐに忘れてしまう。きみが付き添っていたなら、途中で引き返すよう説得できたはずだ。そうせず、わざわざ血痕のついたメモまで持ってきたのは、つまりきみの意思だ。ぼくでさえ疑問に感じた。真壁刑事もその理由について考えたはずだ。――きみは、『智代が自分がやったと自首してきた』と倫子の耳に入るよう画策したんだ。なぜか？　いよいよ公判がはじまって、倫子本人が土壇場で否認に転じたりしないようにだ」

「ダメ押しのつもりが、藪蛇になったってことね」視線をあげ、賢一を見るその目は笑っていた。「あのぼけ婆さん、わたしのいいなりだから、うまくいくと思ったんだけどな」

　まるで耳に見えないイヤホンが挿さっていて、そこから音楽が流れ込んでくるかのように、体も頭もゆすっている。しばらくそうしたあと、ぼそっと漏らした。

「もう帰って」

「その前に、だましたことを詫びるよ。さっきのへその緒とかDNAとかいうのは嘘だ。きみから本当の話を聞き出したくて使った方便だ」

「もうどうでもいい」

「じゃあ……」

「うるさい」

　優子は怒鳴って、サイドボードに載っていたウィスキーの瓶を投げつけた。賢一があやういところで身をかわすと、それは壁に当たって砕け、強烈な臭いを発した。

　裂けたラベルを見ると『ラフロイグ』だった。それを見て、気が変わった。

「これは黙って持ち帰ろうと思ったんだが」

そう言って、クローゼットから引っ張り出したスポーツバッグの中身を出した。革製のスクールかばんだ。

「きみに預けるときに言ったけど、これは香純が第一志望で行くはずだった私立高校の指定かばんだよ。入学支度金を払ったので、入学を取りやめたのに一式送ってきた。香純は見たくないと言ったが、捨てるのも惜しいのであずかってもらった」

「だから何よ。そんなことをいつまでぐずぐず言ってるのさ」

優子が小馬鹿にしたように鼻先で笑った。

賢一は、しっかりした作りのスクールかばんの取っ手をつかんで、優子自慢のサイドボードに叩きつけた。

派手な音を立てて、ガラスが割れ、中の陶器もいくつか割れて落ちた。さらに、何度も何度もバッグを叩きつけた。きれいに並べられていた高級食器は、ほとんどがこなごなに砕けた。さらに、床に落ちたカップも、足で徹底的に踏みつぶした。

気分はせいせいしたか——？　さて、どうだろうか——？

傷ひとつないサイドボードをあらためて眺めながら自問自答した。

今の派手な破壊は、賢一の脳に浮かんだ妄想だった。おそらく、そんなことをしても、倫子も香純も喜ばないだろう。

「何ぼんやりしてるのよ。その思い出のかばんでも抱きしめて、めそめそしながらさっさと帰ってよ」

「たしかに、香純のかばんで叩き壊す価値はない」

そうつぶやいて、もとどおりスポーツバッグにしまった。それを玄関に置き、リビングに戻った。

厚みのある、無垢のチェリー材のテーブル板を両手でつかんだ。土台とは分離しているし、この部屋に合わせた小ぶりなサイズだったので、どうにか持ち上げることができた。

「うおお」

遠心力を利用し、渾身《こんしん》の力を込めて、こんどこそ本当に、それをサイドボードに叩きつけた。

12

――東京地方裁判所八一二号法廷。

「それでは、被告人にもう一度お尋ねします。あなたが被害者を殴るときに『もしかしたら死ぬかもしれない』という認識はあったのですか」

「よく覚えていません」

「『死んでしまえ』と思ったのではありませんか」

「それも——よく覚えていません」

証言台に立った優子は、賢一のよく知っている優子だった。まっすぐ法壇の真ん中に座る裁判長に視線を据え、背筋を伸ばして答えている。倫子のときと違って、清潔感のある白いシャツと黒いパンツ姿だった。相変わらず、女優が演じる裁判劇を見ているような錯覚に陥る。

結果的に優子は取り調べを経て起訴され、今日が第一回の公判だった。

九月の声を聞いて、すでに二週間が経つ。時間が経つのは早い。

傍聴券の倍率は、倫子のとき以上で、賢一と倫子のぶんだけはどうにか席をとってもらった。滝本の義父母は来ていない。

優子逮捕の知らせを聞いた一時間後、自宅にいた正浩が急に頭を抱えて倒れた。脳梗《のうこう》塞《そく》だった。一命はとりとめたが、半身の自由がきかなくなり、介助なしでは風呂はもちろんトイレにも入れないと聞いている。妻の寿子がほとんど二十四時間つききりで面倒を見ているそうだ。

不謹慎な言いかたかもしれないが、優子の目的はここでもひとつ達成されたのかもしれない。

賢一は隣に座る倫子の横顔をちらりと見た。みじろぎもせず、傍聴している。

賢一が真相と思われることをつきつけた翌日、優子は若宮署へ自首して出た。すらすらと犯行を自白し、それを裏付ける証拠がいくつも出てきた。もちろん、優子に言ったとおり、へその緒などは残っていないが。

たとえば、産婦人科医院で保管していた書類の筆跡が、倫子に似せてはあるが、鑑定の結果優子のものであることがわかった。やはり、指紋も出た。警察も今頃になって執念を見せ、優子が買い替える前の携帯電話の通話記録を残らず調べ上げ、持ち主不明のプリペイド携帯の番号と何度か通話していることをつきとめた。これは、芸能人やスポーツ関係者などがいわゆる〝裏〟で入手するようなものであることがわかった。すでに隆司のオフィスから、これとは別物だが出所が同じとみられる携帯がひとつみつかっている。

何より決定的だったのは、優子の部屋で発見された、何も文字が書かれていない血痕のついたメモ用紙だ。こちらは正規のＤＮＡ鑑定をした結果、南田隆司の血液だと判明した。このうちの一枚を使って、智代に自白メモを書かせたのだ。残りを処分しなかったのは、ほかにも使い道を考えていたのかもしれない。あるいは、優子にしかわからない理由で、一種の戦利品として保管していたのかもしれない。

優子が逮捕、起訴され、倫子の裁判はあまり例のない延期となった。白石弁護士の話では、一審で優子の有罪判決が出たのち、形ばかり倫子の裁判を進め、殺人については無罪になるだろうという。今は白石弁護士の尽力もあって保釈中の身だ。

ただし、真犯人を知りつつかばった上に、偽証もした。あらためて、それらの罪で起訴されることはほぼ間違いないとも説明された。

せっかく保釈されたというのに、倫子の強い希望でずっと別居している。しかし、憎く思っているからでもないし、まして離婚の準備などではない。倫子は両親のいる、横浜の実家に身を寄せ、母を手伝って父親の面倒を見ているのだ。

優子の出頭後ほどなく、賢一は会社を辞めた。

グループ先への異動でもなく、完全に縁が切れた。それが会社側の希望でもあったろうし、賢一の意思でもあった。

会社にとって、これまでのいきさつはあまり重要ではない。賢一の身内がトップクラスの役員を撲殺した、という事実は曲げようがない。真相に関しても、犯人が社員の「妻」から「義妹」に変わっただけで、組織にとって切除したい腫瘍《しゅよう》であることに違いはない。

転職先のあてもなかったのだが、白石法律事務所が、顧客のうちの一社を紹介してくれた。生鮮品を主力に扱うスーパーで、都下を中心に何店舗かあるのだが、当面は賢一の自宅から一番近い店で働くことに決まった。車で十分とかからない。

仕事は、内勤の事務職ではない。売り場担当だ。ただ、智代の事情を勘案してくれて、朝は『太陽の家』に送り届けてからの出勤だし、夕刻に一度抜け出して、迎えに行くことを許された。それから帰宅するまでの二時間ほど、智代をひとりきりにすることになるが、それはなんとかしのぐしかない。

そう思っていたら、香純が学校が終わるとすぐに帰宅し、智代の面倒を見るようになった。頼んでもいないのに、施設まで迎えにも行ってくれる。智代も足腰はしっかりしているので、バスと徒歩で帰ってくる。

これで香純との関係が完全に修復できたわけではない。しかし、智代の存在のおかげで、ほとんど必要最低限ではあるが、会話が成立するようになった。

「来月、石神井《しやくじい》公園」

香純はそれしか言わないが「施設の定例レクリエーションの遠足がある。もしお祖母ちゃんを行かせてあげるのなら、付き添いが必要になる」という意味だ。

「何日だろう。昼間、ちょっと抜け出せないか訊いてみる」

すると、こちらも見ずに香純がぼそっと言う。

「べつにいいよ。日曜だし、わたし行けるから」

あまりに嬉しくて、その前後のやりとりを含め、メールで倫子に報告した。

《よかった》という返事が来た。

そのたった四文字を、いったい何度繰り返し読んだかわからない。

今日、裁判所で顔を合わせたのが、二週間ぶりの倫子との再会だった。

控室で少しだけ会話をしたが、審理前の緊張もあってか、相変わらず「ちゃんと食べてるか」といった、たわいのない話題しか思いつかなかった。

「憎んでいました」という優子の声が聞こえ、法廷内がざわついた。検事がここぞとばかりに声を張り上げる。

「――もう一度お願いします。裁判官や裁判員の席にも聞こえるように、はっきりと」

顎を上げた優子が答える。

「わたしは、被害者を殺したいほど憎んでいました。殴ったときに殺意があったかどうか思い出せませんが、あの男が死んでよかったと、今でも思っています」

「それはなぜですか」

「なぜなら、もっと徹底的に、姉の一家を破滅に追い込んでくれなかったからです。姉の一家がばらばらに離散するのを期待していたから、我慢して抱かせてやったのに。――へらず口と性欲ばかり旺盛で、やることが中途半端だったからです」

法廷内のざわつきがさらに大きくなった。

「お静かに。傍聴人のかたは、ご静粛にお願いいたします」

裁判長が声を張り上げる。

記者たちのメモをとる音が、低く響き渡っていた。

第一回公判を傍聴し、裁判所をあとにした。

マスコミや野次馬にはみつからずに、出ることができた。

有楽町《ゆうらくちょう》か銀座にでも出て、昼食をとろうということになった。

「どうせなら、歩かないか。今日は比較的涼しいから。日比谷公園の中を抜けて行くなんてどうかな」

「いいわね」倫子が今日、初めて微笑んだ。

日比谷公園を並んで歩くのなど、いったいいつ以来だろう。

「二十年ぶりね」

まるで心を読んだように、倫子が教えてくれた。

秋の気配を含んだ風が吹く公園の中では、地方の特産品フェアのような催し物をしていた。みそ田楽の匂いが胃を刺激する。並んだテントの脇をゆっくりと歩きながら、とりとめのない話をした。優子の話題には触れなかった。

どちらからともなく、近くのベンチに腰を下ろした。照れ隠しに、晴れ渡った空を仰ぐ。

「今回のことでよくわかったよ。家族は放っておいてうまくいくものじゃない。全力で守るものだって」

そう教えてくれたのは、事件でかかわっただけのひとりの刑事だった。真壁は妻を亡くしていると聞いた。守れなかった自分を一番責めている、とも。機会があったら、もう少し詳しく彼の身の上を聞いてみたい気がする。

「——それと近くに居なければだめだなって思った。ぼくの出向が決まってから、家族の笑顔がだんだん少なくなったのがつらかった」

「それは違う」と倫子が反論した。「笑顔がなくなったのは、あなたのほうよ。あなたが、出向が決まる少し前あたりから、朝も夜も苦虫をかみつぶしたみたいな顔をするようになったの。それまでみんなで笑っていたのに、急に家の中の空気が冷えたのよ」

「そうか。——そうかもしれないな」

やはり自分は何もわかっていない、と思ったら、悲しいのかおかしいのかわからなくなった。

「きみの実刑判決が出ても、ずっと待っている」

ぼそっと告げてから、言わずもがなだったなと、反省した。倫子は無言で小さくうなずいた。白石弁護士は、執行猶予付きにしてみせると言っている。

「わたし、ずっとあなたに謝りたいと思っていたことがあるの」

「何を？」

「あの夜のこと」

「あの夜?」

「ほら、大晦日の——」

ああ、とうなずいた。大晦日の夜、賢一の誘いを断っただけでなく、伸ばしたその手を倫子が振りほどいたことだろう。たしかにあれはショックだった。

「こんな大騒ぎを起こしたことは、もちろんいくらお詫びしてもしきれないけど、夫婦間のことも、それとは別にきちんと謝ろうと思って。——ごめんなさい」

倫子らしい言いかただと思った。

「その後の騒ぎですっかり忘れていたよ」

だけどなぜ? と訊きたいのをこらえた。「やっぱり心のどこかで恨んでいたから」という答えが返ってくるのを怖《おそ》れたからだ。しかし倫子は、自分からその理由を語りだした。

「もし、あの夜にそういうことになっていたら、わたし、くじけていたかもしれない。弱みを出していたかもしれない」

「弱み?」

「そう。わたし、あなたが考えるほど芯が強いわけじゃないから。——まずは優子の問題があったし、そのことで南田兄弟は接触してくるし、誤解した香純はあなただけじゃなくてわたしにもつらくあたるし、お義母さんはだんだん症状が進むし」

倫子は、はにかむように微笑んだ。

「——『もう、あんな遠くへ行かないで。そばにいてよ』って、喉まで出かかっていた時期だったから。もしわたしがそんなこと言ったら、あなた短気なところがあるから、何をするか心配だった」

そうか。たしかに優子の指摘どおりかもしれない。中年男の鈍感さは、それだけで犯罪だ。

「こっちこそすまなかった」

それ以上言うと、情けなくて涙がにじみ出そうになったので、ひとつ深呼吸をして話題を変えた。

「あのさ、答えたくないかもしれないけど、でもやっぱり教えて欲しいことがある」

「うん」

「優子ちゃんが犯人だと、最初からわかっていたんだろう?」

倫子は軽めの笑みを浮かべ、ベンチに座ったまま足を伸ばし、そのつま先を見つめた。

「わたしたち、姉妹だからね。——あの夜、わたしが買い物をして家に帰ったとき、ぜんぶ終わっていた。優子は『お義母さんがやっちゃった』って言ったけど、嘘だとすぐにわかった」

「なぜ？」

「あまり言いたくないけど、優子がうすら笑いを浮かべていたから。『お姉ちゃん。また、自分がやったって言いなよ』って顔に書いてあった。——そしてね、わたしが真実に感づいていることを、優子のほうでもすぐに理解した。でも、どちらも口には出さないで、そのまま『やったのは智代。その罪を、嫁である倫子が背負う』っていうシナリオで動いていた。——最低の姉妹だよね。怒ってるよね」

「何に対して？」

「たとえ前提であれ、お義母さんを犯人にしたてたことに」

「そこか。——まあ、いいさ。本人もきっと忘れてる、、、」

自分のせりふに思わず笑ったが、それは今だからできることかもしれない。

「わたし、もうひとつあなたに嘘をついていたことがある」

「おいおい、まだあるのか。かんべんしてくれよ」

「嘘というより、本当のことを言わなかったっていうほうが近いかも」

「なんだか、あらたまって怖いな」

まさか、寂しさに負けて、本当に浮気をしていたなどと言いださないでくれ、とちらりと思った。

「優子の『もらわれっ子症候群』については知ってるわよね」

「うん。きみが勾留されているあいだに、優子ちゃんと話し合う時間が結構あって、そのときに、いろいろ聞いた」

「あれね、当たっている部分があるの」

「ええっ」

思わず倫子の顔を見た。

「彼女の妄想じゃないのか」

「さすがに、家族として毎日暮らしていると、なんとなく違和感を抱くのよ。わたしも気づいた」

「どういうこと？」

「わたしたち、似ているようで違っているところも多いと思わない」

「それは感じているけど、兄弟姉妹、違う人もいるんじゃないか」

「はたからはわからないかもしれない。自分たちにはわかるのよ。『この人、ちょっと違う』って」

「じゃあ、ほんとにもらわれっ子？」

「それも違う。答えを言うとね、父親が違うのよ」

「じゃあ、再婚したってこと」

「それも違う」

「参った。じらさないで教えてくれよ」

「それこそ、墓場の中まで持っていける？」

「約束する」

「浮気よ」

「えっ」

「母が浮気してできた子なの」

　二の句が継げないとはこのことだった。沈黙のすき間を、特産品フェアの呼び込み声が埋めた。

「わたし、中学生になって、本当のことを教えてもらった。母に詰め寄ってね。当時は、まだＤＮＡ鑑定なんて一般的じゃなかったから、『精密な血液検査をすればわかる。その結果を優子にも言う』って脅して」

「それで、本当のことを？」

「うん。母は、脅しに弱いのよ」寂しげに笑う。

「それで、優子ちゃんはそのことを？」

「知らないと思う。正直に話していれば、もしかすると、今回のことは起きなかったかもしれない。──それでも起きたかもしれない」

「いつか言うつもりは？」

「どうしようか迷ってる。だけど、たぶん言わない」

「彼女のあの気の強さは、正浩さん似だと思ったんだけどな。理詰めで相手を追い詰めるところとか。徹底的にやり込めるところとか」

「そうよ。そっくりでしょ」

「ええっ」

倫子を見て、眉根を寄せた。

「それって、どういうことだよ。ますますこんがらがってきた」

倫子が、やっぱり鈍感ね、と笑った。

「不倫でできた子は、わたし」

あまりに驚くと言葉を失う、という経験を、この一年でいったい何度味わっただろう。

「父があの性格なので、母も魔が差したのね。相手は、父の同期の男性らしいの。写真を見たこともある。とても優しそうな笑顔だった。父に暴力を振るわれて家を逃げ出した夜に、その人に相談したら親身になってくれて、たった一度の過ちだったんだって。それで妊娠に気づいたけど、父とも子どもを作ろうとしていた時期だから、一か八《ばち》かかけてみた。そうしたら、わたしの目のあたりがその男性に似てきたんで、父に打ち明けたんだって」

「あの人が許したのかい」

「父なりに思うところがあったんじゃない。それ以来、少なくとも母には手をあげなくなった」

「それならなぜ、お義父《とう》さんは、きみに優しくして、優子ちゃんに厳しくしたんだ」

「優子が自分と血の繋がった子だからでしょ。そういう性分なのよ」

「つまり、きみの出自についてあの人なりに気遣い、遠慮もあったということ？」

「たぶん」

「一方で、その反動といっていいのか、とにかく実の子である優子ちゃんには厳しくあたった――」

「母に真相を聞く前から、わたしは『どうして自分ばっかり、ひいき目で見られるんだろう』って思ってた。答えはわからないけど、そのことが優子に申し訳なくて、かばったり優しくしたりした。優子の目には、それも一種の優越感からだと映ったみたいね」

「たしかに、そんなようなことを言っていた」

「真相を知ってからは、なおさら申し訳ない気持ちでいっぱいになった。わたしという存在がなければ、優子はもっとのんびり育てられていたかもしれないし、そうすればあの性格も違っていたかもしれない」

　その先を賢一が代弁した。

「だから、今回の事件ですら、元をただせば自分のせいだと思った。それで、ついかばってしまった——」

　倫子がうなずく。

「逮捕された直後は、迷いも後悔もなかったといえば嘘になる。でも、留置場に入ってみて、心が固まった。優子をこんなところに入れるわけにいかないって」

　しばらく沈黙が続いた。やがて、賢一が手を伸ばし、倫子がそれを握った。

「きみはきみだ。最初に出会った日から、何も変わらない」

「あなたもちっとも変わらない」

「ひどいな。こっちは真剣に言ってるのに」

　ふたり揃って大きな声で笑ったので、通りすがりの人がつられて笑っていた。

　笑いが収まるとベンチから立ち上がり、お互いの手を、軽く、しかししっかりと握ったまま、歩きだした。優子の、最大の狙いを不首尾に終わらせるためには、この手を二度と放してはならない。

　倫子の指は、いつかの裁判のときとは違って、熱くも冷たくもなく、二十年前にこの公園で触れたときと同じ、温かく柔らかい指だった。

解　説

杉江松恋

男は愚かである。

ある登場人物の言葉を借りれば「中年男の鈍感さは、それだけで犯罪」なのかもしれない。

伊岡瞬『悪寒』を再読して最初に浮かんだのは、そんな思いであった。まことに男は愚かである。気をつけなければ。

本作の初出は月刊誌「青春と読書」二〇一五年六月号から二〇一六年七月号である。そのときの題名は「驟雨の森」だったが、『悪寒』と改題の上、二〇一七年七月五日に集英社から単行本が刊行された。今回が初の文庫化である。

サスペンスとはサスペンド、すなわち吊るされた足場のように不安定な状況下で湧き起こる感情のことを言う。ミステリーにおいては最も大事な要素と言ってもよく、主人公が置かれるのが五里霧中な状態であればあるほど、読者の期待感も高まるのだ。その点『悪寒』は、最良のサスペンスを醸し出す作品である。あらすじ紹介を詳しくするのは読者の興を削ぐ野暮な行為になりかねないので、最初の状況だけを書いておこう。

主人公の藤井賢一《ふじいけんいち》は四十二歳の会社員である。第一部の1に描かれるいくつかの場面だけで、彼が失意の生活を送っていることがすぐにわかる。彼がいるのは山形県酒田市で、支店長代理という肩書で置き薬の営業をする部署に属している。飛び込み営業に明け暮れる毎日だが、なかなか成果を出すことができない。それも当然で、賢一は生粋の営業社員ではなく、東京の本社から系列会社のその部署に飛ばされてきたのだ。

読者は彼と一緒に胃が痛くなるような体験をさせられる。成約が獲れなかった賢一は支店長から「もしかして腰掛けのつもりじゃないですよね」とさんざん嫌みを言われるのだ。入社五年目のやり手社員と比べられて赤っ恥をかかされる展開を読みながら、もう駄目だ、俺、もう缶チューハイ飲んで寝ちゃうっ、とページを閉じたくなった人。もうちょっとだけ我慢を。いや、その辛さは、私も同じ営業出身者として痛いほどよくわかるのだけど。

賢一がこんな境遇に甘んじているのは、お察しのとおり、本社在籍時にあることが起きたからだ。それが何かを明かす前に、作者はさらなる辛い状況を重ねてくる。不本意な転勤を強いられた賢一は単身赴任中の身の上である。妻の倫子《のりこ》からは出費が嵩《かさ》むので毎月戻ってこなくていいと言われ、しかもようやく年末年始に帰ったら夫婦の営みまで拒絶される。辛い節約をしているのは娘の高校進学費用を捻出するためなのに、その香《か》純《すみ》からも「電話でも話したくないので、用事のあるときはメールにしてくれ」と国交断絶を突きつけられる。

四面楚歌《そか》とはこのことだ。そんなときに賢一は部下の若い女性に優しくされ、つい一緒に夕食に行く約束をしてしまう。大丈夫か、自暴自棄になってないか、と読者が心配になったところで、ついにあることが起きてしまうのだ。実は、ここからがミステリーとしての本番である。帯や裏表紙にもうちょっと詳しいあらすじ紹介があるかもしれないが、できればいったん頭から消去していただきたい。その方が絶対に楽しめるからだ。この世界のどこにも居場所のない藤井賢一、これよりも下なんてないだろうというぐらいのどん底にいる中年男が、さらなる不幸に見舞われ、お先真っ暗な混乱の中に巻き込まれる。そのはらはら感覚をぜひ彼と共有してみてもらいたい。これぞ小説のサスペンスである。

読者が目の当たりにすることになるのは、藤井賢一にとっての世界が崩壊していく過程だ。信じていた者に裏切られ、自分の目に映っていた情景がすべてまやかしであったかもしれないという可能性が彼を激しく動揺させることになる。その混乱と自分の大事な人を救わなければならないという焦りとが同時に訪れるところが本書の肝で、賢一の周囲でどんよりと澱《よど》んでいた空気が渦を巻いて流れ出す中盤は、加速していく感覚がたまらない。

後半に入ると物語は法廷小説の様相を呈し始める、ということは書いてしまってもネタばらしにはならないだろう。なぜならば前述の、賢一の悲惨な境遇を描く第一部冒頭の章の前で刑事法廷の場面が描かれているからである。被告が誰なのか、いかなる罪で裁かれているのかがほとんど書かれていないので、あの人がそういうことになるのか、という驚きが味わえる。この変調の仕方は、一時期流行したジョン・グリシャムなどのリーガル・スリラーを思わせる。序盤で描かれていた場面からは予想もできないような出来事を次々に読者は見ることになるだろう。この切り替えこそが伊岡瞬という作家を特徴づけている技巧であり、読書の醍醐味《だいごみ》を味わわせてくれる。喩《たと》えるならば蒸気機関車の突進で、起ち上がりこそゆっくりだが、火室の圧が上がってくると一気に速度が増す。自らの重量も武器となり、誰にも止められないほどの力をもって、前へ前へと進み始めるのである。

伊岡のデビュー作は第二十五回横溝正史ミステリ大賞を受賞した『いつか、虹の向こうへ』（応募時の「約束」を改題。二〇〇五年刊。現・角川文庫）だ。元刑事の中年男性を主人公にした同作は、古典的なハードボイルド小説の衣鉢《いはつ》を継ぐものという評価が刊行時には多かったと記憶している。人生の蹉跌《さてつ》を味わった主人公が他者との出会いを経て再生していく物語の構造は確かにそうした一面を備えていた。初期の伊岡は寡作《かさく》であり、こうした印象が変化する機会は少なかったが、いくつかの作品を経た後に発表された出世作、『代償』（二〇一四年刊。現・角川文庫）で大きく変貌する。伊岡機関とでも呼びたくなる力強い物語運びが備わったのはこの作品からであり、法廷小説というカードもここで初めて切られている。さらに言えば、人間心理、特に悪の側面を掘り下げるやり方も同書で一気に深度を増した。

『悪寒』はこの『代償』の延長線上にあると考えていい。ただし二〇一四年以降の伊岡作品は多様性を増している。二〇一三年の「小説推理」連載をまとめた『乙霧村の七人』（二〇一四年刊。現・双葉文庫）は伝奇ミステリーの様式に挑戦した作品だし、後出の『痣』や二〇一八年の『冷たい檻』（中央公論新社）のように警察捜査小説の常道を行くものもある。二〇一四年の『もしも俺たちが天使なら』（現・幻冬舎文庫）や二〇一五年の『ひとりぼっちのあいつ』（文藝春秋）は『代償』が書き下ろされる前から連載が始まっていた過渡期の作品で、青春小説の要素を備えている。共通項は現在の伊岡瞬に特徴的な展開の技巧が見られる点で、物語を疾走させる技巧をこの作家はどこかで会得したのだろう。

最近の伊岡作品を読むと、小説は結末まで行きつかないと評価できないものだという当たり前のことを再認識させられる。何度も書いているように伊岡の小説は途中で大きく変化するため、外構から抱いていた先入観はことごとく裏切られることになるのだ。『悪寒』は特にそれが巧みな作品であり、中年男の悲哀を描いた小説かと思って読んでいると、とんでもないところに導かれる。

とはいえ、男の愚かさをこれでもかと描いた小説であることも確かだ。思いがけない事態に動転しているとはいえ、賢一の行動はあちこちで駄目である。たとえば、自分にひどい仕打ちをした会社の役員から「あきれたもんだな」と嘲笑される第一部の15をご覧いただきたい。昨今の流行語を使うと社畜としか言いようのない顔を賢一は示す。続く17ではひさしぶりに香純と話をすることができたにもかかわらず会社での処世について疑念を呈され、「一度反応してしまうと感情が頭をもたげてくる」のを抑えきれずにはねのけるようなことを言ってしまい、「ね、これだから話にならないの」と呆れられるのだ。最も肝腎な倫子との向き合い方については言うに及ばずで、なんでそんなことを言うかなするかな賢一、と何度も天を仰いだ。

要するに呆れるほどに男であり、そのことを半分自覚しつつもどうしようもない頭の固さが賢一という主人公なのである。この頑なさがミステリーとしての武器にもなっている。彼が典型的な日本の中年男性であるという事実が、物語がどこに進んでいくかを読者に気取らせないための目隠し、サスペンス醸成の源になっているからだ。キャラクターとプロットが見事に嚙み合っており、本作の主人公はこの藤井賢一以外には考えられない。主人公とはこうして作るもの、というお手本のようなキャラクターである。主人公だからといって可愛がらず、どんどん酷い目に遭わせてかまわないわけである。彼の一挙手一投足が気になってしまった私は、つまり作者の思うつぼに嵌《は》まったのだろう。

伊岡は基本的にシリーズ・キャラクターをあまり登場させてこなかったが、本書には例外的な登場人物が複数出てくる。その中の一人が事件が起きた後で賢一の前に現れる、真壁《まかべ》修《おさむ》という刑事だ。「歳は三十代半ばあたりだろうか、あまり身なりにかまわない」ような雰囲気で、人を見下そうとしているところがなく「ただ仕事に徹しているという印象」を賢一に与える。彼は警視庁捜査一課の特務班に属していて「捜査本部を立てる基準を満たしていないが、しかし本庁が介入したい」というような事件について、所轄署と並行して独自に捜査を行う。いわば遊撃隊、真壁自身の言葉を借りれば「どっちつかずの邪魔者、よそ者、嫌われ者」だという。

真壁の初登場作は二〇一六年十一月に刊行された長篇『痣』（現・徳間文庫）である。月刊誌「読楽」二〇一五年五月号から翌年五月号の連載が元になっている。『悪寒』とはほぼ並走する形で書かれており、最初から伊岡に、真壁を両方の作品に登場させる意図があったことがわかる。『痣』での真壁は、警視庁南青梅警察署奥多摩分署という、東京都内でも人口の少ない地域に勤務している。しかも二週間後には警察を辞職するつもりでいるのである。その真壁が、一年前に妻が殺された事件と共通項のある殺人死体と遭遇し、再び捜査にのめりこんでいくというのが『痣』の物語である。いわば真壁自身の事件というべき内容で、彼を主とする『痣』、従として現れる『悪寒』の両作を書き分けていったらどうなるか、という興味が作者にはあったのかもしれない。『悪寒』は『痣』よりも時系列では後に来る話なので、本作を読んで彼が気になった方は併読してみることをお勧めする。そういう過去があるからこその、彼のキャラクターなのだ。これもまた見事な人物造形である。

展開の意外さを指摘するのみで後半についての言及を終えてしまっていたが、謎解き小説としての美点についても指摘しておきたい。最初に読んだとき、一九四〇年代に書かれた英国産の某古典名作を連想して、真相解明のやり方に痺れたものである。事件の犯人に関する手がかりはかなりあからさまに書かれており、再読するとその大胆さに驚かされる。賢一を巡る関係者たちは、心理の描き方にも工夫がある。中にはやや強引な行動をする者もいるのだが、事件の主役となる人物はまったく軸がぶれず、最終的に一つの肖像画が描き出されて物語は終わる。単行本化に際してつけられた『悪寒』という題名は、その肖像画を見たときに抱くであろう読者の感情を想定したものだろう。

心を揺さぶられ、最後には忘れることのできない印象を残して終わる小説だ。作者の掌《てのひら》の上で巧みに転がされ心地よい疲労と共にページを閉じた。この充足感を、ぜひ多くの読者に。

（すぎえ・まつこい　書評家）

本書は、二〇一七年七月、集英社より刊行されました。
初出 「青春と読書」二〇一五年六月号～二〇一六年七月号
（「驟雨の森」改題）

集英社文庫

悪《お》寒《かん》

2019年８月30日　第１刷　　定価はカバーに表示してあります。
2019年10月22日　第６刷

著　者　伊岡《いおか》　瞬《しゅん》

発行者　徳永　真

発行所　株式会社　集英社
東京都千代田区一ツ橋2-5-10　〒101-8050
電話　【編集部】03-3230-6095
【読者係】03-3230-6080
【販売部】03-3230-6393（書店専用）

印　刷　大日本印刷株式会社

製　本　大日本印刷株式会社

フォーマットデザイン　アリヤマデザインストア　　マークデザイン　居山浩二

ISBN978-4-08-744009-6 C0193